新世纪丁玲研究述评

2001—2018

魏丽◎著

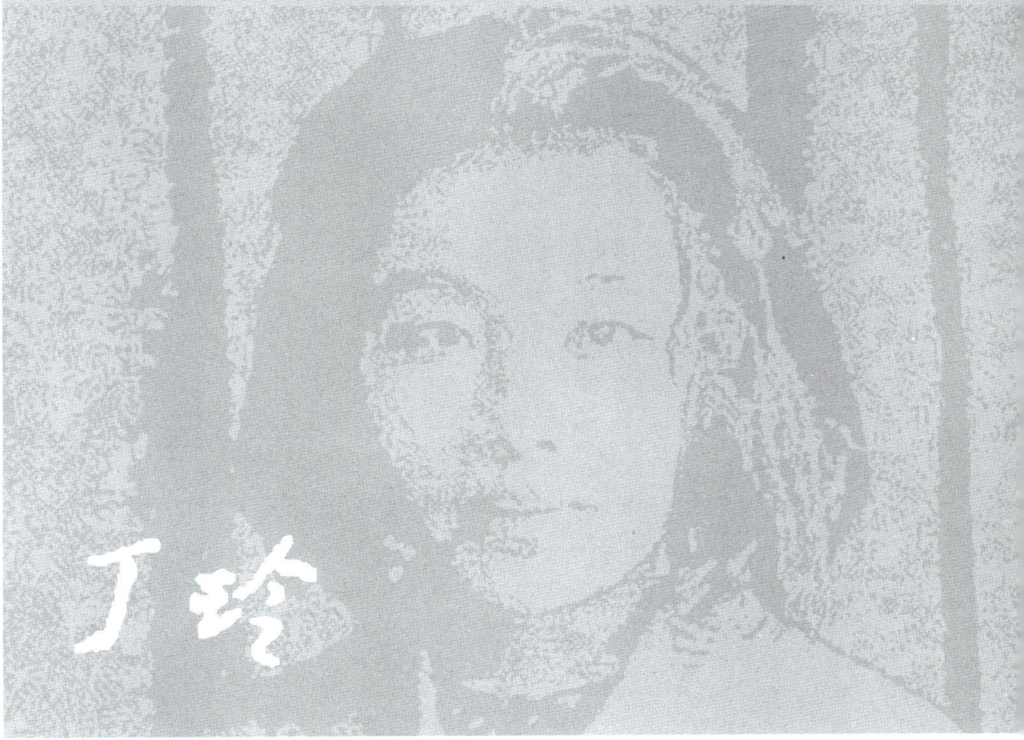

中国戏剧出版社
CHINA THEATRE PRESS

图书在版编目（CIP）数据

新世纪丁玲研究述评：2001—2018／魏丽著．—
北京：中国戏剧出版社，2020．10
ISBN 978－7－104－05042－1

Ⅰ．①新…　Ⅱ．①魏…　Ⅲ．①丁玲（1904－1986）－
文学研究　Ⅳ．①I206．6

中国版本图书馆 CIP 数据核字（2020）第 205000 号

新世纪丁玲研究述评：2001—2018

策划编辑：王松林
责任编辑：邢俊华
责任印制：冯志强

出版发行：中国戏剧出版社
出 版 人：樊国宾
社　　址：北京市西城区天宁寺前街 2 号国家音乐产业基地 L 座
邮　　编：100055
网　　址：www. theatrebook. cn
电　　话：010－63385980（总编室）
传　　真：010－63383910（发行部）

读者服务：010－63381560
邮购地址：北京市西城区天宁寺前街 2 号国家音乐产业基地 L 座

印　　刷：涞水建良印刷有限公司
开　　本：787mm×1092mm 1/16
印　　张：16．5
字　　数：262 千字
版　　次：2020 年 10 月　北京第 1 版第 1 次印刷
书　　号：ISBN 978－7－104－05042－1
定　　价：98．00 元

目录

CONTENTS

第一章

2001年丁玲研究述评

一　丁玲作品研究

主要包括长篇小说研究和短篇小说研究。长篇小说研究主要包括《太阳照在桑干河上》研究。

秦弓《丁玲后期的小说创作》① 认为，《太阳照在桑干河上》从结构安排到人物的设置和刻画，都显示出农村阶级关系与土地改革的复杂性。小说开篇从顾涌赶着亲家胡泰的胶皮大车回村切入，后面以胡泰前来取车作为斗争高潮的收束，这种结构安排是饶有深意的。小说反映了土改初期，一部分干部急于调动农民的土改积极性，宁“左”勿右，主张不分青红皂白见富就分；贫苦农民翻身的欲求一旦被唤醒，也极易与指导者的偏激观念及简单化方法上下呼应，在这种形势下，一部分富裕一点的中农被错误地当作富农对待。顾涌那胶皮大车带回来的恐惧、不安并非杞人忧天，丁玲通过对顾涌成分的错划表现了农村阶级关系的复杂性与土改运动初期的粗糙性，描叙之中对顾涌寄予了理解与同情，也对宁“左”勿右的思想倾向与偏激做法给予了婉转的批评。小说对于地主的描写，显示出叙事者对阶级关系的洞察力与刻画人物的分寸感。地主不是铁板一块的阶级，而是个性迥异，地位、作用均有不同的活生生的个体。丁玲在这部作品里，充分揭示了农民的革命潜力与翻身解放的巨大热情，但没有把农民写成完美无缺的英雄豪杰，而是真实地表现了他们身上由于几千年小农经济积淀下来的软弱、偏激、狭隘、自私等弱点，触及了农民的精神创伤。同时，丁玲细腻的心理描写使她在农村巨变的社会题材中，展示出较大的心理空间。

短篇小说研究主要包括《我在霞村的时候》和《莎菲女士的日记》研究。

秋山洋子②在近期重新揭露第二次世界大战中日本军从军慰安妇问题

---

① 秦弓：《丁玲后期的小说创作》，《河北师范大学学报》2001 年第 2 期。

② ［日］秋山洋子：《再读〈我在霞村的时候〉》，陈苏黔译，《中国现代文学研究丛刊》2001 年第 1 期。

的文化背景下，重读了《我在霞村的时候》并予以了高度的评价。论者重返作品产生的历史语境，指出“破鞋”曾经作为一个重要的问题在共产党的妇女活动家之间讨论过，其中刊登在1939年延安发行的《中国妇女》中的两篇论文把“破鞋”规定为基本上属于劳动阶段的妇女，提出要从根本上解决“破鞋”问题，需要保障妇女的工作，改革教育、婚姻制度，改革思想意识等等，从整体上进行社会改革；批判了党内一部分人从组织中排除她们出去的主张，显示了当时解放区妇女解放运动的水平之高。丁玲也在相同的时期给《中国妇女》投过稿，可以想象丁玲也读过这些论文并产生了共鸣。但是，党的妇女工作者抱有的这种认识超过了霞村村民们能够理解的程度。秋山洋子认为对失去节操的妇女持有屈辱性的看法，其根本上就是因为存在着视性为禁忌，性是必须遮掩起来的猥亵物的意识。丁玲《我在霞村的时候》和次年发表的《三八节有感》指出了延安妇女现实生活里的一些切实的问题，但是提出的问题没有引起处在领导地位的人们的重视，丁玲提出的问题被歪曲为对党的批判。性的问题仍然是一个禁区，男女平等只是局限在法律、经济和社会劳动范围内来谈，因此旧的贞操观反而渡过了“解放”之关而残留下来。即使到了改革开放时期，人们的歧视观念依然如旧。由此，秋山洋子认为蔑视受了性伤害的妇女是包括日本和韩国在内的儒教社会共同存在的现象，是一个全世界尚未解决的重要问题。

王进①则从心理分析的角度揭示了丁玲笔下的莎菲形象背后的恋父情结，认为梦珂、莎菲、阿毛、伊萨等女性的历史起点都有一位“送行”的父亲。由此论者提出的问题是：“父之恋”情结是如何参与“莎菲”的精神建构的？“莎菲”是否真正完成了一个现代女性主体的建立？论者认为，丁玲塑造了作为“力”者和“爱”者的“乡土父亲”形象，不仅成为都市男性的批判尺度，也为“莎菲”提供了一分反抗都市黑暗的野性力量。“父之恋”成了“莎菲”们的生存需要和永远的眷恋，也暴露了女性的脆弱，降低了莎菲认识自我、女性存在处境的清醒度，消解将自我反思、自我审视的理性精神一贯到底的勇气，从而使其精神成长可能开辟的空

① 王进：《“莎菲”的背后：父之恋——关于中国“现代女性”精神建构的一种解析》，《上海师范大学学报（哲学社会科学版）》2001年第2期。

间受到限定。“莎菲”终于无法跨越自己内心的“父之恋”所设定的极地，没有成长为具有充分、健全的“女性自我”和“自我”意识的“现代女性”。

二　丁玲思想研究

1. 丁玲与政治

杨虹的《丁玲的女性小说与政治》① 认为丁玲在走出莎菲式个人感情至上的狭窄圈子之后，其女性主体性的获得是通过对革命和政治的选择、对政治生命的把握，这使丁玲的女性小说凸显出越来越浓烈的政治色彩，成为作家对政治的忠诚信仰和理想化追求的演绎。首先，丁玲 30 年代小说中女性理想不在两性之爱而是对人的社会价值的追求，女性在爱情理想和革命冲突时都选择了革命，抛弃了爱情，表现出对革命的无比虔诚与坚定。同时丁玲较多地表达了公众所珍视的政治思想，使得她对于女性真正的生存价值和合理的生存方式的理解过于偏颇，理想寄寓也失于幼稚。其次，延安时期丁玲对女性自我价值、自我人格的积极定位，使她在宽松的政治环境里敢于大胆率直地抒情写真，表现出对延安社会的某种独立意识和批判精神。但一旦出现和政治中心话语的偏离，丁玲便从爱护自己的政治忠诚和政治信用出发自我反省与改造，遵循文艺为工农兵服务的政治方向，努力寻找能被社会认可的英雄形象，走从个人到集体、从个性解放到社会革命、从女人到人们的创作之路。作家批判现实主义精神的弱化和其女性关怀意识与理想表达的世故，既表现了她对政治的忠诚，也反映了她对政治批评的回避。最后，晚年作品《杜晚香》描写因进入理想的生存状态而获得了精神解放的新时代劳动妇女，是用政治话语勾勒的艺术形象，是对政治信仰的忠诚奉献。但是作家抽空了人物的思想、情感和内心世界，人物没有成长历程的呈现，形象也趋于苍白。这种理想化的描述的同时是创作个性的再度丧失，折射出作家饱受政治磨炼、久经历史沧桑之后

① 杨虹：《丁玲的女性小说与政治》，《琼州大学学报》2001 年第 4 期。

的世故。丁玲女性小说的政治化带来创作的成败迭起，曲折多变。

万莲子[①]捕捉到对丁玲及其创作的研究中存在着一个独特鲜明有待注目的“丁玲现象”，即：一是针对丁玲及其作品的价值判断上存在主流文化意识形态的文学批评和女性主义文学批评的错位，冯雪峰、茅盾等人虽高度评价丁玲及其创作，可是他们的研究终究是以男性主流文化意识形态支撑下的价值标准为参照系的，自觉或不自觉地流露出论者操持男性社会政治权威批评话语时的居高临下姿态，令置身文化边缘的批评对象窘迫，令倡导文化完形的女性主义文学批评侧目而视；二是面对丁玲及其创作的复杂性，女性主义文学批评本身出现了两极分化的结论，或只认定丁玲的女性文学价值这一维，或因丁玲后期创作转向而否定她在文学或女性文学方面应该具有的意义。丁玲与她的创作从总体来看已构成奇特有趣的复调，已形成一道风景：女性主义文学批评不大习惯将其整体创作纳入女性文学的经典性范本，男性主流政治文化意识又不以其文本为一流，因而丁玲及其创作时常被来自方方面面的因素忽略或评判失当。论者提出用“女性—公民”意识作为认识丁玲的崭新的契入点，来框定丁玲及其创作的文化内蕴。“女性—公民”意识指称一种明达理性的精神，意指在这一精神支配下，人应该特别关注并身体力行于消灭不公正、非正义、专制滥权、官贵民贱、压抑个性等等负面现实。论者认为丁玲代表着现代女性—公民言说的文学声音，其“女性—公民”身份的文学书写，历史地、美学地表现了中国民众（更包括女性）丰富而真实的生存体验历史。“女性—公民”身份写作，是她个体生命苦难的源头，也是她远离传统女性人生安逸的别无选择。

2. 丁玲与女性主义

唐利群[②]则以女性主义视角考察了二三十年代的女性文学如何在表现了性别改造的高度自觉的同时，又极度忽略了女性自我与国家、阶级、民族主体间的重大区别，如何在不断被整合到主流话语中去的同时，又在某些方面令大一统的男权文化出现了裂隙。其中，在主要由两相对峙的阶级力量所构成的文化图景中，“性别”的意义不是受到淡化和放逐，就是被

---

① 万莲子：《论“丁玲现象”》，《学海》2001年第1期。

② 唐利群：《二、三十年代女性文学与革命意识形态》，《妇女研究论丛》2001年第3期。

整合到阶级的序列中来；它不再具有自身的目的，而常常被用作意识形态的一种策略。知识女性必须由狭隘的个人主义者向下层民众靠拢，获得无产阶级意识，完成对自我的改造的“转变”。丁玲在 30 年代所经历的人生道路和创作道路的向“左”转，并非偶然的或者不合理的突变，而是有着自身的内在逻辑。但我们也不得不看到这转向所包含的代价：丁玲必须通过不断修正、削删、更改原本属于莎菲式的女性意识，才能使她的人物进入革命的阵营。《一九三〇年春上海（之一）》女主人公美琳的个人主义生活不再呈现为深刻的痛苦，而是被描述成令人窒息的无聊；《一九三〇年春上海（之二）》中，那个不受约束、高傲任性的女主人公玛丽，被定义为“没有一丝一毫是对于生命的进取，而全是充满着淫荡、逸乐、一种肉欲的追求和享受”时，也就表明在新的意识形态表述中，莎菲式的女性形象已经发生了多么大的变形。《田家冲》里，丁玲则着重塑造了一个兼具知识者和劳动者之长的全新的革命女性形象，这个无论是外在气质还是内在意识都跟无产大众无限接近的知识女性，无疑是一种“新人”，她已经融入一个伟大的革命群体，并且成为阶级革命链条上有效的一环，因此，她再也毋须经受莎菲式的孤独和绝望，再也不必面对以前的“新女性”所具有的性格矛盾和精神困境，但这同时也意味着：她熄灭了精神上的那份躁动不安，她失去了对男权专制的那份敏锐洞察，她被剥夺了对任何理想状态进行质疑的那份权利。从莎菲式的人物到理想化的女性形象，丁玲二三十年代的创作划出了一道女性自我意识逐渐消沉于阶级序列中的轨迹，从中可以看到的是阶级革命、群众运动强大的整合作用。

3. 丁玲与知识分子

张梅①认为，40 年代初延安杂文运动并不意味着现代知识分子批判立场在延安的恢复，它的终结在很大程度上源于延安作家作为现代知识分子的先天不足。丁玲是在中国共产党政权体制内部提倡民主的，杂文只是一种自我批评，而非知识分子站在另一方的平等立场上提出的批评，丁玲对于民主的理解不是体系性的、系统的，她追求的民主是与反封建联系在一起的，其反封建主题在逐渐向延安的权力及权威话语靠拢，即相信党领导

① 张梅：《丁玲：现代知识分子批判立场的缺失——重评四十年代初丁玲的杂文与小说》，《浙江学刊》2001 年第 1 期。

的解放区，相信党领导的群众。丁玲用党的立场写作，把自己作为一颗“革命的螺丝钉”。对于自由与民主，她缺乏体系性的认识，她的理解是零散的、感性的，不具有真正的现代性，它只在反封建的意义上存在着，至多要求在政权体制之内批评的权力。没有一个体系的支撑，丁玲本来的思想是无根的，她的民主是无根的。

4. 丁玲的精神特质

谭云明①认为，丁玲的个性、气质、人格有明显双重性，既有男性粗犷、豪放、雄强、刚烈的特征，即阿波罗式的阳刚特质，又有女性的丰富、细腻、敏感，即女性阴柔的缪斯特质，二者有机交融于丁玲的人格个性中，并贯穿于丁玲的一生。总结丁玲人格形成的社会属性影响，一是丁玲幼年遭遇到的世态炎凉留下的心灵创伤，及其母亲刚毅坚韧的榜样力量，塑造了丁玲敏感倔强的性格和正直率真的人生态度；二是王剑虹等朋友、向警予等领袖对丁玲的启发，强化了丁玲人格中敢闯敢干、叛逆的阿波罗特质；三是瞿秋白、冯雪峰等革命家的理想化、社会化、政治化力量对丁玲阿波罗气质的强化；四是胡也频的牺牲激化了丁玲的政治化，使她倾向革命，投身现实阶级斗争；五是解放区环境及毛泽东等领袖人物的人格影响，确立了丁玲人格心理定势，使她的创作不仅追求文本的艺术性，更追求文本的政治性和功利性。

三　丁玲史料研究

袁良骏的《丁玲：不解的恩怨与谜团》② 对丁玲和周扬、丁玲与沈从文的关系作了对照。从丁玲在《风雨中忆萧红》对冯雪峰和周扬的褒贬，判断丁玲对周扬的这些坏印象植根于30年代，植根于周扬在领导“左联”时的所作所为，及“两个口号”论争。丁玲和周扬在延安的历史碰撞，实际上正是左联矛盾在新形势下的继续和发展。1954年，周扬假手文联、作

① 谭云明：《在阿波罗与缪斯之间徘徊——丁玲双重人格的建构与交融》，《中国文学研究》2001年第4期。

② 袁良骏：《丁玲：不解的恩怨与谜团》，《粤海风》2001年第3期。

协主席团向丁玲开刀，说丁玲主持的《文艺报》压制新生力量，向资产阶级投降；次年把丁玲打成了“丁玲、陈企霞反党集团”，是排斥异己的宗派主义斗争。而在与沈从文的关系中，丁玲从被迫害的弱者变成了盛气凌人的强者，给沈从文扣帽子，称沈从文为“贪生怕死的胆小鬼，斤斤计较个人得失的市侩，站在高峰上品评在汹涌波涛中奋战的英雄们的绅士”，称沈从文的《记丁玲》是“信口开河、胡编乱造的小说”，全无宽容。令袁良骏尤为困惑的是，最有资格写《“牛棚”小品》一类控诉极“左”路线、揭示人性扭曲的血泪文字的丁玲，在《“牛棚”小品》之后，再也不写这类文字了，而是写政治表态式的《“歌德”之歌》，并坚持采用“歌德”的用词，“不理解也要这样写。会有人理解”。在丁玲仙逝几乎十五年之后，袁良骏作为一名新时期的丁玲研究专家，仍然没有弄明白“会有人理解”这句话，仍然不明白这些“理解者”是谁？这些“理解者”为什么对丁玲有这样大的影响力量？

邢小群[①]围绕中央文学研究所作了系列访谈，从丁玲文学研究所时期身边的秘书张凤珠、学员徐光耀的视角展现了丁玲的一些事实以及他们对丁玲的认识和评价。张凤珠回顾了文学研究所一、二期学员对丁玲的爱戴，源于丁玲的作家身份和个人魅力，同时，她也表达了对于自己心目中“两个丁玲”的困惑，即一个政治化的丁玲，一个文学化的丁玲。对丁玲的“一本书主义”和文学讲习所的“挂像问题”，张凤珠表示前者是丁玲一贯对作家身份的强调，后者则在丁玲不知情的情况下发生，丁玲对此不高兴并及时制止。丁玲对作家才华的重视，对有才能的作家的器重培养，说明丁玲骨子里的文人气质。张凤珠并介绍了丁玲和周扬的矛盾，毛泽东在丁玲、周扬之间的态度的微妙变化，丁玲对自己革命经历、革命身份的优越感，对党、理想的忠诚，和她对《在延安文艺座谈会上的讲话》的信服，把深入生活改造思想放在重要位置，影响着她的文艺管理思想。徐光耀回忆了丁玲对他的作品的高度评价，以及这在“反右”中成为丁玲拉拢腐蚀徐、宣扬“一本书主义”的罪状的历史故实。徐光耀认为丁玲懂创作，了解人，她与周扬有矛盾，无私心。

---

① 邢小群：《关于丁玲——张凤珠访谈录》，《文史精华》2001 年第 7 期；《我眼中的丁玲与陈企霞——徐光耀访谈》，《社会科学论坛》2001 年第 10 期。

日本文学研究者刘光宇[1]在研究过程中，发现了一首丁玲研究的弥足珍贵的诗篇《您又要骑马走了吗？——致丁玲》。作者是日本诗人坂井德三，该诗收入创元文库版《日本诗人全集第七卷——昭和篇（2）》，原载1948年版《新日本诗集》。坂井德三，又名世田三郎，1901年生于广岛县尾道市。早稻田大学英文系毕业。曾任《国民新闻》记者，抗日战争中曾来华，访问过我根据地，战后回国。1951年与三好一合译丁玲的《太阳照在桑干河上》。丁玲生前在《日本文学》1984年第2期《与日本朋友叙旧》一文中说："坂井德三先生过去在解放区生活过，对解放区的人民生活比较熟悉，因此对我、对反映解放区人民斗争生活的作品，自然能发生深厚的感情。……坂井德三先生说到他写过一首诗给我，我有这个印象。可惜的是诗稿现在哪里呢？那时我的生命，常常处于死亡的边缘，我自己的文稿在战争和动乱中都已遗失流散殆尽，哪里还有可能留下来异国朋友、同志留给我的珍贵的信物呢？"这首诗歌的发现具有很高的文学史料价值，是丁玲研究上难得的一首好诗，也是对丁玲先生的在天之灵的告慰。

四　丁玲研究之研究

陆文采、徐雁[2]对新时期丁玲研究的现状作了全面的评述，侧重对研究中的分歧与争鸣作深入探讨，指出学术界应站在历史和现实的交点上研究丁玲创作的艺术个性、创作成败及其在新文学史上的地位，以使丁玲研究从困惑走向未来。论者认为在1979年至1999年二十年间，丁玲研究在总体发展上可分为两个时期。第一个时期是1979年至1986年丁玲逝世前的8年，拨乱反正，医治创伤，建立丁玲研究队伍，是当时丁玲研究的重要任务。第二个时期是1986年之后，研究者把丁玲研究放到整个中国现代文学史的历史画卷上，把丁玲研究与同代作家的研究与中国文化的研究以

① 刘光宇：《日本诗人写给丁玲的诗》，《中国现代文学研究丛刊》2001年第2期。

② 陆文采、徐雁：《论新时期（1979—1999）丁玲研究的困惑与突破》，《辽宁师范大学学报》2001年第1期。

及 20 世纪文艺思潮的研究结合起来，使丁玲研究的领域不断扩大，研究的方法和观念也得到不断的更新。其中，袁良骏的《褒贬毁誉之间——谈谈〈莎菲女士的日记〉》为丁玲创作的拨乱反正的再评价发出了可贵的第一声，指出莎菲形象的典型意义在于“莎菲形象不仅是一个封建礼教的叛逆者，而且是一个‘市侩’灵魂的惩罚者”。严家炎的《开拓者的艰难跋涉——论丁玲小说的历史贡献》深刻地理解丁玲早期小说中塑造知识女性内心痛苦的独特的美学成就。而王雪瑛的《论丁玲的小说创作》从丁玲创作中艺术个性的消长将丁玲的创作道路看成是一条失败的轨迹，这和严家炎认为丁玲的创作道路是追随鲁迅的杰出“开拓者”的轨迹之间有着严重的分歧。王蒙《我心目中的丁玲》对丁玲其人其文提出全面质疑。近二十年来丁玲研究中的争鸣性文章，使丁玲研究从困惑中有了突破，并使丁玲研究从沉闷中得到了发展。

吴晓晨①认为，彭漱芬的丁玲研究新作《丁玲与湖湘文化》从文化学角度全新考察丁玲这位湘籍作家，挖掘其性格气质、审美情趣、艺术思维方式等方面形成的环境背景及作品的人生内容、艺术风格、表现手法中所蕴藉的文化深层根源，极大地丰富了丁玲研究的内容，拓展了丁玲研究的广度和深度。此外，对彭漱芬的这部研究著作做出书评的还有孙景阳。②

---

① 吴晓晨：《丁玲研究的再度超越——读彭漱芬著〈丁玲与湖湘文化〉》，《理论与创作》2001 年第 4 期。

② 孙景阳：《一部丁玲研究的力作——读彭漱芬的〈丁玲与湖湘文化〉》，《常德师范学院学报》2001 年第 5 期。

第二章

2002 年丁玲研究述评

一　丁玲作品研究

徐岱《大视野与小格局：丁玲小说的诗学审视》[①] 剖析丁玲小说中的革命的大视野与女性的小格局之间的冲突，认为丁玲的声誉主要来自“大视野”，但作为小说家的特色在于独具女性特色的“小格局”。首先，丁玲的女性本位立场，对女性命运的关注使她笔下的女性人物形象最为生动。如《太阳照在桑干河上》的艺术意味来自作者身上那种实在难以被彻底消除的艺术家素养，这就是对有着个体生命意志的“人物”的尊重。黑妮是这部小说唯一具有生机的人物，这个人物的成功除了作者所说的熟悉外，更深层次中还有着作者对女性命运的关注。放眼整个丁玲小说，就可以发现“对妇女问题的深切体验”正是丁玲文学叙事中一以贯之的焦点所在。其次，丁玲能从灵与肉、情与性的统一来表现作为一个完整生命现象的女人，使“理解女人”这一最具现代女权意识的主题得到了更为充分的表达。丁玲通过主人公灵与肉、情与欲的冲突，赤裸裸地进入女性的生命深处。丁玲叙事里的女人是敢想敢做的激情女性，她们身上独特的女人味恰恰来自其所具有的、有别于女性传统的一种“丈夫气”。正是丁玲的这些听从自己生命冲动的诗性叙事，为其奠定了作为一名优秀中国女作家的基础。

杨虹[②]对丁玲《我在霞村的时候》的性别话语进行了分析，认为丁玲在叙述对女性尊严的追寻与捍卫，表现女性个体与社会价值的统一时，出现了话语权的转换，从而在一定程度上背离了创作初衷。一方面，丁玲以贞贞积极复仇、冒险工作，热情追求新生活中的美好，这种拒绝隐遁、重塑自我的积极行动，为女性作为人的尊严和价值开辟了空间。丁玲以革命的名义打造了她的又一艺术理想制高点。但是，这种对贞贞的肯定来源于

---

① 徐岱：《大视野与小格局：丁玲小说的诗学审视》，《浙江学刊》2002 年第 2 期。

② 杨虹：《女性尊严的捍卫与颠覆——解读〈我在霞村的时候〉》，《江汉论坛》2002 年第 6 期。

政治利益高于一切的男权政治话语，这和蔑视贞贞的村民们的男权道德话语殊途同归，都是对个体的人的漠视、否定。杨虹质疑："在解放区的村民面前无法捍卫的女性尊严，到了延安就一定能张扬吗?"并推论："除了对那段曾经的革命经历予以隐瞒，贞贞恐怕不会有更好的选择，而这，恰恰是对'我'所肯定的为革命牺牲贞节的行为的否定。"贞贞的痛苦来自侵略者的暴行、村民的伤害，更源于"贞节"这一"女性本源经验"的丧失。贞贞对"贞节"的珍视就是对男权道统的屈服，丁玲以符合男权话语的"走向新生"完成了女性苦难的隐遁，导致女性尊严的弱化，话语结构出现倾斜，从而构成了对创作本意的颠覆。

陈千里的《论丁玲、陈染小说的文化内涵》[①] 比较了丁玲与陈染的创作，认为二者在各自所处的时代均具有所谓"摩登"的文化素质，主要体现在自我的强调与张扬、性爱的自由与彰显以及偏于"颓废"的美感特征。在小说叙事上，丁、陈从对社会性别的质疑与颠覆这个具有深刻文化内涵的问题切入，她们的创作都带有"反文化"色彩。与此同时，丁玲和陈染的同类创作在不同时代问世后所面临的不无相近之处的文化际遇。虽然《莎菲女士的日记》和《私人生活》均是一经面世便引起广泛的关注，然而这种聚焦及反响很少来自对文本文化内涵的体察、理解，或者说这类文本的表达初衷与阅读的价值取向常常处于错位的状态，也从一个特定角度昭示着她们的创作在现实社会中的"另类"性质。

二　丁玲史料研究

《丁玲、延安、〈讲话〉与我——陈明访谈录》[②] 对丁玲到保安、延安的生活有详细的介绍。丁玲对《在延安文艺座谈会上的讲话》的接受、在土改中的实践工作，为《太阳照在桑干河上》的诞生做了准备。陈明追述了丁玲到保安前的生命历程和思想准备，丁玲幼年感同身受女性的不平，

---

① 陈千里：《论丁玲、陈染小说的文化内涵》，《南开学报》2002 年第 1 期。

② 陈明：《丁玲、延安、〈讲话〉与我——陈明访谈录》，《文艺理论与批评》2002 年第 5 期。

丁玲母亲的个人奋斗的影响及女性联盟的激励，丁玲与女友的知识追求，以及丁玲与上海的早期共产党人的接触，丁玲的入党，参加左翼文学运动，被国民党秘密绑架囚禁，千方百计挣脱束缚奔向保安。丁玲初到保安受到热烈欢迎，其间和毛泽东的自由交往，尝试参加红军，参与军旅生活，直到组建领导西北战地服务团。丁玲受到《在延安文艺座谈会上的讲话》影响，主动到乡下接触老百姓，希望到群众中去落户，沟通与农民的感情，习惯农民的饮食生活。在参加土改的实际工作中，丁玲对农民有理解和同情，有对他们命运的关心和问题意识，由黑妮这样的人物的原型，引发对地主的年轻子女在土改运动中被怎么对待、他们的前途命运将如何的疑问；由一个勤俭致富但保持着俭朴本色的农民，产生了土改中什么样的人算富农的疑问；在内战形势紧张的时刻，如何把土改搞好，既要土地翻身，又要农民翻心，克服变天思想，这些问题和意识，促成了《太阳照在桑干河上》的诞生。陈明一并介绍了这部著作完成后在党的领导人中间引起的反应，既有彭真的地富思想的批评，也有毛泽东、胡乔木等的好评。在任弼时等的推荐下，《太阳照在桑干河上》被推选参评斯大林文学奖并获二等奖。丁玲继续关注温泉屯的土改保卫工作，计划创作姊妹篇《在严寒的日子里》，可惜因反右政治运动牵连，被剥夺了写作权利，虽然晚年努力赶写，终未完篇，留下遗憾。

王景山作为中央文学研究所第一期学员①对丁玲成立文学研究所的宗旨及办学状况作了追述。中央文学研究所于 1950 年冬天成立，丁玲介绍成立文学研究所主要是培养工农出身的作家，也招收了少数知识分子，希望他们能帮助工农们提高文化，反过来再受工农的生活感情的影响。继而组织了这批知识分子成立了理论批评小组，成立了创作组。在论者看来，丁玲“好像不仅要把中央文学研究所办成培养作家的基地，还准备有计划地组织一些作家和评论人员，从事创作和理论批评研究工作，形成教学、创作、研究三者互补互促的局面”。中央文学研究所正副所长是丁玲和张天翼，正副秘书长是马烽、康濯，教务处长是石丁，行政处长是邢也。第一期第一班的学员，称研究员，来自解放区从事农村文化工作的居多；1952 年夏天招收了一批大学中文系应届毕业生新学员，算二班，称研究生班。

---

① 王景山：《我所知道的中央文学研究所和所长丁玲》，《新文学史料》2002 年第 4 期。

第二期学员于1953年秋入学，赶上中央文学研究所的尾巴，正式学习已是文学讲习所时期了。第三期、第四期学习时间很短，各半年左右，类似讲习班。第一期、第二期主要是培养创作人才，按学员的写作方向编组，如小说组、诗歌组、戏剧组等。在办学上也贯穿了丁玲创作源于生活、理论联系实际的办学思想，第一期第一班的学员分别安排去农村、鞍钢、抗美援朝前线的活动，到广西参加土改、参加“三反”“五反”等活动。1953年下半年，文学研究所和文化部脱离，划归作协领导，名字改为中国作家协会文学讲习所，丁玲不再担任所长，创作组取消了，理论批评组也不存在了，丁玲所设想的办所计划在她的任内终于未能实现。

黄昌勇的《宿命中的沉浮：丁玲与王实味》① 着重于丁玲与王实味的异中有同的命运遭际，以及这种遭际的启示性意义。王实味和丁玲集结于1940年到1942年在延安形成的带有强烈启蒙意识、民族自我批判精神和干预现实生活的文学新浪潮，为什么算不上主导潮流的王实味成了批判的重点对象，而不是更为激进的丁玲？论者认为问题的实质在于王实味思想的系统性质，其关于民族形式讨论的文章所潜隐的具有系统性的文艺思想和主流意识形态所要求并已形成的主导文艺思想存在着巨大的分歧。王实味关于民族形式的理论隐含着知识分子启蒙大众的“五四”以来精英文化传统，这和胡风的现实主义文艺思想有一致性，只是因为胡风彼时身处国统区，游离在体制之外，所以没有像王实味那样在1942年被推向历史的前台，而是在中华人民共和国成立后回到体制之内开始遭受苦难。丁玲因为是从国民党囚居中逃出的名作家，在国共两党斗争激烈的时期有重要的宣传价值，因而在40年代被区别于王实味，但在1955年胡风反革命集团案浮出水面的同时，丁玲也开始了漫长的受难历史。丁玲、王实味从延安整风开始，由集结而疏离，又被捆绑一起回到起点，是个人及时代的特殊要求使然，正如批判丁玲的周扬在即将展开的历史场面中也同样扮演被批判的角色一样，他们不过是在不同的时序中上演绎着截然不同的人生而已。王实味与丁玲的历史宿命其实也是一大批中国现代知识分子前后颠踬的风雨路。

---

① 黄昌勇：《宿命中的沉浮：丁玲与王实味》，《文艺争鸣》2002年第3期。

三　丁玲研究之研究

丁玲与周扬、沈从文等文坛人物之间的政治和情感纠葛可以说是“剪不断，理还乱”，涂绍钧[1]对袁良骏 2001 年发表的《丁玲：不解的恩怨与谜团》进行了争鸣，针对丁玲被打成右派只怨周扬，不怨党中央毛主席是否如袁良骏所说“只对了一半”，丁玲在南京囚禁期间有无“变节行为”，丁玲在和周扬的斗争是否“同样充满了宗派色彩”，丁玲、胡也频、沈从文是否曾“大被同眠”等问题进行质疑。涂绍钧从自己亲身对丁玲的采访以及丁玲的回忆录出发认为丁玲对反右斗争的认知是透彻的，丁玲的不怨是共产党人的胸怀，是党性的体现。对袁文闪烁其词的丁玲“变节行为”，涂绍钧引用中央组织部两次结论，予以坚决彻底的否定。针对袁文关于丁玲在面对周扬的排斥异己的宗派主义态度，丁玲所采取的报复性行为如串联朋友组织力量，创办《中国》杂志，筹组“丁玲研究会”，关注“周扬派”动态、伺隙乘虚以便随时回击等举措同样充满了宗派色彩这一说法，涂绍钧认为这是袁的捏造和恶语中伤。丁玲结交新老朋友，但并非是“组织力量”；丁玲创办《中国》杂志，刊物性质和办刊宗旨是“五湖四海”式开放、容纳多种风格流派；丁玲研究会的筹组是丁玲研究者们自发组织的，其成立也是在丁玲逝世之后，都与宗派主义无涉。对于丁玲沈从文的恩怨，袁认为丁玲是“令人望而生畏的强者”，涂绍钧否定了这一判断，认为问题并不在于两者的地位怎么样，而在于沈的《记丁玲》是否歪曲了事实、伤害了丁玲。并从丁玲的信件中对沈从文的体谅、宽厚得出结论，丁玲与沈从文并无不解的恩怨。

---

① 涂绍钧：《身后是非谁管得——读袁良骏先生的〈丁玲：不解的恩怨和谜团〉》，《文艺理论与批评》2002 年第 1 期。

第三章

2003 年丁玲研究述评

一 丁玲作品研究

1. 小说研究

主要包括长篇小说研究和短篇小说研究。长篇小说研究主要包括《太阳照在桑干河上》研究。

於可训①梳理了《太阳照在桑干河上》面世以后，对这部作品的评价所经历的不同的阶段。一是从作品出版到 1957 年反右斗争以前，是对作品的肯定评价阶段，尤其是在作品获得斯大林奖金以后，对作品的肯定也随之升级。一般论者都肯定这部作品是“最初出现的”反映土地改革运动的长篇小说，是“比较成功”地反映了中国土地改革运动的“代表作品之一”。二是从 1957 年反右斗争到 70 年代末“文化大革命”结束，是对作品的否定评价阶段。认为“作者是用一个剥削阶级——资产阶级的眼光来看土改”，作品“实际上已成为一部描写农民的落后、动摇和叛变为主的小说”，“是一部失败的作品”。三是从 1979 年丁玲复出文坛以后，是对作品的重新评价阶段，基本上把对作品的评价从政治评判中剥离了出来，恢复了肯定评价阶段的一些实事求是的分析的结论。四是 80 年代后期“重写文学史”活动，否定了作品的纯粹政治性的主题，否定了作者根据一定的阶级关系来构造作品的人物关系和塑造人物形象的做法，认为丁玲的创作道路是由个性扩张转变为收缩个性，由自我抒遣转变为自我封闭，由倾听自己的心声转变为图解现成的公式，由先前的那种积极的自我超越和自我保护，变成了自我丧失，变成了一种消极的自我保护。对此，从丁玲对人性的深入的解剖和透视、丁玲早期写作惯性和影响以及作品创作的年代而言，《太阳照在桑干河上》仍然保有作家创作个性和艺术特长。但丁玲在写作的过程中接受政策的规范，同时也限制了丁玲在作品中深入展开文化批判的主题，不可能真正从根本上超越土改斗争题材和主题的局限，从普遍人性的意义上去开掘作品的历史文化或哲学内涵。《太阳照在桑干河

① 於可训：《一部书的命运和阐释的历史——重读〈太阳照在桑干河上〉》，《江汉论坛》2003 年第 12 期。

上》的这些不足和局限，矛盾和张力，都使这部作品带有一个转换时期的创作所特有的鲜明的时代特征。

李向东从陈明致丁玲的两封信①中得到了关于《太阳照在桑干河上》出版的一点新资料。这两封信传达了同一个重要的消息：西柏坡的高层人士一致欣赏《太阳照在桑干河上》，同意尽快出版。这里边起了重要作用的，是艾思奇、萧三和江青等人，但最关键的人物，是没有出场的毛泽东。江青当时并没有正式职务，但是由于她的特殊身份，她的意见会被人看重。江青之所以如此重视这本书，很可能有一个原因是，毛泽东曾经当面向丁玲表示过他要看这部书，但是当时正是解放战争的紧要关头，他运筹帷幄，无暇顾及此事，所以这件他答应的事情，就由江青接了下来。中央意识形态方面的高层人士看重这本书，除了艺术方面的因素外，恐怕也有政治考虑：《太阳照在桑干河上》是土地改革题材的作品，是迅速地反映生活、反映时代的作品；丁玲是老作家，老作家写新题材，有提倡鼓励引导的作用。总之，无论从作者还是作品，都完全符合《在延安文艺座谈会上的讲话》精神。

短篇小说研究主要包括《我在霞村的时候》和《在医院中》研究。

唐克龙的《未完成的启蒙——丁玲〈我在霞村的时候〉新解》② 从启蒙现代性的视角，认为《我在霞村的时候》延续了五四运动的启蒙主义传统，提出了个人自由、婚姻自主的重大命题。但是这一主题被小说表面的“革命”叙事所遮蔽：“革命”中断了“启蒙”。小说从“我”的视角展开的形象化进程，凸显了知识分子因为“战时文化规范”和“革命”而压抑了的启蒙的焦虑。从叙述者对贞贞婚姻问题的关注，以及文本中大量篇幅表现贞贞遭遇到乡亲的冷眼和猜疑这一革命者命运问题，可见丁玲所关注的仍然是时代主题遮蔽下的反封建命题，是“人道主义、个性解放的启蒙”的命题，她没有因为时代主题的急迫性和“宏大叙事”的正义性与合法性而忽略对于个人命运的关注和深入的探讨，她的写作是严肃而深沉的。

---

① 李向东：《有关〈桑干河上〉出版的一点新资料——读陈明致丁玲的两封信》，《新文学史料》2003 年第 3 期。

② 唐克龙：《未完成的启蒙——丁玲〈我在霞村的时候〉新解》，《天津大学学报》2003 年第 4 期。

常彬[①]比较了弗洛伊德的《一个歇斯底里病例的分析片段》（以下简称《病例》）与丁玲的《我在霞村的时候》（以下简称《霞村》），发现它们之间隐含地存在着一个共同的事实，即两个不同属性的文本都分别讲述一位 18 岁少女因情而困、因情致病的病史故事。《病例》在真实的病例陈述中加入了大量的文学因子，采用了侦探小说的结构方式突出其内容的悬念性，刺激读者的阅读兴趣，构成显性医学文本与隐性文学文本的文本间性组合；《霞村》在虚构故事中采用欲明故暗、主人公迟迟不出场的悬念方式，突出贞贞形貌及价值判断在村民眼中与“我”眼中的巨大反差，传递一种政治理念和女性关怀，形成显性政治文本与隐性女性文本的交相纠葛。两个文本站在不同的叙事视角与性别立场，展现出文本间性力量所构成的丰富内涵与复杂声音。弗洛伊德站在男性立场和男性视角来观察、凝视、言说他的主人公朵拉，朵拉在整个叙述中是沉默无声的他者，完全听凭弗洛伊德菲勒斯中心论的强力阐释。丁玲站在女性主义立场，既肯定革命高于一切的利益诉求，又对以革命名义忽视女性身体的主流意识质疑，让处在革命需要与传统道德夹缝中的贞贞发出自己的声音，并对她的处境表示深切的忧虑。无论是朵拉的沉默还是贞贞的执拗，她们最终都选择了反抗被界定、被言说、被凝视的男权掌控，选择了不配合的出走之路。两个文本都不是单一的纯医学或纯文学文本，每个文本中都存在着至少两个或两个以上或者属性不同，或者意图不同的异质文本套用，形成文本间性的冲突张力。

万国庆《女性知识者的思索、困惑与追求——重读丁玲的〈在医院中〉》[②] 解读《在医院中》所构筑的矛盾体系，发现就小说主题意蕴而言，至少存在着以下四个不同的层面：第一，通过作品中主要人物的经历、遭遇以及围绕主要人物的矛盾冲突，揭示抗日根据地中小生产意识、封建主义、官僚主义的严重危害，意在表现知识分子投身革命后人生历程的复杂性、曲折性、艰难性。第二，通过小说主人公陆萍的性格、经历和遭遇，含蓄地指出了这一代知识分子身上弱点的同时，还表达出对知识分子是葆

① 常彬：《在真实与虚构之间——〈一个歇斯底里病例的分析片断〉与〈我在霞村的时候〉文本比较》，《中山大学学报》2003 年第 6 期。

② 万国庆：《女性知识者的思索、困惑与追求——重读丁玲的〈在医院中〉》，《江西社会科学》2003 年第 4 期。

有知识者的锐气与个性与环境冲突，还是放弃这种个性独立精神完全融入环境、融入大众的困惑与思考。第三，从一个侧面揭示出知识女性在男权中心文化环境中的压抑与痛苦。第四，丁玲通过刻画陆萍形象，特别是通过描写陆萍在遭遇到种种误解之后的心态和最终得到组织的信任与理解的结尾，隐秘地寄托了丁玲急欲摆脱蒙尘阴影与政治失贞误解的噩梦纠缠，确定起自信、坚定、开阔、乐观的人生信念的愿望。可以说，在陆萍身上有着丁玲自我人格与精神追求的某种写照与投影。

2. 散文研究

苏永延《丁玲延安时期散文的艺术追求》① 认为，丁玲延安时期的散文聚拢了时代的风云，跳跃着灼人的战斗热情，不仅反映了中国20世纪三四十年代风云变幻、波澜壮阔的历史，也反映了她从一个小资产阶级知识分子到坚定的革命作家的思想历程，体现出她高洁的人格和崇高的精神境界。论者总结丁玲散文艺术有叙事方式的小说化、散文体式的速写化、文学语言表达的个性化等特点。其小说化体现在善于刻画人物、描绘环境气氛、注意故事的完整性和生动性；速写化则表现在善于简练地表现对象的肖像、动作和心态；语言基本上以现代白话文为主，朴实刚健、细腻清新、富有激情。丁玲延安时期的散文创作是《太阳照在桑干河上》的先声，是丁玲晚年散文成熟的先兆。

3. 影视改编研究

中央电视台电影频道2003年摄制完成的电影《贞贞》取材于丁玲的小说《我在霞村的时候》，严家炎、卢晓蓉《试论〈贞贞〉改编的得与失》② 对电影改编的得失作了探究。电影在情节和人物上大的改动，一是影片开始有一段贞贞和难友“姐姐”逃出日本慰安妇营地的戏。“姐姐”担心自己的遭遇会给丈夫、孩子带来厄运而投井自尽，预示着贞贞尽管挣脱了日军的枷锁，却将要被卷入另一场生不如死的灾难之中。二是大宝的形象在电影中表现得特别胆小、自私。三是增加了以朱老四为首的土匪队伍一段戏，土匪的山寨生活、英勇抗日以及贞贞与朱老四之间曲折离奇的爱情故事几乎占了全剧的一半。这部影片不仅第一次将慰安妇的悲惨遭遇

① 苏永延：《丁玲延安时期散文的艺术追求》，《福州大学学报》2003年第4期。
② 严家炎、卢晓蓉：《试论〈贞贞〉改编的得与失》，《电影艺术》2003年第3期。

搬上银幕，而且也将土匪作为抗日力量的正面形象在银幕上呈现出来。编剧选择了土匪这个群体来展开原作的故事，淡化了原先的主线，凸显了抗战这条辅线。影片最后以贞贞重返慰安妇营，与鬼子兵同归于尽，将全剧推向高潮，以此传递爱国主义的主旋律。论者认为丁玲作为经受过“五四”新文化充分洗礼因而最具现代意识的女作家，敏锐地揭示了封建意识和小生产恶习怎样扼杀了妇女的正当权利，桎梏了农民的思想，扭曲了人的本性，同时也必然会减弱和抵消抗日的有生力量。小说中的贞贞有明朗的性格、有独立的想法和选择，表现出来的“新的东西”是人性中最可宝贵的独立思考，是一种敢于冲破封建思想、小生产桎梏的现代意识。而在电影中的贞贞身上，恰恰缺少了这样的东西。

二 丁玲思想研究

1. 丁玲的女性意识

郭力[①]以丁玲的杂文《三八节有感》和莫耶的小说《丽萍的烦恼》为例分析女性叙事话语与意识形态主流话语之间的疏离现象，以透视延安时期创构的新意识形态中妇女解放思想观念的历史处境和地位。丁玲与莫耶以女性思想的锐利和亲身经历的苦痛，深刻地体验到男权思想对女性的压抑与歧视乃至异化。两篇作品都触及解放区存在的等级秩序与特权思想，不同程度地揭示出男权封建思想的根源。20世纪40年代初逐步制定和完善了的新政权的思想体系，仍然保留了男权统治的重要组成部分；暴力革命摧毁的是旧政权秩序，但并没有摧毁家庭内部乃至社会的父权制思想体系。对丁玲、莫耶的批判，看似“整风”历史语境之下政治话语对知识分子个人话语的整合，实则透视出父权/男性思想文化对以个人面目出现的女性话语的规范与压制。女性对自身主体公开的指认与表述再一次被强大的集体或国家的伦理叙述取代。自此，新中国意识形态的权力话语结构中，“女性”在一段历史时间内始终是一个匿名的存在。

① 郭力：《历史批判的启示：性别与政治的话语变奏——以〈“三八”节有感〉和〈丽萍的烦恼〉为例》，《中国现代文学研究丛刊》2003年第4期。

李静《性别叙事/女性言说——论丁玲早期女性小说创作》[①] 从四个方面剖析了丁玲早期小说的性别叙事。一是性爱意识的觉醒。丁玲把女性的性需要作为一种主体的需求来描写，如实表现了女性性意识的欲望与冲动，性的苦闷与痛楚，肯定了女性性欲的自然性、合理性。二是逆向的性别审视。把男性作为女性文化观照的对象，颠覆了传统的男性形象，显示了新女性的叛逆性格和对自我与他者关系的一份清醒认识。三是对新式婚姻、家庭的怀疑。四是女性话语的张扬。丁玲早期的创作最大限度地传达出了女性生活和心理的信息，突破了“五四”思想启蒙运动中女作家“表达的焦虑”。在叙事策略上，丁玲也采取了具有强烈“自我”色彩的女性叙事话语。丁玲的贡献在于将“五四”初期女作家尝试建构女性话语的倾向显现了出来，并以自己的文本创作为以后和新时期女作家构筑女性话语体系奠定了基础。

王明丽《丁玲女性意识的嬗变与其作品的互文性》[②] 剖析了丁玲生命历程中的女性意识与政治意识的扭结缠绕，及所带来的作品的别具一格的审美现代性。《莎菲女士的日记》突破了泛泛追求平等、自由的社会理想层面，带有性别指向明确的文化质疑色彩。“莎菲系列”的女性追求“爱”的欲望的合法化，同时感受到梦醒后无路可走的悲哀。在《阿毛姑娘》中，这种对欲望的执着使其生存面临边缘化，欲望的现代性在现实的重压下发生了向着救亡的必然转变。性别话语无可避免地与“国家”“阶级”话语缠绕在一起，自我言说与大众话语整合，启蒙知识分子向底层民众融入，丁玲与左翼文学的结合，使其女性意识中的政治内涵得到深度发展的空间。丁玲认同鲁迅、冯雪峰等从20年代的苏联全力输入的普列哈诺夫和卢那卡尔斯基的文艺理论和批评方法：既坚持“新的建设理想”，又执着于现实的改造；既坚持无产阶级的阶级立场，又站在人类改造的立场；既要政治，又要文学；既是革命者，又是艺术家的双重立场、双重角度和双重身份。经历民族革命战争的洗礼的女性，作为独特、丰满而完整的人的存在而崛起，丁玲在创作中从女性立场发出“客观性声音”，渴

---

① 李静：《性别叙事/女性言说——论丁玲早期女性小说创作》，《南京社会科学》2003年第8期。

② 王明丽：《丁玲女性意识的嬗变与其作品的互文性》，《西北师大学报》2003年第6期。

望自由、平等的对话交流，并以贞贞、陆萍等形象顽强地表达女性的性别认同，探究男性性别差异而导致的冲突。丁玲对自我的性别认同的坚执，和所承继的鲁迅式的“直面人生”的现实态度与“改良人生”的现实要求，促使她写下了富有挑战性、期待对话、有着意蕴深厚的政治内涵的女性小说。

宋桂珍则将丁玲创作中的亦女性亦人性，亦个人亦社会，“女性文本”与“政治文本”相互交织、相互包容或并行不悖的特点，称之为“复合性特点”①，认为这正体现了我们民族文化语境下女性文学的独特之处。“五四”时期的莎菲执着地探寻着生命的意义及女性的人格尊严，渴求尽善尽美的精神价值，与现实的社会规范及价值取向格格不入。以莎菲为代表的女性的命运无不与社会息息相关，此期的“女性文本”中同样蕴涵着丰富而深刻的社会政治内容。30 年代的美琳清醒地意识到女性人格独立与社会、事业、大众的关系，不仅方向明确，而且勇敢地付诸行动，标志着女性自我意识与社会意识的进一步交融。在小说《田家冲》中，作家已跳出了熟悉的知识分子题材，开始写农民生活，作品中的女主人公也较前发生了质的变化——出身旧家庭的三小姐接受了革命的思想，成为一个革命者。40 年代的贞贞的主体意识在民族解放斗争的磨炼中得以实现，女性自我的意识与价值和民族意识、民族尊严紧密结合在一起。陆萍不仅像贞贞那样将自己融入民族解放事业，而且以先进的思想去审视生活，干预生活，创造生活，努力改变民众落后的根性和文化心态，显示了女性意识的深刻性与超前性。丁玲写出了伴随着阶级的解放和人的解放，女性自我意识与价值得以觉醒与复归，她们已清醒意识到，女人与男人一样，不仅是人，而且是新世界的主人。从 20 年代到 40 年代，正是在这段时间丁玲女性意识逐渐成熟，也是在这段时间她的女性文学创作逐渐向纵深发展，由开始较多地关注女性个体到后来更多地关注包括女性在内的社会。在描写女性命运时，没有忘记揭示女性与时代、社会、政治的关系，而在对大众和社会做整体描摹时，又进一步观照了女性的命运，二者交相辉映，水乳交融，真正体现了丁玲女性文学社会意识与女性意识相融合的复合性特点。

---

① 宋桂珍:《论丁玲女性文学创作的复合性特点》,《学术交流》2003 年第 8 期。

2. 丁玲的文艺思想

李征宙的《丁玲晚年创作思想探评》① 针对丁玲晚年的创作和思想所引起的文坛争议，尤其是以王蒙的《我心目中的丁玲》为代表的对丁玲冠以极“左”之名，认为丁玲“左”的原因是特殊政治经验特别是文坛内斗的经验的议论，做出了辩解。首先，针对丁玲政治投机说，论者认为丁玲在思想感情上始终保持着和人民群众的血肉联系，有着坚定的社会主义和共产主义信仰；在文学创作上，鲜明地、始终不渝地体现着党所倡导和指引的文学发展方向，揭露和批判极“左”路线祸国殃民的本质，这有《牛棚小品》和长篇散文《风雪人间》为证。在对极“左”路线进行深刻揭露和血泪控诉的同时，丁玲写诗作文，表示自己虽然历经坎坷，但对党的忠诚态度不变，对马克思主义的社会主义和共产主义的信仰不变，全心全意为人民服务的精神不变。这是复出后的丁玲的基本思想，也是丁玲处理个人与党、国家、人民关系的基本原则，又是她晚年处事、做人的思想行为准则。其次，针对丁玲之所以能渡过迫害劫难是因为她政治“天真”说，以及贬低《杜晚香》观念陈旧说，论者认为当丁玲身处厄运，在逆境中苦苦挣扎时，正是广大的人民群众，正是杜晚香这样的社会主义新生活的劳动者给了她力量，给了她精神支撑。丁玲不是一个纯粹的作家，一个为写作而写作，为艺术而艺术的作家，一个迎合世俗、自我标榜的作家，而是一个有着很强的党性、自觉地把文学创作纳入为人民大众服务轨道的作家。丁玲的看法和观点是完全符合毛泽东的《在延安文艺座谈会上的讲话》的精神，准确地把握住了我们这个时代文学的内在本质和发展规律，显示了她的革命作家、革命文艺战士的人格和品格，从思想上正确地把握住了时代，在艺术上准确地表现了时代。论者认为对丁玲的非议、贬损是文艺界的宗派主义作祟的结果。

① 李征宙：《丁玲晚年创作思想探评》，《广州大学学报》2003 年第 2 期。

第四章

2004 年丁玲研究述评

一　丁玲小说研究

金宏宇的《名著的版本批评——〈桑干河上〉的修改与解读差异》[①]发现《桑干河上》（1948 年）初版后的修改中有两次最重要，一是从初版本到校订本（《太阳照在桑干河上》，1950 年）的修改，二是由校订本到人文修改本（《太阳照在桑干河上》，1955 年）的修改。这两次重要修改主要是一种微调细改，但却带来较大的解读差异，对文本结构系统、主题蕴含、人物性格等都有影响。这些修改改变了文本本性，在艺术上有得有失。其中，对顾涌阶级成分问题的修改，由初版本中比较富有的人物，到校订本及其以后的版本中，更靠近贫穷的群体，与胡泰的那种精神联系就有些勉强，顾虑如涌泉的情绪与气氛也受到损害。对黑妮的修改却是在微调社会关系的同时也修改了她的性格特征，初版本对黑妮与钱文贵家关系的处理倒是近乎情理，校订本和修改本的修改则有点悖乎常情而合乎阶级分析观点。黑妮形象的真实性、被钱文贵利用去实施"美人计"的情节合理性就因而受损。钱文贵在初版本中的隐藏性，显示出土改时阶级关系的复杂，也营造了小说的谜团，增加了故事的悬念。校订本和修改本将他修改得更显露、更明确，无疑会影响这种悬念性。张裕民曾有的流氓气和自卑感，是他难以很快与文采们打成一片的根源；而他的顾忌和犹豫也使他不能尽快果决地开展工作，这些都延缓了钱文贵的被揪出，这与小说初版本的解谜式的叙事节奏是合拍的。修改本减少了他的缺点，加快了他的成长，则成抢拍了。文采作为土改工作组组长工作不力也是钱文贵较迟地被斗争的原因之一，修改本强化了文采作为知识分子的缺点，对于丰富他的个性并没有太大的作用，倒是增加了他在有关钱文贵的解谜式叙事中的责任和分量。相对说来，初版本体现了一种更真实的人物关系和人性特点，校订本、修改本对人物阶级成分和人物关系的微调、对人物性格和心理的细改等体现了一种更细腻的特点，但也更融入了国家意识形态的偏见，更

---

① 金宏宇：《名著的版本批评——〈桑干河上〉的修改与解读差异》，《武汉大学学报》2004 年第 1 期。

体现着新中国文学的叙事倾向。丁玲在写作过程中有太多的顾虑和遮蔽，版本变迁中的微调与细改同样表现出一种迁就和妥协，这有损作品的真实性，也流失了许多深刻的意义。

邵宁宁对丁玲作品的关注点在现代社会精神变迁问题，其《古典忠贞观的现代变奏——以〈我在霞村的时候〉为中心》[①] 探讨了作品所体现的忠贞观及其存在形态，以及这种观念在特定历史阶段与民族国家建设及个人主义观念之间的复杂关系，从而揭示出中国社会伦理观从古典到现代的一段演变轨迹。首先，论者从“贞贞”的名字入手，认为《我在霞村的时候》讲述的是贞贞为民族国家献身的故事。辛亥革命从表面上看是彻底摒弃了“忠君”观念，但实际完成的却只是一种民族国家对“君”的置换。贞贞对于神圣的“工作”的“献身”，从最终的意义上说，也就是“献身”于近代理想中的民族国家。体现于她“身体”上的不贞、不洁，通过这种“献身”从精神上得到了救赎和净化。其次，论者关注对贞贞生活和命运极为关键的指派贞贞工作的“他们”，及丁玲在这一表述中的叙事谋略。“他们”既使贞贞生命中的沉重获得了某种程度的分担，也为贞贞的自赎和净化提供一种机制。同时，“他们”又含有某种意味的暧昧，显示了贞贞和“他们”之间的距离。最后，丁玲在贞贞身上发现的“新的东西”，是在寻找一种新的归属，从个性解放到集体主义的道路，而这一进程正合于现代民族国家建立的大趋势。《我在霞村的时候》始终是一个“净化”的故事，不但贞贞的“献身”是“净化”，“到延安去治病”是“净化”，丁玲对作品的修改是“净化”，50 年代对她的批判，80 年代为她的辩护，都是不同方式、不同目标的“净化”。从最终的目标看，这一“净化”应是指向某种道德纯粹性的，它理应是某种全新的东西。然而这一“净化”过程始终围绕着的却是一种相当古老的观念，那就是“忠贞”。

杨炯《症候分析与丁玲还原——丁玲 40 年代几篇重要小说研读》[②] 采用症候式分析的方法，对丁玲 40 年代几篇重要小说的某些悖逆、含混的疑团进行分析解读，试图揭开丁玲创作的无意识或潜意识动因，触到作家艺

---

① 邵宁宁：《古典忠贞观的现代变奏——以〈我在霞村的时候〉为中心》，《文学评论》2004 年第 6 期。

② 杨炯：《症候分析与丁玲还原——丁玲 40 年代几篇重要小说研读》，《乐山师范学院学报》2004 年第 9 期。

术创作最生动的内核。论者从《夜》这篇小说中乡村革命干部何华明一夜间的情感波动和心理变化，读出了何华明面临着物质和精神的双重压力。丁玲写作的动因可能是表现革命者为了事业的需要和革命者的尊严，必须回绝物质和精神的双重诱惑，承受抑制的痛苦，在痛苦中显示革命者的伟大和崇高，但是实际的阅读效果是暴露了何华明对年轻女性的求之不得的欲望，以及内心对年老色衰的妻子的嫌恶。《夜》中对各种人物欲望的书写延续了丁玲“五四”以来的人性主题，何华明在性欲、情欲与革命干部的伦理要求构成的二元对立间挣扎的痛苦，无一不表明丁玲大胆进入人物的内心世界和生命本体，书写人物的激情、欲望、人性的困境。这些叙述和描写给读者造成的震动远远超过作者预想的初衷，并将作品的含义推广到更深更宽广的境界。论者由此读出了丁玲作品中的两个症候：讴歌光明的主题与对女性命运的深切关注及对男权意识的反抗的颉颃，革命政治话语遮掩不了的“爱”的主题以及对“人”、对“生命”的关注。

二　丁玲思想研究

贺桂梅的《知识分子、女性与革命——从丁玲个案看延安另类实践中的身份政治》① 从思想文化研究的角度切入丁玲的创作实践，来考察延安文化体制中蕴含的知识分子角色、性别秩序问题，以及身处其中的作家所面临的身份政治的冲突及其暧昧的解决方式。首先，论者认为革命体制中的知识分子角色存在着新/旧主体的断裂。丁玲的革命斗争哲学与现实和体制之间的理想/现实、精神/体制的冲突，成为革命政权必然面临的悖论，也是 1949 年后体制化的中国革命面临的内在矛盾。《讲话》对于作家角色和革命文学功能的规定，作家（知识分子）是革命机器的“齿轮和螺丝钉”，职能是动员和组织乡村民众，而不是作为一个独立的批判者和一定意义上的专家，事实上杜绝了他们作为一个能动的主体参与建构的可能性。作家（知识分子）只能抛弃既有的艺术个性和表达习惯、感知方式，

① 贺桂梅：《知识分子、女性与革命——从丁玲个案看延安另类实践中的身份政治》，《当代作家评论》2004 年第 3 期。

在自我改造过程中逐渐学会一套新话语。《讲话》对既有现代话语采取的一刀两断的方式，造就了当代知识分子内在的“精神分裂症”，主体感坍塌的焦虑和疑惑。《太阳照在桑干河上》证明丁玲已经成功地实践了新话语，但内在的精神和话语的分裂仍然存在。其次，论者认为丁玲的《三八节有感》提出了妇女解放与延安家庭结构之间的矛盾，揭露了马克思主义与女性主义“不快乐的婚姻”。革命政权没有改变传统社会用以压抑女性的家庭结构，使妇女所遭受的别一种压迫成为“无声”。女性问题的“私”领域性质、“小话”的“自惭形秽”感折射出革命政权的无视。丁玲试图找到在革命政权内部调解的方式，再次把“妇女”这一群体的社会问题，还原为“个人”问题，而不是建立本体性的女性话语，避免与革命政权直接冲撞，并且在强调个人能动性上与革命话语达成妥协。丁玲以敏锐的性别意识感觉到革命政权内部由无形的性别观念和性别秩序构成的压抑性因素的存在，但革命政权的绝对合法性，以《讲话》为核心形成的对作家（知识分子）的全新整合，使得这样的问题没有被继续提出的可能。最后，《在医院中》是延安时期丁玲袒露最多矛盾的作品，陆萍与环境的紧张关系不可解脱，她必须时刻意识到外力的存在，并在对旧我的脆弱的指责中振作起精神来磨砺自己。通过陆萍的遭遇，小说集中呈现了丁玲所体验到的存在于革命组织内部的问题。从矛盾的解决方式来看，问题最终并没有得到解决，而是以使矛盾不成其为矛盾的方式将问题搁置，通过让人物离去而使冲突的胶着状态解除。陆萍的矛盾、困惑和焦虑被看作“个人”的问题而取消其合法性。《讲话》对延安知识界的说服即是以摒弃个人和个人主义为前提的，《在医院中》是丁玲迁就革命体制的需要，将自己纳入新制度的自我说服的心理历程的一个象征性寓言。从陆萍到杜晚香的过程，是丁玲经历艰难改造和自我改造的过程。

黄科安《从“性别”到“政治”——论丁玲早期小说创作思维的起点》[①] 认为丁玲登上文坛后，就显现出艺术把握女性形象的独特穿透力，丁玲的“性别”意识所呈现出来“现代性”，是区别于其他作家的重要标志。首先，丁玲喜欢刻画那些负荷时代重压、苦闷彷徨而又坚韧奋斗、执

① 黄科安：《从“性别”到“政治”——论丁玲早期小说创作思维的起点》，《湖南科技大学学报》2004年第4期。

着追求的“倔强的人物”，发掘人物潜藏着的“叛逆”“倔强”的独异精神。其次，独特的叙述角度，即叙事者以女性自身的视角来讲述一个女人的体验。对于“性别”的重视，为丁玲打开了一扇迥异他人刻画和塑造女性形象的全新窗户。最后，丁玲的现代意识还反映在借助“性别立场”突入“性别政治”里。丁玲试图以“性别立场”，通过“女性”与“男性”对立关系的换位和透视，达到解构传统的父权文化专制，替整个社会把脉。但这种思维方式本身就存在着明显的缺陷和盲点，造成了早期创作的危机。丁玲将原来以“性别立场”来替整个社会做个分析的这一条走不通的路子，转到革命道路上来，从而使创作出现新的“转机”。

宋晓萍的《公共性和私人性：丁玲前期创作的悖论》① 分析了丁玲前期的生活和写作，并由此探讨“五四”以来女性寻求独立过程中所经历的突破和面临的困境。丁玲独自离家赴异地求学，并以种种实际行动表明了同封建父权制的彻底决裂，从而初步确立了现代女性相对独立的自主地位。在此基础上，丁玲的写作本身打破了女性在公共空间的“沉默”历史、公开展示了女性隐秘的身体欲望，因而极具颠覆意义和革命力量；同时又因为日记体的特殊体例而重新被置于私人话语的圈子里，削弱了其公共权力和合法性，并且再次把女性作为有待窥视的秘密加以性别化——这构成了丁玲创作的一个悖论。《莎菲女士的日记》充分利用日记体这一形式，公开讲述“我”的身体、性和情感体验——最个人也最秘密的部分，激活了女性被迫沉睡的身体欲望。莎菲的自我表述本身也最终表现为无声无息：这既暗示了莎菲这样的女性个人主义者没有出路，也暗示了这种被视为女性写作的日记体形式本身致命的缺陷，和由此构成的陷阱——体例内部的自我消耗减弱了向外的冲击力。作为自我解放的女性，莎菲（和丁玲一样）希望自己不再被书写为女儿、姊妹、爱人或朋友，而是一个自主性的“我”。但这无疑是一个无例可循、缺乏任何先在的参照的“我”，从某种意义上说也是根本不存在的——莎菲成为自身的谜团。这种自我身份的不确定性，伴随着身体欲望的混乱矛盾，使得所有的自我书写相互抵消，最终都陷入困境，而不得不向第三人称转变（最后一则日记在人称上犹疑不定），暴露出“语言、文字是怎样在这时显得无用”，这就是《莎菲

① 宋晓萍：《公共性和私人性：丁玲前期创作的悖论》，《妇女研究论丛》2004 年第 3 期。

女士的日记》最后所展示的失败。丁玲的女性独立主体，最终也和她笔下的女主角一样，很难获得长久的现实的存在。

三　丁玲史料研究

王中忱的《作家生活史与文学史的交集——从几封作家书简谈起》[①]受近代思想史研究家王汎森尝试在重构近代人物生活史的同时，寻找生活史与思想史的交会点的思路和方法的启发，提出作家的书信、日记，除了作为传记批评的材料，是否可以或者应该怎样用来探究“文坛的故实”的问题。由此，论者以刘心武、高行健致丁玲的几封书简为线索，通过丁玲和中青年作家的书信往来，考察“文革”以后中国文坛的重新组合，不同作家群落的聚合分离与文学潮流、写作风格变动的关系。《杜晚香》为什么会屡遭拒绝呢？按照丁玲在“十月”文学奖授奖会上讲的故事，首先是报纸（《人民日报》）嫌“文章太长”，随后是杂志（《人民文学》）要求删削。在丁玲看来，《杜晚香》的遭遇，主要是因为它的内容不合时宜。“文革”以后，首先是描写“文革”悲剧、揭露“文革”创伤的作品引起了强烈社会反响。《杜晚香》所讲的“社会主义新人”故事与当时的文坛潮流脱节。刘心武为什么会对与“伤痕文学”大不相同的《杜晚香》赞赏备至？刘心武写给丁玲的信，正好处于他写作观念发生变化的期间，也牵涉到新时期文学正在孕育的转变，可以说是处于生活史与文学史的交会点上。刘心武从“政治正确”角度称赞了《杜晚香》的主题、人物，但很明显，他更看重的是丁玲“闲闲引入”“淡淡叙来”的写法。刘心武之所以激赏《杜晚香》，是因为他觉得《杜晚香》的写法符合西方文学的发展趋势。刘心武对《杜晚香》的赞赏，使他和丁玲的这次来往成为一则文坛的佳话，同时，作家间的交往也成为推动文学思潮、写作风气变化的生产性因素。

---

① 王中忱：《作家生活史与文学史的交集——从几封作家书简谈起》，《中国现代文学研究丛刊》2004 年第 4 期。

李向东的《丁玲、陈明融合在一起的生命》① 截取了从 1946 年《太阳照在桑干河上》创作伊始到 1957 年反右这段时间，记述了丁玲、陈明夫妇创作生活的相濡以沫、相互勉励，以及在蒙冤受难的日子里的互相扶持、患难与共。丁玲在红土山村开始《太阳照在桑干河上》的写作，陈明即是她的第一个读者，从生活上做好保障，从精神上给予支持。同时，陈明也在积累和磨砺自己的创作才能，合作创作话剧《望乡台畔》，独立创作话剧《死里求生》、电影剧本《海港生涯》，后改编电影《六号门》。当丁玲构思写作《在严寒的日子里》时，揭发批判“丁玲、陈企霞反党小集团”打断了她的创作，丁玲和陈明写辨正材料，力图揭露文坛宗派主义的弊病。然而后面的整风和反右的政治运动翻云覆雨，将两个人的命运捆绑在一起。

吴芝兰在《难以忘却的记忆——记丁玲〈杜晚香〉发表及其他》② 中以《人民文学》杂志编辑的身份和视角记述了《杜晚香》发表的曲折过程。丁玲在《杜晚香》投稿《人民文学》被要求修改后转将稿子交给《十月》编辑部，吴芝兰前去丁玲家取稿，得知此消息十分着急，因她受编辑部嘱托希望丁玲落实政策后的第一篇作品最好是在《人民文学》上发表。丁玲为了照顾两方面用《牛棚小品》换回《杜晚香》，《杜晚香》在《人民文学》上发表。

四 丁玲与期刊研究

丁玲创办《中国》是她晚年所做的最后一件大事，历经重重困难。王增如的《丁玲为办〈中国〉惊动两位中央领导——我看丁玲办〈中国〉之一》③ 记述了丁玲在《中国》创刊过程中，千方百计创造条件，征求援助，为刊物登记求助于胡耀邦，为人员编制求助于习仲勋的文坛逸事。创

---

① 李向东：《丁玲、陈明融合在一起的生命》，《百年潮》2004 年第 10、11、12 期。

② 吴芝兰：《难以忘却的记忆——记丁玲〈杜晚香〉发表及其他》，《新文学史料》2004 年第 3 期。

③ 王增如：《丁玲为办〈中国〉惊动两位中央领导——我看丁玲办〈中国〉之一》，《湖南人文科技学院学报》2004 年第 5 期。

办《中国》的动议，始于1984年4月27日中国作协召开的一次座谈会，魏巍提议老作家牵头办刊，引起热烈响应。以丁玲的名义，给作家协会党组提交申请办刊报告，提出实行承包制，自负盈亏。刊物在申办过程中，遇到一道关口是期刊登记证，申请领取这个证明手续繁多，过程缓慢。丁玲为此致信胡耀邦，陈述办刊宗旨，请求支持。12月21日，文化部终于发文同意创办《中国》文学双月刊，强调其是中国作协的刊物的性质。在刊物运转过程中，又出现了人员编制和经费的问题，丁玲给作协党组写过三次报告，并于1985年7月9日和习仲勋会面请求解决编制问题。7月25日、8月25日丁玲就该问题两次致信习仲勋。8月26日，中共中央直属机关编制委员会发文批复同意《中国》杂志社事业编制15人。

第五章

2005 年丁玲研究述评

一　丁玲小说研究

本年度丁玲小说研究主要包括长篇小说研究和短篇小说研究。长篇小说研究主要包括《太阳照在桑干河上》研究。

姚新勇、黄勇[①]认为，土地改革中的知识分子思想改造运动成效显著。这一运动的效果在丁玲的《太阳照在桑乾河上》[②] 中有所反映，作为小说的叙事者、自身即为知识分子的丁玲通过对小说中的知识分子形象（文采、任国忠、刘教员等）的贬低批判和他者化，完成了将意识形态所定型的知识分子形象内化的思想改造，“成功”地将自己身上的“知识分子气”剥离出去。文采们的意义就在于：他们本来就属于叙述者的一部分化身，叙述者只有通过与他们（即意识形态所定义的、负面的知识分子形象）划清界限，从自己身上分离、清除出去，才能确认出一个正面的符合意识形态要求的忠于党和革命的理想“自我”。但是，恰恰是因为这种知识分子叙事的“去知识化”的追求过甚，限制了土改叙事的高度与成就。如果当初丁玲在参加土改，接受意识形态的思想改造并写作小说的过程中，不是一味地选择服从党性、遵循党的政策，而是能够直面自己思想改造中所经历过的不解、惶惑、煎熬乃至痛苦，将新旧思想的纠缠、斗争甚至撕裂，淋漓尽致地展现出来，充分展示自身作为知识分子在“去知识化”的过程中，所经受的难以言传的自我否定式改造、残酷的心灵挣扎的话，又假如当时的政治环境能够给作家们更多自由空间的话，那么我们所见到的，将可能是一个与历史进行深沉对话的，痛苦而伟大的灵魂所沉吟出的不朽经典。只是，历史不容假设，机会无法重现。

姚、黄两位作者本年度还作有《土改、小说与知识分子》[③]。文章将丁玲的《太阳照在桑乾河上》、周立波的《暴风骤雨》、李乔的《欢笑的金

① 姚新勇、黄勇：《土改、知识分子、思想改造——以丁玲及〈太阳照在桑乾河上〉为中心》，《暨南学报》2005 年第 4 期。

② 《太阳照在桑乾河上》人民文学出版社 1952 年 4 月第 1 版，1955 年 10 月第 2 版，均采用“乾”字，本书涉及这两个版本的亦沿用“乾”字。

③ 黄勇、姚新勇：《土改、小说与知识分子》，《南方文坛》2005 年第 3 期。

沙江》、陆地的《美丽的南方》和韦君宜的《露沙的路》等土改题材小说并置在一起进行研究，发现以丁玲、陆地等党内的知识分子，在参加土改，在推进党的政策改造农民意识、农村生产关系的同时，努力进行着自身痛苦的思想改造，并不同程度地将这个过程反映到他们的小说里。小说所揭示的，是多数知识分子在土改中进行思想改造，最后"接受了官方的表达建构"，开始"自愿地使用阶级斗争的革命话语"的历史过程，有的作品还部分再现了改造中的艰辛和痛苦。作家所共同突出的主题，是思想改造的必然和必要，与此相应的，是土改运动的合法性与正确性。而在韦君宜笔下，思想改造对于知识分子来说虽然是必然的——因为非如此而不能在革命队伍中生存，但这种改造给知识分子所造成的精神创伤，超过了他们所能承受的极限，它让知识分子们无所适从、诚惶诚恐甚至精神错乱。从总体而言，上述土改题材小说均未能真正超脱政治框架的桎梏，因此限制了历史叙事的深度和成就。

短篇小说研究主要包括《我在霞村的时候》《梦珂》《莎菲女士的日记》《在医院中》和《阿毛姑娘》研究。

本年度有三篇论文集中论述了《我在霞村的时候》，其中以董炳月的论文最为优秀和出色。董炳月[1]在确认《我在霞村的时候》中的贞贞曾是"慰安妇"的身份之后，指出以往研究者们不论将贞贞视为"变节者"或者"英雄"，都偏离了作品的本意。在本质上，《我在霞村的时候》是一篇表现女性之孤独与女性之困境的小说，是一篇"纯粹为女性"的作品。虽然它是在烽火连天的抗日战争时期的革命圣地延安创作的，但在这篇小说里，女性问题超越了国家、民族问题，被还原为纯粹的女性问题。换言之，性别的悲剧在小说中被用超国家、超民族这种极端的形式表现出来。作品中"女人真作孽""女人真倒霉"之类的议论，才是其主题之所在。这篇小说作为以女性身体为表现对象的作品，展示了特定历史条件下女性身体更为特殊的存在方式，以及这种存在方式中女性自身的价值与国家利益、民族利益的冲突。在该作品中，女性的身体作为女性自身的符号与作为国家、民族的符号以统一而又对立的多重关系纠缠在一起。如果系统探

---

① 董炳月：《贞贞是个"慰安妇"——丁玲〈我在霞村的时候〉解析》，《中国现代文学研究丛刊》2005 年第 2 期。

讨新文学作品中女性身体的存在方式及其所负载的意义，《我在霞村的时候》无疑是最值得注意的一篇。它延续并且丰富了丁玲本人以及胡适、鲁迅等新文学作家“五四”以来对同一主题的思考与表现。这篇小说的创作还可以看作20年代丁玲个人主义思想与女性主义思想的回光返照。丁玲决绝地向一切压迫女性的社会、文化势力“复仇”，以至于淡化了自己的民族主义精神。这是丁玲女性意识的极致。

喻见①则把《我在霞村的时候》视为“小意义”意义场的“女性书写”，即一种身体、生命体验的书写；把《荷花淀》视为“大意义”意义场的“男性写作”，即民族国家立场的理性写作。通过对这两个文本的比较式阅读，论者发现，在丁玲这部“小意义”书写的小说中，丁玲围绕贞贞设置了乡村文化场域，宗教文化场域，代表新话语权中心的政治场域，以及作为女性、作为知识分子的人性化关怀场域。从人性关怀的视角出发，国家的劫难既不能解释，也不能抹去女人对身体所承受的种种苦难。因为从某种意义上，国家和民族的归属感很大程度上是男性的。在一个新的权力话语中男性仍处于主体位置，包括借助战争，借助国家民族主义改变了自己低下地位的男性农人。这就是在《荷花淀》的诗意场景中，美丽、勤劳的水生嫂们的所有才智展现，都是为了衬托国家民族主义的大意义，孙犁类似的若干篇小说也都是围绕着大意义而展开的北方农村青年妇女美好心灵、行为的会演，与丁玲的女性身体在战争中的苦难承受、展现相比，在同一历史语境中，两个作家确实呈现出两副情肠，两种笔致。

陈智慧②则认为，《我在霞村的时候》中，贞贞的悲剧是身为女人而要守贞节的性别悲剧，丁玲由此对女性进行了超性别的思考，用贞贞现身说法，将女人身体为贞节所界定的价值标准断然否决，明示世俗所谓失贞女人的价值要重新界定，开辟了认识女性价值的新视角。

借助当代视觉文化的一个核心概念“技术化观视”，罗岗③重读了丁玲

① 喻见：《女性书写与男性写作的两种意义场——〈我在霞村的时候〉与〈荷花淀〉的比较阅读》，《文学评论》2005年第5期。

② 陈智慧：《性别惹的祸与超性别的思考——关于贞贞的隐喻》，《湘潭师范学院学报》2005年第3期。

③ 罗岗：《视觉“互文”、身体想象和凝视的政治——丁玲的〈梦珂〉与后五四的都市图景》，《华东师范大学学报》2005年第5期。

的处女作《梦珂》，发现丁玲作为一个早年和电影业有着特殊关系的女作家，一转入文学创作领域，就相当自觉地运用文字化解、容纳和提升来自图像领域的刺激和震惊，从而在某个特定的方面激发出中国现代文学前所未有的视觉潜能。丁玲在《梦珂》中将两种视觉形式——“绘画”与“电影”结合在一起，创造了一个回旋曲的叙述结构，不断形成主题（即“被观看的‘女体’”）的回响和变奏。这种“视觉形式”（绘画）与“视觉形式”（电影），“视觉形式”（绘画和电影）与“文字形式”（小说）之间形成的相互关系，就是丁玲小说中的“视觉互文”结构。这个结构大致包括两个层面：第一，从“女模特”受“男教师”的侮辱开始，小说首先让人们看到的是展露的女性身体受到男性的侵害，奠定了整部作品以“被观看的女体”为焦点的基调。第二，梦珂作为“被观看者”（“被观看的女体”）也逐渐受到这种眼光的影响，直至逐渐认同这一眼光。贯穿着两个层面的是一种共同的“凝视”逻辑，这种逻辑则进一步构造出一种“观看”的政治。小说透过“视觉互文”的方式描绘出一幅令人绝望的图景：一方面女性解放的口号因为无法回应分化了的社会处境而愈显“空洞”；另一方面刚刚建立起来的现代体制已经耗尽“解放”的潜力，反而在商业化的环境中把对女性的侮辱“制度化”了。面对这种情景，妇女如何寻找新的“解放”的可能，是后“五四”时代丁玲持续追问却无法回答的问题。

《莎菲女士的日记》是富有天才特质的创作。王颖[①]认为，与“五四”以来的女性创作相比，《莎菲女士的日记》是彻底颠覆性的文本，丁玲在这部小说中倾尽全部力量建立了一个完全不同的、陌生化的“女性自我”。这个“自我”是彻底的女性的“自我”和个体的“自我”，它具有强烈的欲望，在最大程度上摆脱了男权文化的控制，也摆脱了虚浮的群体意识，从而成为鲜活独特的“这一个”。但是，当女性对于爱情有了健全的要求和成熟的看法时，却发现了爱情在两性关系中的缺席；当女性建立和丰富了自我之后，却因为男性的被解构而难以得到最终的性别的圆满。丁玲在小说中借助莎菲发出了这个时代最为偏激、深刻的声音，但是由于时代以

① 王颖：《“不合时宜”的绚烂“自我”——论〈莎菲女士的日记〉中“女性自我”的独特性》，《临沂师范学院学报》2005 年第 5 期。

及创作者本身的转型，这种精卫填海似的决绝的女性形象注定只能是昙花一现。

孙旸[①]则细致比较了宫本百合子的《伸子》与丁玲的《莎菲女士的日记》，发现宫本百合子笔下的“伸子”与丁玲笔下的“莎菲”，在叛离传统文化的过程中，虽然具有表层类似的孤独、自尊、多愁善感、以我为主的爱情观，但本质上却是完全不同的两种人物形象。莎菲是中国 20 世纪 30 年代追求个性解放、婚恋自由的女性典型形象，复杂而又真实，虐人而又自审，给人一种艺术的残缺美。伸子则是作者背离生活真实，臆造出来的观念化的追求所谓“理想”的女性符号，孤芳自赏、高大完美掩饰不了她给人的虚假感。

《在医院中》是丁玲延安期间所创作的一篇奇文。潘磊[②]认为，小说主人公陆萍形象的塑造，凝结了丁玲三年多延安生活的体验，反映了丁玲因认识的加深和个人遭际的变故，到延安后情感由喜悦、兴奋转向孤独、失落的过程。在延安，“青年”占有着重要的地位，陆萍的困惑，代表了许多延安知识青年或多或少也曾遭遇过的困惑，而《在医院中》等“暴露文学”作品的不断出现，某种程度上也是延安青年读者推动的结果。通过塑造陆萍这一人物形象，丁玲传达出自己在延安的生活感受。借助于小说的虚构性，丁玲避免了读者和敏感的批评家把陆萍与丁玲等同起来。另一方面，丁玲从自己的中年体验、人生阅历出发，触及了延安的青年所遇到的普遍问题，揭示出了陆萍与环境的冲突的某种合理性。随着整风的开展，这一问题变得更加严峻了，丁玲本人和陆萍这一形象所代表的青年知识分子都必须改变自己以适应革命的需要。《讲话》以后，延安知识分子尤其是作家开始了“改造自己”和“改造艺术”的漫长过程。

《阿毛姑娘》是丁玲早期的作品，历来不为人重视，关于它的解读也是歧义丛生。翟永明、高小弘[③]认为，产生这种现象的原因是叙述者叙述

---

① 孙旸：《“伸子”、“莎菲”优劣论——关于〈伸子〉与〈莎菲女士的日记〉的比较研究》，《武汉大学学报》2005 年第 2 期。

② 潘磊：《陆萍·丁玲·延安青年——丁玲〈在医院中〉新论》，《甘肃社会科学》2005 年第 1 期。

③ 翟永明、高小弘：《城乡抉择的焦虑及其想象性解决——丁玲〈阿毛姑娘〉再解读》，《贵州师范大学学报》2005 年第 5 期。

姿态的摇摆，这与作者在都市与乡村价值判断上的焦虑密切相关。但是在小说的后半部分，作者却偷梁换柱，将这种焦虑转换成了关于幸福的思考，造成文本前后意义断裂与人物性格的无法始终如一，这是20世纪中国作家命定的叙述。

二　丁玲思想研究

1. 丁玲与政治革命

贺桂梅①从知识分子的革命诉求与现代个体自我发展的关系角度，重新阐释了30年代丁玲“向左转”前后的内在思想动力和创作脉络。论者认为，20世纪中国文学中的两种基本话语类型，大致可以概括为以民主科学、个性解放为主要内容的“五四”话语，和以阶级论为主要内容的左翼话语。这两种话语事实上可以说构成了20世纪文学的核心冲突，并在不同时期具有不同的表现形态。源自“五四”的个人主义话语和左翼的集体主义诉求，一贯被看作是截然对立的事物，但这样的二项对立式，与其说是一种不可更改的事实，不如说是一种历史的构造。丁玲曲折的创作脉络，尤其是她“向左转”前后的作品，似乎为现代文学从表现“自我分裂”的痛苦到克服这种“现代人的巨大苦恼”，提供了比赵树理更具症候性的文学实践。在丁玲的早期小说中，出现了一组莎菲式的理智与情感的二项对立式，两者的结构性冲突则基本上构成小说的叙述动力。革命在丁玲小说中的出现，则形成了一种新的二元论自我结构的表达形态。这种分裂不再是莎菲式的理智与情感、理性与欲望之间的矛盾，而是革命工作、阶级立场的信念与知识分子个体的趣味、情绪之间的矛盾。这种对立呈现为《韦护》《一九三〇年春上海》中“革命”与“恋爱”的冲突模式。在很大程度上可以说，这也是“五四”话语和左翼话语的冲突在文学形式上的呈现。“革命”和“恋爱”是“五四”之后成型的两套现代性话语，也可以说是两种解决个人困境的出路。“爱情”无疑是一种建立在个人主义主体

① 贺桂梅：《知识分子、革命与自我改造——丁玲“向左转”问题的再思考》，《中国现代文学研究丛刊》2005年第2期。

认同基础上的现代意识形态，也正是导致梦珂和莎菲产生幻灭感的梦想，而问题在于，一旦这种梦想真正实现，它便开始丧失意义。爱情的实现非但没有弥合这种自我的分裂，相反以一种生命本能的毁灭性力量加深了这种分裂。于是，结局也就只能是悲剧性的二者取一。“革命”和“爱情”的交战，事实上可以说是丁玲所感受到的两种现代性话语的交战。实际上，从表现自我到表现大众，在丁玲本人，这是一种克服现代自我分裂的困境的途径。而在丁玲看来，知识分子走向革命的唯一方式，便是在一种原罪式的自我改造的过程中抛弃并擦抹掉这个自我的存在。

秦林芳[①]则认为，新中国成立初期，为了营构政治化文学新体制，丁玲以较多的批评文字和不多的创作发出了自己作为“小号兵”呐喊助阵的声音。从“文艺为政治服务”的理念和“政治第一”的批评标准出发，她在批评实践中对文学作品的主题、题材问题、作家“改造思想”问题以及形式问题给予了高度关注。同时，她还以自己的创作显示了新体制的“规范”，间接显露出了“小号兵的声音”。在她的批评和创作中，文学与政治一体化的关系，是贯穿始终的中心和基本线索；建立和显示新体制的规范，是她从事批评和创作的目的。

2. 丁玲与女性主义

丁玲被文学史深刻记住的理由，是她塑造了众多性别意识明显、特立不羁的女性形象，但丁玲又是一个因“政治化”而不断放弃性别思考的作家。常彬[②]认为，丁玲 40 年代初期的系列创作有一个女性主义立场的强烈反弹，表现了丁玲对延安妇女现实处境的深切忧虑。《三八节有感》即深切揭示了革命理由妆饰下的女性婚恋困境。延安妇女从身体到精神，都是“大一统”意识形态建构下战争机器上的“齿轮和螺丝钉”，而操控这部机器的正是男权政治。在男性传统与现实功利的驱动下，在只有阶级解放才有妇女解放的虚拟前景中，在“男女平等”、妇女半边天的翻身语境中，女性既完全失去了自己，又完全失去了寻找自己和自述身份的理由和权利。《夜》以男性视角切入文本，关注男性眼中的两性关系和欲望投射，

① 秦林芳：《政治化文学新体制的营构——建国初期丁玲的文学批评与创作》，《武汉大学学报》2005 年第 3 期。

② 常彬：《延安时期丁玲女性立场的坚持与放弃》，《文学评论》2005 年第 5 期。

但隐含作者的女性视角却对之进行了解构——对于处在性别弱势中的最弱者何华明老婆而言，解放区明朗的阳光似乎很难照射到她随时见弃的幽暗角落，“夜”对她而言，确实是一个漆黑的漫漫长夜、一个不可知的命运暗夜。《夜》和《三八节有感》中“落后”妻子们婚姻见弃的现实处境，反映了政治权力话语对性关系和性权力的操控：革命干部具有革命的权力，也就具有了充分的性选择权。丁玲于此表现出了革命外衣遮蔽下的女性身体的困惑。而在《我在霞村的时候》中，叙述者“我”既站在革命立场，歌颂贞贞为民族解放事业的奉献精神，但又以无可遏制的女性立场为“失贞”的贞贞不为传统道德所见容的现实处境深感不平、深怀忧虑。“我”的声音也随之陷入了这样的悖论：相对于崇高的革命利益，女性贞洁的丧失算不了什么；相反，女性贞洁的丧失又是个严重的问题，它会招致人们的蔑视和社会的抛弃，会让女人失去立身之本。“我”的肯定与“我”的焦虑也因此赋予了《霞村》超越政治意图的丰富性，从革命理念下凸显了丁玲的女性主义立场。

针对丁玲40年代初期延安时期的作品，黄科安[①]认为，长期以来学界将丁玲在解放区前期创作的作品置于社会政治学层面来分析，但这一套研究方法和思维方式遮蔽了丁玲的女性自我意识，遮蔽了其作品中对女性生存境况的强烈关注这一复杂现象。走向社会的丁玲已经意识到构成女性种种困境的根本原因不仅仅是女性自身的心理因素造成的，它牵涉到整个社会结构和政权体制的问题。此时，丁玲非常自觉地将她的思考移入一个更为广泛而复杂的社会关系背景和更为内在的思想文化层面之上。就此层面而言，丁玲延安时期的作品对于了解中国的妇女问题和现代中国文学的转变确实具有重大的意义。齐红[②]亦认为，20世纪40年代初期，丁玲的写作显然呈现出有别于30年代的个性气质，这是她对自己在20年代的写作个性的一次回归。在丁玲个人的写作历史上，这次回归再次印证着她真正的文学禀赋：对女性个体生存困境的揭示，以及敏感而细腻的传达能力。但由于当时的文艺气氛和丁玲的特殊遭遇，这种个性化写作很快中断。

① 黄科安：《批判立场与潜在女性话语——论丁玲在解放区前期的小说创作》，《海南大学学报》2005年第1期。

② 齐红：《女性个体生命的探究与表达——关于丁玲20世纪40年代的个性化写作》，《苏州大学学报》2005年第1期。

戚学英和王明丽亦对丁玲与女性主义发表了颇为精彩的看法。戚学英[①]认为，20世纪20年代末开始，革命理性成为一种权力话语被置于文学实践的中心位置。在这一文学实践中，女性身体一方面作为被压制的对象，另一方面成为文学捕捉个体与革命之间微妙关系的媒介。革命理性的实质是一种权威、秩序的建立，而女性身体的危险性在于它将打破这种权威与秩序，它使革命言说（男性言说）的权威性在某种程度上被消除。由此在丁玲的小说中，女性身体成为与革命意识形态相对立的存在。王明丽[②]则认为，丁玲以“代替自己给这社会做一个分析”的写作方式，建构女性自我的历史主体性时，表现出女性意识与政治意识的血肉般的内在牵连；并在人类性和现代性所构成的坐标轴上，展演着对于女性自我及其存在的哲学性反思。面对轻盈的理性与沉重的肉身之间与生俱来的动荡和冲突，丁玲写作的现代性可以表述为丁玲的女性之思、身体之思。

3. 丁玲的精神特质

解洪祥[③]认为，反思意识的匮乏是晚年丁玲的症结所在，一方面，是由于丁玲独特的人生经历和特有的精神结构使她内心深处满蓄着对反思、特别是对政治反思的深切的惧戒；另一方面，则由于丁玲精神上横亘着勾销论、抵消论这两大思想障碍。丁玲一生，有很长一段时间处在社会政治的两极。一极，革命生涯，忠实的共产党员，革命战士；一极，政治磨难，被视为叛徒，反党分子，右派分子。这种独特人生的两极铸就了丁玲精神的两极。一极，革命生涯所带来的振奋和欢乐，铸成精神的天堂；一极，政治磨难则把丁玲推向精神的炼狱，痛不欲生。丁玲摆脱政治磨难、追还政治真面的强烈欲望，使她的言论、行动乃至创作有了双重性质。一重，发自内心，是内在要求的自然流露，这是根本的方面；一重，则是有意为之，是向群众、向组织证明自己，证明自己同党同革命的始终一致和

① 戚学英：《革命理性话语中的女性身体——蒋光慈、丁玲、茅盾小说解读》，《中国文学研究》2005年第4期。

② 王明丽：《轻盈的理性与沉重的肉身——兼论丁玲写作的现代性》，《西北师大学报》2005年第6期。

③ 解洪祥：《晚年丁玲反思的缺失与障碍》，《文史哲》2005年第1期。

绝对一致。这种“有意证明”，极大地堵塞了丁玲反思的路。丁玲的勾销论、抵消论，有其片面的真理性和历史合理性，不应一概否定；但作为反思的障碍，却又是决不可取的。

秦林芳①指出，陕北时期，丁玲在立志纠正和改造自己的“个人主义”思想的同时，却仍然无法抵御“五四”个性思想和自由精神的诱惑，并在理念与实践层面向它投去了深情的一瞥。她继承“五四”个性主义传统，在新的历史语境中继续强调知识分子的独立性和启蒙作用，并以自己的文学创作去“写真实”和批评现实，表现出了对知识分子独立思想和自由精神的眷恋与守护。这样，纠正“个人主义”与眷恋个性思想，就构成了丁玲这一时期尖锐的思想矛盾。这一矛盾的存在，固然在一定程度上反映了占据主流地位的救亡思潮对个性主义思潮的挤压，但同时也表现出了“五四”个性思想的魅力与生命力。

张永泉②则发现，丁玲是“五四”的女儿，是鲁迅的精神传人。她的性格与精神核心是坚守自我，追求自由，是以人的解放为前导的个性主义。这也正是她投身革命的思想基础。但延安整风特别是审干、抢救运动开始后情况则发生了变化，她头脑中的个性主义发生了松动，产生了一定的量变，特别是1957年以后20余年的流囚生涯，对她的性格、思想与精神产生了重要的影响，那个坚守自我、执着追求的“五四”女儿已经大大地失去了昔日照人的光彩。这是丁玲的悲剧，更是时代的悲剧，中华民族的悲剧。

4. 丁玲与“五四”

张永泉③认为，考察丁玲一生的文字特别是她关于自己早年人生经历的文字，可以发现有几个反复出现的语汇，就是“自由”“幻想”和“飞翔”。这是最能体现丁玲思想意识、精神追求、心理意念、性格气质乃至思维习惯的语汇，是中国现代文学史上独具特色的“丁玲语汇”，是丁玲作品的“眼睛”，是人们开启丁玲心灵世界之门的一把钥匙。它充分体现

---

① 秦林芳：《“自由”的诱惑与眷恋——陕北时期丁玲的个性思想》，《河北师范大学学报》2005年第5期。

② 张永泉：《个性主义的松动与式微——论丁玲的精神悲剧》，《江汉论坛》2005年第6期。

③ 张永泉：《丁玲研究的意义》，《社会科学论坛》2005年第9期。

了丁玲渴望精神自由、追求个性解放、坚守人格独立的现代文化品格。这是“五四”所开创的现代新文化的精髓，是“五四”所呼唤的独立自由之人格的结晶。这一品格在丁玲的文学创作和人生实践中不断表现出来，成为显示丁玲其人、其文独特个性的一个重要标志。其《太阳照在桑干河上》仍是一部与《在医院中》《我在霞村的时候》一脉相承地体现“五四”呼唤人的价值、人的尊严、人的解放的作品，即使在关于农村经济发展的思路上，它所表现出的思想倾向也与 20 世纪五六十年代已然发生的实践不同，而与改革开放后的路径一脉相通。

秦林芳①则指出，从 1949 年第一次文代会召开到 1957 年被打成右派之前，在丁玲的批评和创作中，文学与政治一体化的关系，是贯穿始终的中心和基本线索；建立和显示新体制的规范，是她从事批评和创作的目的。但是，跨进新体制、相当政治化的丁玲对“五四”文学的个性品格和审美精神仍然有着割不断的情缘和依恋：一方面，在历史维度上，她积极为“五四”文学传统的合法性进行申辩；另一方面，在现实维度上，她立足当下，积极弘扬“五四”文学传统，并将它具体化到创作论中，从而为当代文学的建构提供了可供直接借鉴的资源。这构成了新中国成立初丁玲思想和文学活动的一个重要侧面。

5. 丁玲的文艺思想

秦林芳②指出，从观念、内容到形式，复出后的丁玲都自觉维护着在特定战争环境和其后封闭的文化环境中形成的已经相当滞后的文学体制，对之显示出了自己一以贯之的忠诚。在观念上，她泥守“文学为政治服务”的命题；在内容上，将“歌德”当成唯一的价值取向，并把它与对社会问题的揭露对立起来；在形式上，以对固有民族形式的张扬排拒现代派文艺。在思想解放运动蓬勃兴起、文学体制也已发生调整的当时，丁玲还继续发出了为原先的文学体制呼号的遥远的回声。这是在政治梦魇困扰下晚年丁玲文艺思想的一个真实侧面。

---

① 秦林芳：《建国初期的丁玲与“五四”文学传统》，《南京晓庄学院学报》2005 年第 4 期。

② 秦林芳：《新时期丁玲文艺思想的一个重要侧面》，《南通大学学报》2005 年第 2 期。

三　丁玲史料研究

本年度有三篇论文同时涉及丁玲与周扬。陈漱渝[①]认为，丁玲之所以被扣上“反党集团”首领的帽子，其罪证主要有三条：一、对抗全国文联党组决定，纵容和支持陈企霞的反党行为。二、制造个人崇拜。三、宣扬“一本书主义”，散播资产阶级个人主义思想。1957年丁玲被划成右派，其言行主要有两条：一、跟《文汇报》右派及美术界江丰反党集团秘密勾结。二、阴谋分裂文艺界。事实证明，这些罪状全都是莫须有的。丁玲冤案的造成，根子在历次政治运动中“左”的错误和文艺界长期存在的宗派主义。无论是出于个人恩怨，还是出于权力之争，周扬整丁玲都是一个不争的事实，而且手段之高明、杀伤力之强也是无以复加。我们重新梳理丁玲冤案的有关史料，根本目的并非对有关责任人进行道德评判，而主要是希望通过对历史悲剧的回顾和对历史教训的总结，在今后创造出一个和谐的文艺空间，创造出一个和谐的生存环境——这也就是马克思、恩格斯在《神圣家族》一书中提出的政治理想：“必须使环境成为合乎人性的环境。”

秦林芳[②]亦认为，丁玲的挨整与周扬有着直接的关联。在周扬看来，丁玲自有“一派”，加上三四十年代的恩恩怨怨，周扬便将斗争矛头指向丁玲，以达到排斥异己、扩大阵地、巩固自己在文艺界领导地位的目的。丁玲对周扬不满，主要有两个方面：一是延安时期关于“暴露”与“歌颂”之争。二是后来周扬对《太阳照在桑干河上》的态度。新时期以来，丁玲的问题逐渐得到平反，这时丁玲开始了对周扬的反击，但却已经变为情绪化的对着干。尤其是在20世纪80年代反对资产阶级自由化的斗争中，丁玲站在意识形态的高度对周扬展开了猛烈的批判，这一行为使得丁玲在广大知识分子包括广大作家中遭到了始料未及的冷落和讥讽。

与陈漱渝、秦林芳相反，在丁玲与周扬的关系研究中，徐庆全[③]把批

---

① 陈漱渝：《丁玲冤案及其历史反思》，《粤海风》2005年第4期。

② 秦林芳：《丁玲与周扬》，《书屋》2005年第6期。

③ 徐庆全：《周扬与丁玲的“历史碰撞”》，《文史精华》2005年第6、7期。

判的矛头更多地对准了丁玲。他指出，周扬是一个职业革命家，丁玲是一个革命作家，不同的价值取向在他们所走过的道路上留下了痕迹。以作家面目出现的丁玲，和以中共在文艺界的领导人面目出现的周扬，对延安的视角是迥然不同的。周扬坦言："延安有两派：以我为首的'鲁艺'派，以丁玲为首的'文抗'派。"这个判断虽屡次为丁玲所反对，却是符合基本事实的。延安整风后，周扬多次要求丁玲担任文艺界领导工作，丁玲都拒绝了；周扬对《太阳照在桑干河上》的漠视，则大大激怒了丁玲。中华人民共和国成立后，胡乔木对丁玲十分倚重，使周扬处于无所作为的境况。毛泽东进一步批评周扬"政治上不开展"，致使周扬政治上出现低谷。但是历史给了丁玲走上领导岗位的机会，丁玲却没有抓住，周扬命运遂发生逆转，重新成为文艺界的领导人物。丁玲的思路总是在个人之间的恩恩怨怨上转悠，她所看重的仍是她与周扬之间的矛盾与争斗。她一直将 1955 年和 1957 年对她的批判，视为纯粹周扬个人的狭隘的报复心理所致。"欲与周扬试比高"的心态居然折磨了丁玲一辈子，这也造就了丁玲这一中国文坛最具悲剧色彩的角色。

第六章

2006年丁玲研究述评

一 丁玲作品研究

1. 小说研究

席扬[①]认为，《太阳照在桑干河上》作为丁玲第二个“转换期”的重要作品，其意义并不在于它之于作家一生全部创作的纵向比较的前探性方面，而是它在丁玲创作转换过程中所凸显出来的身份意识、性别意识和对艺术体认的功能意识等诸方面，因夹缠而形成的复杂性及其“修辞行为”的“暧昧”状态。显然，常常徘徊于“自我大于题材”和“题材大于自我”之间的丁玲，在实际创作中却仿佛不由自主地更倾向于前者。“语境”与“自我”之间不断进行的冲突与协调的置换，深刻地影响着丁玲对题材、主题、文风以及格调口吻的选择。丁玲，在“大革命风潮”中暴得大名、突遇“左翼”运动而意欲“转向”，再到“延安时代”前期的“自由主义”，现实境遇中的“身份定位”与“艺术策略”选择的矛盾，始终在折磨着她。外在压力与诱惑促成的对自我的不断放弃，又总是强化着“压抑”与“反压抑”的精神主题。不断的转向并未缓释焦虑，那些具有内在冲突性的因素——比如革命的、政治的、艺术的、女性的以及“五四”、30年代、解放区的现实等，又不断地附着于焦虑之身。焦虑产生的压力并不是主要的，而是需要判断焦虑是否会给自己的创作带来新的可能。如果说，“身份”的确认是焦虑的核心，那么，作为作家通向这一核心的途径应当是对艺术创作修辞策略的谨慎选择。正因为如此，《太阳照在桑干河上》蕴含了有关丁玲的大量的、复杂的精神信息和转换期里调整“修辞行为”的巨大努力。她要解决的问题是多方面的——既要立起“自身历史”与“现实需求”之间的界碑，又必须完成“革命者”身份主导下的“艺术”与“政治”的融合，还要使坚硬的“历史必然性”与“女性的感性”有机地链接起来。“修辞”在这里所承担的任务确实是太沉重了。

身体不仅是一个生物存在，更是一个社会文化建构。身体能够感觉到

① 席扬：《身份·功能·性别——试论丁玲〈太阳照在桑乾河上〉的修辞行为》，《福建师范大学学报》2006年第2期。

痛苦和快乐，也能够成为思想的对象。重读《莎菲女士的日记》，刘文[1]发现，丁玲在这部小说里使用了对疾病及有病的身体的描写这一独特手法，深刻揭示了小说的主题，控制了小说情节的展开，并进而界定了莎菲的内心世界及其个人身份认同。丁玲凭借对人物内心世界，对当时时代精神，以及对人物个人情感世界和心理矛盾的深刻洞悉，创作出这部中国现代文学史上的不朽之作。正是通过对疾病及有病的身体这一独特文本的透彻把握，丁玲为我们展示了莎菲这位“满带着‘五四’以来时代的烙印的”新女性的代表、“旧礼教的叛逆者”如何以其新思想与传统社会背景交互反应，及这种反应如何在女性内心情欲世界激起矛盾。因此，对莎菲身体疾病和内心情欲世界的描述正揭示了当时不同社会意识形态之间的冲突和较量。透过对身体疾病的文学解读，我们可以看到莎菲如何将社会矛盾和社会冲突内化和个人化，以及传统社会的外在要求如何转化为莎菲内心世界的压抑与矛盾。由此，莎菲的主观世界、内在自我与女性身体统一了起来。身患疾病不仅是个人的生理问题，同时也是社会病态的症状，从而为我们提供了一个研究社会关系的独特视角。

丁玲作为一个有着文学语言自觉意识的作家，其自觉意识产生的源头在哪里？究竟是什么造就了丁玲独特的语言能力？毕玲蔷[2]认为，在丁玲的一生中，对她的生活和创作产生过重大影响的人大致有：余曼贞、胡也频、陈启明、茅盾、瞿秋白等。胡也频对丁玲小说的影响最为明显之处，表现为丁玲早期小说与胡也频的创作在内容上的相似，胡也频诗作的两个主题—— 一为寻找与歌颂美好的爱情，二为诅咒与鞭挞黑暗的世界，也正是丁玲早期小说的主要内容。丁玲不但在《水》中借鉴了胡也频对“声音形象”的描述，而且也借鉴了胡也频的文学语言形式，如《莎菲女士的日记》中对叠字叠词的大量运用。瞿秋白则为丁玲开启了一个崭新的天地，一个美丽语词的殿堂，一个诗的国度。通过俄文的学习，瞿秋白帮助丁玲将文学内核的宝藏打开了，使她懂得了什么是生命的美丽，什么是诗句的美丽，以及生命美与诗句美之间的关系，而这些恰恰就是文学语言的关键所在。瞿秋白之于丁玲小说创作的重要性，并非如某些评论者所说的只体

① 刘文：《〈莎菲女士的日记〉中的身体意象解读》，《文艺理论与批评》2006年第2期。

② 毕玲蔷：《丁玲小说文学语言生成原因的探究》，《中国现代文学研究丛刊》2006年第6期。

现在思想、题材方面，而是还体现在对文学语言的欣赏与体味上，是他将丁玲领入了语言的最高层次——诗，是他为丁玲敞亮了完善语言能力的终极目标——文学语言的创造。

2. 散文研究

范卫东、刘慧萍①发现，丁玲新中国成立前的报告文学、杂文、日记等散文作品，反映了她皈依政治革命理想过程中灵魂深处对各种流俗势力的反抗，一度爆发为在解放区倡导杂文运动的积极言说。在受到“教育”和“帮助”后，她在表面上选择了认同规范，体现出一个战士的角色特征，而在日记和家信中仍然保持着独立思考的知识分子角色意识，潜在写作中折射出坚持新文学的批判精神和面对流俗倔强突围的身姿。

二　丁玲思想研究

1. 丁玲与女性主义

贺桂梅②认为，1943 年开始全面施行的《中国共产党中央委员会关于各抗日根据地目前妇女工作方针的决定》（简称“四三决定”），针对过于激进的“妇女主义”影响到乡村社会稳定发展这一问题，倾向于寻找一种实际的方式，以避免乡村矛盾，强调妇女参与生产和增强她们对于经济生产的贡献。新政策在消除农村社会不和谐音、强化人民团结的同时，把传统农村父权制家庭结构下的性别问题遮蔽了。延安时期，“新女性”的代表丁玲发表了《三八节有感》。在这篇文章中，丁玲就离婚事件提出的女性问题，不仅涉及男女两性关系，而且特别关注已婚且生育的女性群体在家务劳动上遭遇的歧视和性别压迫。当丁玲指责延安女性永远处在流言蜚语的包围之中，且同情所有女性时，她强调的是，尽管延安“新女性”获

① 范卫东、刘慧萍：《在流俗中冲撞突围的“真我”——论丁玲建国前的散文创作》，《江苏社会科学》2006 年第 4 期。

② 贺桂梅：《“延安道路”中的性别问题——阶级与性别议题的历史思考》，《南开学报》2006 年第 6 期。

得了与延安男性同等的社会工作权利，“延安的妇女比中国其他地方的妇女幸福”，但那些制约她们的性别观念仍然存在，那些来自“男同志”的讥讽，或许是更能引起身处革命圣地的丁玲的愤怒的；而她关于已婚且生育的女性所受到的家庭牵累，则更触及家庭结构内部的性别关系模式。丁玲在此提出的问题，正是当时关于女性解放提出的解决方案——通过赋予女性社会工作权利、参与社会事务来获得解放——所没有涵盖到的。但是在接下来的整风运动中，丁玲和她的这篇文章遭到了严厉的批判，只因受到毛泽东的保护才得以幸免。在检讨的文章中，丁玲承认“我只站在一部分人身上说话而没有站在党的立场说话”，需要重新摆正“党”和“女性”的位置。丁玲在女性问题上和延安时期主流观念间的差异，最终的解决方式，便是搁置性别问题，以“党性和党的立场”作为收束，这固然是当时革命形势的需要，但是也使得当时隐约呈现的性别问题被搁置了。“延安道路”对性别问题的态度，可以追溯到“五四”后期左翼革命话语如何整合女性话语，也与国际共产主义运动所依据的妇女解放理论有着密切关联。对此进行重新审视有助于以更为积极的方式把女性主义结合进当代中国的社会主义实践。

话语卫生学是话语对话语的治疗，它以健康为治疗目标。能够对其他话语进行治疗的只有一种话语，即权力话语。在文贵良①看来，话语卫生学就是权力话语制定的一套治疗话语的方案。这套方案的制定和实施是由话语权威，具体到20世纪40年代的延安根据地来说，即是毛氏话语来完成的。具体到丁玲，其女性身体叙事大致可以分为三个阶段：1928年到1930年的前期创作，是第一阶段；1937—1942是第二阶段；以后为第三阶段。实际上第三阶段中，丁玲的女性身体叙事已经是零叙事。第一阶段中，莎菲形象在女性解放的意义上，女性的肉身第一次在中国文学史上成了焦虑，而不是空虚和享乐。正是对女性肉身焦虑的叙事，使得“五四”时期人的解放的主题，人的个性的发展推进到了一个新的高度。第二阶段中，在贞贞身上，“学习”成为释放肉身焦虑的渠道；在陈老太婆身上，“演讲”成为释放肉身焦虑的渠道。作为政治渠道的“学习”和“演讲”正是延安话语卫生学中，权力控制思想的有效方式。第三阶段中，在延安

① 文贵良：《话语卫生学与丁玲的女性肉身叙事》，《湖南大学学报》2006年第3期。

根据地话语权威的规约下，丁玲在延安走过了三步：战士化的生活方式、思想意识的转化和新的叙事方式的建立。战士化不仅是公众期待的预设，而且也是话语权威的预设，因为话语权威常常是使得公众期待成为消减个人意志的强大力量。思想意识的转化和新的叙事方式的建立，必须由“学习”和“批判检查”来完成。因此，公众期待、“学习”和“批判检查”构成了话语卫生学中话语权威的三种策略，也成为对丁玲女性身体叙事的三种清洁方式。

江上幸子①则把清末至中日全面战争之前的“新妇女”话语划分为五个时期：A.“贤妻良母”时期，B.“娜拉”时期，C.“职业妇女”时期，D.“摩登女郎”时期，E.“劳动妇女”时期。指出努力塑造合乎建构民族国家需要的女性形象，是“新妇女”话语的方向。丁玲在走向左翼作家道路之前的早期作品专注于“摩登女郎”苦恼的表现，可视之为“摩登女郎”的极少数代言人。从她早期的 10 篇小说——《梦珂》《莎菲女士的日记》《暑假中》《一个女人和一个男人》《自杀日记》《岁暮》《小火轮上》《他走后》《日》和《野草》来看，这些“摩登女郎”的“苦闷”主要集中在职业和恋爱两个方面。丁玲对于她们的描写，虽然与当时言论界对她们的批判话语有不少共通的地方，但丁玲对她们的姿态、意识以及苦恼的发掘也确有别出心裁之处。在她们之中，确有不少是在身体、行动与恋爱、性爱方面追求自主，对当时的性别规范表示反抗，并且还为扩大妇女自主的职业空间努力奋斗，为超越“现代小家庭”的性别规范探索反思的女性。就此而言，丁玲的一个贡献是，她揭示出了这样一个隐蔽的事实：“摩登女郎”乃是“现代”所产生出来而又叛逆“现代”的，也就是叛逆于民族国家及其主流男性所需要的“现代小家庭”性别规范的女性。

2. 丁玲与政治革命

丁玲 30 年代初期的创作转型，以趋从“革命加恋爱”写作模式为其标志。学界比较有代表性的观点认为，这个时期的丁玲创作“是以放弃女性为特点、为牺牲的。从一个具有鲜明女性意识的作家变成一个左翼的、

---

① ［日］江上幸子：《现代中国的“新妇女”话语与作为“摩登女郎”代言人的丁玲》，《中国现代文学研究丛刊》2006 年第 2 期。

冷静客观的现实主义者”①。常彬②却认为，这个见解只是表象，看到丁玲创作对主流意识形态理性追求下的外在趋从，却没有深味其骨子里仍然没有蜕尽莎菲之气的不自觉坚持。在她冷静客观的表象之下翻腾着一股遏制不住的激情辩争。可以说，从介入“革命加恋爱”题材伊始，丁玲的话语操作就出现了难以弥合的内外裂隙——在理念预设中依循革命叙事模式，在潜意识中保留个性化立场。她把理念追捧的大我革命写得那样空洞虚化、概念先行；把理念贬弃的小我爱情写得那样绚丽灿烂、荡人心魄。在理性层面，让执着的革命信念战胜缠绵的爱情羁绊，革命的一方抛弃了不革命的一方；在潜意识层面，个性的坚持抵御着对革命的盲从，不革命的一方阻击了革命的一方。这种理念支配下的概念先行和文本实践中性别立场的话语裂缝，既与丁玲有限的革命实践和纯粹的理念追求有关，更与她潜在的个性立场和难以湮埋的性别思考有关。在她的人物身上，形象的意义大于观念的铺陈，爱情的魅力胜过了虚化的革命。也就是在这里，丁玲的革命理念输给了她笔下极富色彩的个性人物，文本因而呈现出对“革命加恋爱”模式的理性追求和不自觉背离，产生了虚写革命，实写爱情的间离效果，泄漏了丁玲真实的情感倾向、个性化立场和真诚的理性追求之间的裂隙与张力。

丁玲是以女性身份加盟左翼文学的第一人，也是最后一人。刘思谦③通过丁玲的两组作品及两种写作身份的转换轨迹，以性别/权力为视角解读丁玲与左翼文学的关系，并透过这样的解读得出一些关于女性文学与左翼文学、关于政治与文学、启蒙话语与革命话语的启示。文章发现，在丁玲长达50年的创作中有一个近乎“规律”的现象，即某一时期的作品明显不同于下一个时期，而过了一段时间又会出现与上一个时期不同而与上上一个时期相似的作品。这种阶段性和循环性体现了丁玲创作与左翼文学兴衰的那种半是主动半是无奈的纠缠。她创作上的成就和局限及种种矛盾的困惑，都不可能离开左翼文学及其背后的政治权力而得到合理的

① 孟悦、戴锦华：《浮出历史的地表》，河南人民出版社1989年版，第127页。

② 常彬：《虚写革命，实写爱情——左联初期丁玲对“革命加恋爱”模式的不自觉背离》，《中国现代文学研究丛刊》2006年第1期。

③ 刘思谦：《丁玲与左翼文学》，《西南民族大学学报》2006年第11期。

阐释。

吴敏[①]则认为，20世纪40年代以周扬、何其芳、丁玲等为代表的延安文人的思想转变，实质上是政治权力话语以“政治”为支点、以“小资产阶级”为中介对于文人文学的理论要求和实践处置，同时也是文学知识分子话语以种种思想理路和复杂形态，“投降”“改造”“合流”于政治权力话语的过程和结果。但文人们所预想的思想转变的文学情形与史实演化所形成的结局却产生了巨大的背离。延安文人的思想变化，不仅源于“政治”的外在压力，同时还植根于文人自身的心理情感。延安文人在思想转变过程中存在着显明的文化病症。

3. 丁玲的精神特质

林霆[②]以中、俄两国作家丁玲和阿赫玛托娃为例，从个人主义的角度考察了中、俄两国知识分子在相似的历史时期的人生选择与创作转向，折射出中俄两国知识分子的根本差异：中国知识分子在“五四”时期接受的来自西方的个人主义，并未成为他们自身与外部权威对抗的精神力量。在丁玲身上体现的是中国现代知识分子共有的趋向，即对权力的不断屈从、对个体自由的最终放弃。丁玲在创作中对个人主义立场自觉放弃，同时对集体话语方式逐步认同，从而丧失了知识分子应当发挥的社会职能；而在俄国相似的集权时代，有部分知识分子冒着生命危险坚持着个人主义的立场，捍卫着人性的尊严。阿赫玛托娃以她的诗歌告诉世界，个体的合法性在于人性的不可抹杀。她对个人主义在集权时代的边缘立场的固守体现出知识分子的真正价值所在。

王颖[③]从丁玲的虚拟文本观察丁玲的真实人生，发现了一个从无序到有序的漫长历程。在无序的世界里，痛苦是没有组织的，只是散乱地排列，疯狂地递增。而在相对有序的世界里，各种细腻的心理流程都是环环相扣的，只为最后说明一个主题。一根无形的线已经把它们给串连起来，杂乱无章的情绪和情节被减少到了极致，诚然，这是干净有序的本文，然

① 吴敏：《论延安文人思想转变中的文化病症》，《西南民族大学学报》2006年第1期。

② 林霆：《论丁玲的转向与阿赫玛托娃的坚守》，《海南师范学院学报》2006年第2期。

③ 王颖：《“灵魂”与“行为”的印痕——从丁玲的虚拟文本看其真实人生》，《山东师范大学学报》2006年第6期。

而却的确减灭了那乱蓬蓬的杂乱，痛苦颓废却别有一种勃勃生机的美。这是信仰升华所必然带来的代价，是从一种生命状态转为另一种生命状态所必然带来的流失与收获。随着时间的磨砺，作家的自我约束必然会从有意识过渡到无意识，成为习惯性遵守的法则，于是，那貌似难以理解的、与初始状态截然相反、处于另一极端的井井有条却僵硬的精神状态，就这样在丁玲的现实人生和虚拟文本中渐渐固定下来。

4. 丁玲的文艺思想

“小资产阶级倾向”是革命文学意识形态对作家创作内容和风格的一种批判性的界定，实质上是指与革命文学的叙述规范相悖的某些叙述内容和风格。丁玲的一部分作品被批评是带有“小资产阶级倾向”的，这些被批判带有“小资产阶级倾向”的因素，据王艳[①]归纳，主要表现为：1. 批判意识——对“大众”劣根性等社会弊病的暴露和批判；2. 爱情描写：写革命与恋爱的心理冲突；3. 对人物内心隐秘的挖掘；4. 写落后人物，没有表现社会主义新人和英雄人物。无产阶级革命文学（包括左翼文学、延安文学、新中国文学）为什么会如此偏激地排斥和摈弃小资产阶级文化观念呢？这与中国的社会性质——后发现代化国家有关，与中国小资产阶级知识分子与革命的对立乃至敌对的关系有关。

20 世纪 80 年代，丁玲两度来到厦门，其间著述颇多，并多次发表讲话和接受访谈。这些记录表现了丁玲重返文坛后的许多重要文学创作观念。据郑楚[②]描述，丁玲在厦门不仅反思了中国新文学的意义，同时也反思了自身文学创作的意义。丁玲多次强调了毛泽东《在延安文艺座谈会上的讲话》对文艺创作的重要作用，认为社会主义文艺应当坚持无产阶级方向，作家应当深入生活，联系广大人民群众，才能写出好的作品尤其是富有政治意义的作品来。丁玲认为新时期文学仍然要百花齐放，她对于人民大众所喜欢的大众通俗文艺历来十分重视。在厦门时期，她一再评论新出现的作家作品，对新作家笔下的新人物所表现的高尚思想情操和美丽心灵予以赞扬，对作品的表现形式的新颖、独特，也予以肯定。她在厦门期

① 王艳：《丁玲创作的“小资产阶级倾向”问题关注》，《华中师范大学研究生学报》2006 年第 3 期。

② 郑楚：《丁玲厦门时期的文学创作观念》，《厦门大学学报》2006 年第 4 期。

间，不仅对于社会主义文艺事业的大是大非敢于辩明与坚持，而且对于个人文学道路上的问题也敢于澄清与诉说。丁玲在厦门时期文学创作特点的形成，与厦门大学的影响有关，主要表现在：1. 厦门大学领导、师生的热情欢迎和支持，坚定了丁玲的文艺主张；2. 厦门大学举办的全国性的第一次丁玲创作讨论会，给予了丁玲很大的鼓励和支持。

第七章

2007 年丁玲研究述评

一 丁玲小说研究

本年度丁玲小说研究主要包括长篇小说研究和短篇小说研究。长篇小说研究主要包括《太阳照在桑干河上》研究。

钟希明①运用福柯的话语理论详细考察了《太阳照在桑干河上》中的“话语重构”现象。他分别从丁玲的写作初衷与创作过程中存在的悖论、小说的版本变迁与意识形态的关系等方面，分析了这部小说动态复杂的生产过程与意识形态氛围对于文学生产的隐蔽控制；进而探讨了这一重构现象潜在的主观原因，即丁玲努力寻求自我与主流意识形态的身份认同。在1942 年延安整风运动中，丁玲由启蒙认同转向了政治认同，开始自觉地按照《讲话》精神对共产党员作家的要求进行实践自我的身份认同。但在《太阳照在桑干河上》的创作过程中她仍不断受到旧话语（即“五四”传统确立的文学观念、作家位置、写作方式、思想意识等）的“干扰”。她仍旧不放弃“经验”和“体验”在文学创作中的重要性，与毛泽东话语所强调的以先验理想和政治乌托邦激情来改写现实的创作方法仍存在差异。这种差异导致了《太阳照在桑干河上》仍与新话语存在难以缝合的缝隙。丁玲对于自我身份的定位是：首先是党员，然后才是作家。因此，她努力调适自己与意识形态的关系，通过不断修改、消弭这些裂隙，这就是《太阳照在桑干河上》不断修改的目的所在：每一次修改都是一次“无产阶级觉悟”的提高过程，都是一次对于党员的身份认同。由此可见，作家既是话语重构的主体，同时也是话语权力的重构对象。

许道军②则从黑妮这个人物形象入笔，通过分析丁玲创作道路上的两个关键时期的代表性作品，揭示了丁玲发生转变的内因和实际转变的结果。他认为，由于湖湘文化和“五四”新文化的深刻影响和交互作用，丁玲的思想和人格始终处于矛盾的、二元的、分裂的状态，她的创作既呈现

---

① 钟希明：《话语重构与身份认同——〈太阳照在桑干河上〉的文本生产》，《福建师范大学学报》2007 年第 3 期。

② 许道军：《丁玲：无法完成的“转变”——从黑妮说起》，《鸡西大学学报》2007 年第 5 期。

出强烈的个性意识、女性意识，也存在向集体主义价值观转变和服务于政治需要的可能性。但是，这种转变没有，也不可能彻底完成。而作者所获得的全部赞誉和非议，都和她“转变”的未完成有关。

短篇小说研究主要包括《在医院中》《我在霞村的时候》和《杜晚香》研究。

《在医院中》是一个多义性文本，多数研究者从预设的问题出发从而陷入二元对立的模式之中，在敞开一面的同时也遮蔽了另一面：多数批评者只看到陆萍与外部环境的“冲突”而忽略了她所努力作出的“调和”，忽略了陆萍内心世界是如何在这两种力量的“拉锯”中前进而最终导致对革命的认同焦虑。钟希明[①]以知人论世的态度，发现《在医院中》可以说是一个隐含深层意义的文本，从深层意义上看，这是一个年轻的知识分子投身革命过程中因遭遇各种挫折、困惑、痛苦而产生认同焦虑的文本。“在医院中”虽然只是一个空间位置的表征，却高度概括了作家所处时代的政治状况。丁玲显然在借“医院”这一特定的封闭性空间来“暗示”处于被封锁、围困中的孤城“延安”，《在医院中》可以说是延安的缩影。关于陆萍和丁玲，可以说陆萍既是丁玲又不是丁玲，她们的重合更多的是一种精神性的相似。丁玲在此借陆萍这一形象表达了自己在革命认同过程中的思考与困惑、痛苦与焦灼，表达了她内心深处的隐痛和对新生活的希冀，并充分揭示了中国现代知识分子在革命认同过程中遭遇的认同困难及其产生的认同焦虑。

赵普光、王伟霞[②]亦认为，丁玲小说《在医院中》闪露出的知识分子秉持的自我意识和个人主义倾向，在延安时期文学中具有典型性。这种倾向与延安时期及整个后革命时期知识分子的现代性叙事行使者的合法身份被逐步剥夺有着内在联系。面对知识分子话语合法性的危机，丁玲试图进行调适，而这种调适也预示了知识分子由经验自我转变为所谓“理性的自我”的开始。

---

① 钟希明：《认同焦虑与疾病的空间隐喻——以丁玲〈在医院中〉为例》，《东南学术》2007年第4期。

② 赵普光、王伟霞：《知识分子话语合法性危机的产生与调适——以丁玲的〈在医院中〉为中心》，《名作欣赏》2007年第22期。

张祖立[①]则认为，丁玲在《在医院中》里，向根据地人们提出了一个异常尖锐的问题：在医院这样专业性很强的地方，究竟是应该由具有现代科学文化知识和开放意识的知识分子党员来领导缺乏文化科学知识、思想保守的小农出身的党员干部呢，还是相反。作品作出的答案是前者，而不是后者。《在医院中》，丁玲仍是以独立的作家身份和知识分子视角创作的，因而能真实地表现丁玲的"莎菲式"的主体"困惑"的情况与特点。这种"困惑"也是对"五四"文学精神的自觉认同与回归，是对崇尚科学与民主，追求人的解放的现代意识的一种张扬。

本年度王增如、李向东还发表了一篇《读丁玲〈关于《在医院中》（草稿）〉》[②] 的文章，亦堪可一记。据介绍，现在发现的这些草稿，还没有一个总的题目，只有零散的几个小标题。两位作者按照内容，大体将草稿分为以下几个部分：1. 小说的产生，介绍《在医院中》的写作经过。2. 所谓理想，说明最初写小说的意图和构思。3. 我们的打算和安排，进一步说明这一创作意图和构思。4. 陆萍与我，写对于陆萍这个人物的态度。5. 小说失败的原因。6. 关于环境。7. 结尾。丁玲在这篇文章里，做了一些说明和解释，更多的是做了检讨。检讨的内容大致如下：1. 关于陆萍这个人物。丁玲一方面说"她的情绪是个人的，她的斗争是唯心的"，也就是说，陆萍仍停留在小资产阶级。但另一方面，丁玲也说她是爱陆萍的，她只能按照她的思维与意志去安排这个人物。陆萍正是在丁玲的逻辑里生长出来的人物。2. "关于环境"这一节。丁玲认为，这篇小说的失败正在于她对于陆萍周围环境的气氛描写。为了烘托陆萍，不得不渲染环境的恶劣。"环境之所以写得那末灰色，是因为我心里有灰色，我用了这灰色的眼镜看世界，世界就跟着我这灰色所起的吸受与反射作用而全换了颜色。"同时，为了表明陆萍对于医院环境的感受并不等同于自己对于延安现实环境的感受，丁玲在材料中也做了一些说明，表明她是很维护延安的，很注意内外有别的。3. 关于这篇小说失败的主要原因。丁玲认为，第一是创作方法。她开始写的是"我的创作方法有问题"，继而改为"我的

---

① 张祖立：《丁玲"向左转"过程中的一次主体"困惑"——兼谈〈在医院中〉的知识分子立场的坚持》，《东北师大学报》2007年第3期。

② 王增如、李向东：《读丁玲〈关于《在医院中》（草稿）〉》，《中国现代文学研究丛刊》2007年第6期。

立场，是个人主义的”，最后修改为“立场影响了创作方法”。第二是思想方法。就是“不顾历史，只看一段，不顾全面，只取一点，不为大众，只图一己”。第三是“把延安的环境与过去的环境不分开来看”，在革命的地区（即延安），“用不着大声疾呼，用不着向群众提出控诉，用不着尖酸刻苦，挑拨是非”。

丁智才①细致比较了丁玲的《我在霞村的时候》和孙犁的《荷花淀》，指出同是40年代反映抗日战争时期根据地农村妇女在抗战中的表现及命运的重要小说。但二者有许多不同，尤其是两篇作品反映出来的节烈观，虽然在民族解放战争中因和民族气节、政治节操纠缠在一起而具有同样的复杂性，但除去革命话语的遮蔽，可以发现作家对节烈的态度有很大区别。这与作家的性别视角、文化背景、审美旨趣、创作原则以及作品的创作时间均有较大的关系。丁玲投奔解放区后，其创作虽然有所改变，更多是从革命的视角进行宏大叙事，但其女性主义的情结并未消失；相反，却成为一股潜流，汩汩地在革命话语的遮蔽下默默流淌，从未断绝。与此相关的是，丁玲此时的创作与其他革命作家盲目的革命乐观主义不同，她始终凭借一位作家的良知，不屈从于主流意识形态，以清醒的现实主义反映革命和解放区内部存在的不足和缺点，以及解放区农民并不因为身份的解放而一下子就根除的劣根性，形成了自己独特的以暴露为主的干预生活派。相反地，作为农民出身的孙犁，还没有形成完整的现代价值观，虽说是新文化的一员，但他并没有彻底完成一个农民向现代知识分子的精神转变，他身上还因袭了些许宗法社会意识形态的阴影。同时，作为男性作家，孙犁虽然倡导女性解放，将女性看成人，并强调女性优于男性，并在作品中对其进行热情地赞美与歌颂，但他的女性意识中仍然残留着一些男性中心文化的印记。孙犁在描写他笔下的青年妇女时，由于更多地采用了温馨的彩笔，诗意地描绘她们的美和纯洁，爱屋及乌，对她们身上流露的一些封建意识也习焉不察，缺少应有的批判力度。再者，孙犁的文章发表于1945年，在延安文艺座谈会讲话之后，这时的他即使已经意识到笔下的农民封建意识的节烈观，也不会把它作为农民愚昧落后的缺点进行批判，而只能

① 丁智才：《革命话语遮蔽下的不同节烈观——〈我在霞村的时候〉与〈荷花淀〉的比较阅读》，《广西师范学院学报》2007年第1期。

是遮蔽在革命话语下，作为妇女们的美德加以歌颂了。

秦林芳[1]则细致分析了丁玲的《杜晚香》，认为晚年丁玲复出后，追求政治功利往往成为其创作的出发点；而她对政治功利的追求又往往诉诸道德视角，从而以道德诉求的方式表现出对政治功利的关注。从其对《杜晚香》作为政治“亮相”之作的权衡、该作发表过程的周折到发表后的诠释，都可以看出丁玲对作品之外的政治效应的追求。为了这一效应，丁玲经过反复掂量，选择了“永远正确”的题材和主题，并以陈旧的道德视角表现出落后的道德观念。政治功利与道德诉求这二者的聚合是晚年丁玲创作的显著特色。

二　丁玲思想研究

1. 丁玲与女性主义

李美皆[2]细致比较了丁玲与波伏瓦，认为她们在骨子里非常相像，都具有强烈的女性独立意识和个人意志。她们都在经历，在寻求女性生命的圆满——在形而下与形而上之间，在男人和主义之间。她们的感情与事业是纠结在一起的，波伏瓦的感情甚至直接就是事业，她的“写作事业”与“生活事业”是密不可分的。丁玲的感情让位于事业，但她的“写作事业”与“革命事业”是合而为一的。看起来，她们都不矛盾，也都没什么丧失。实际上，波伏瓦可以说相对统一，丁玲的矛盾只是被遮蔽了而已。无论在文学上还是在人性上，丁玲有太多令人心痛的丧失。作为党员，丁玲发挥了她的价值，但作为作家，丁玲的价值远远没有发挥出来。丁玲的价值并不体现在她所实践的那种方式上，尽管那看起来很革命。她应该找到更好也更适合自己的方式，把她作为一个作家的独特价值发挥出来，因为，并不是每个人都可以成为作家的。丁玲和波伏瓦都头脑聪明，意志坚定，崇尚自由和独立，具有旺盛的生命力和强烈的好奇心，且天生喜欢抛头露面。但是，由于所追随的主义不同，她们有了完全不同的人生。存在

---

① 秦林芳：《丁玲〈杜晚香〉：政治功利与道德诉求的聚合》，《文教资料》2007 年第 36 期。

② 李美皆：《两生花：丁玲与波伏瓦》，《文学自由谈》2007 年第 3 期。

主义哲学认为，生命在于自觉的选择。波伏瓦选择了自己的生命，她的一生是自己想要的，体现了她的生命哲学，因此，她能够在成功之路上勇往直前。而丁玲的一生并非出于自己的设计，因为她是一个“党的人”，所以，她未曾拥有多少生命的自由。波伏瓦的一生只为活出自己，而丁玲的一生一直在与什么相结合，与时代相结合，与政治相结合，最终，却什么也没有抓住，徒然丧失了自己。拥有的越多，得到的越少，丁玲就是这样的悖谬。丁玲固然是可悲的，但是，一个把“波伏瓦”变为“丁玲”的时代更可悲。丁玲的可悲实际上是时代的可悲，只看到丁玲的可悲而看不到时代的可悲，才是更可悲的。比较丁玲与波伏瓦，可以发现价值趋向相同的女性在社会主义与资本主义不同语境下的命运，可以认识女性主义土壤的社会主义和资本主义之分，可以明白中国为什么不能产生波伏瓦。我们翘首向西方寻找波伏瓦，却无视自己本土的波伏瓦。没有人认为丁玲可以与波伏瓦相提并论，对于丁玲，我们早已形成一个习见、定见，早已种下一个刻板印象，丁玲始终被视为一个“左”倾的党派作家，真正的丁玲已经被我们遗失了。中国迄今为止没有产生出一个世界性的女性主义典范，在意识形态之外寻找中国本土的女性典范的确是非常困难的，但是，正本清源，祛除丁玲身上意识形态的积尘，剥离丁玲身上被时代政治扭曲的幻形，重新以陌生化的眼光去看待丁玲，我们不是也可以找到自己的波伏瓦吗？从这个意义上说，看待丁玲的眼光决定了我们的文化立场和精神能见度。

针对李美皆在文中所说丁玲与波伏瓦没有见过面，王增如[①]补充史料说，丁玲与波伏瓦总共见过两次面：第一次是在1955年的9月，丁玲在自己家中设宴款待了波伏瓦；第二次是在1983年的4月丁玲访法期间，这一次是在波伏瓦的家里。第一次谈得不甚投机，因为那时丁玲刚刚经受了严厉的批判，即将戴上“反党小集团”的帽子；第二次谈得则比较投机，她们更多地探讨了对于社会和文学的见解，对于许多问题的看法非常相近。

同样从女性主义出发，陈智慧[②]则发现，“丁玲革命＋恋爱小说”中，

---

① 王增如：《丁玲两次见过波伏瓦》，《文学自由谈》2007年第6期。

② 陈智慧：《革命＋恋爱下的性别潜流——丁玲革命＋恋爱小说的女性主义解读》，《海南师范大学学报》2007年第3期。

革命的叙述话语对恋爱的叙述话语构成压制，但表面的压制之下，奔涌着性别潜流，表现在女性性征情欲的鲜明张扬和女性对自己命运的主体把握及女性性别意识的自觉萌发等方面，基于此，即便是“革命＋恋爱”的小说也浓墨重彩显现着丁玲的性别思考。

与李美皆、陈智慧相反，路文彬①认为，现代性启蒙极力倡导的时代精神，由于是以身体力量作为绝对动力的，因而它归根结底体现的乃是男性中心主义的价值准则。此种准则在有意无意之中将女性个体的觉醒纳入了男性个体觉醒的范畴，致使其从一开始就陷入了男性主义的迷途。因此，我们看到，女性愈是努力迎合她所身处的那个时代，也就愈是自然显现出某种男性化的特征。具体到丁玲，无论是梦珂还是莎菲，她们显然没有意识到，时代给出的反叛方式压根不属于女性的反叛方式，用这样的方式施行反叛，使其要面对的乃是历史、男性以及自我三重的巨大压力。而且，这是一次永无胜利希望的反叛，因为所有可能的胜利皆是男性力量的最终证明。莎菲针对凌吉士表现出的所有情感矛盾，其实无一不是由于男性思维同女性思维之间的差异所致。即使丁玲后期走向暴力革命，创造出《太阳照在桑干河上》这样的作品，也无非证明了，女性对于阶级斗争这一过程的参与，实质上即是去女性化的积极过程。暴力成功虽可带来女性政治意义上的解放，但却往往同时也将女性纳入了男性所崇尚的社会文明规范。李萍②亦认为，在丁玲的创作中，早期通过批判男性、否定男性来彰显自己的女性意识的觉醒，到了后期则通过认可男性、肯定男性来超越自身的性别意识，这一发展轨迹与其生命中的男性影响是分不开的。丁玲的父亲、瞿秋白、胡也频、冯雪峰、冯达、毛泽东、周扬等男性对丁玲思想与创作发展有着较大的影响。

2. 丁玲与政治革命

张全之③发现丁玲与无政府主义的关系甚为密切，可以确定的事实有：

---

① 路文彬：《男性主义迷途——从丁玲写作个案看中国女性的现代性异化》，《东方论坛》2007 年第 6 期。

② 李萍：《自我的消弭：对男性政治权力的妥协——丁玲生命中的男性与其创作关系》，《信阳师范学院学报》2007 年第 4 期。

③ 张全之：《丁玲与中国无政府主义运动：破解丁玲研究之谜》，《西南大学学报》2007 年第 6 期。

1. 1922 年初，蒋冰之与好友王剑虹同赴上海，废蒋姓，改名丁玲，这是典型的无政府主义行为。2. 曾与无政府主义者或一度信仰无政府主义的人有过密切接触，参与了一些他们组织的活动。其中，朱谦之是丁玲接触到的最为著名的无政府主义者。由此可知，无政府主义思想曾一度在丁玲的思想版图中占据着重要位置，直到 20 世纪 30 年代，这种思想才得到清算和批判。丁玲与无政府主义者们的密切接触，和她周围泛滥一时的无政府主义运动，都对其文学观念的形成产生了不可估量的影响。从一种激进的政治乌托邦，衍生出更为激进的“性爱乌托邦”，这股带有无政府主义色彩的性爱狂潮，对于丁玲性爱观的形成产生了巨大的塑形作用。从其早期小说来看，她笔下的女主人公都带有“性爱乌托邦”的浪漫情调。无政府主义性爱观的影响，也使丁玲与其他“五四”女作家划清了界限。她早期的小说，也成为女性追求“性爱乌托邦”的典范文本，标志着中国性爱小说走出了“五四”“爱情—婚姻—家庭”的世俗程序，进入一个新的精神空间，一个充满梦想与失落、自由与孤独、挣扎与绝望、孤傲与溃逃的痛苦境地。正是在这里，女性体验到的，不再是“五四”式的由束缚到自由的解放历程，而是“自由”之后的痛苦与焦虑，标志着中国女性文学创作的新阶段。

3. 丁玲的文艺思想

1931 年是丁玲完成其思想和创作转型的一年。秦林芳[①]认为，这一年，当“革命意识”成为丁玲最自觉的显意识时，她对“个性思想”却仍然有所持守。这造成了其思想结构中“革命意识”与“个性思想”的“二元并置”，并引发了其创作在思想性质上的矛盾性：一方面，她从题材的选择、主题的提取到人物的设定，都表现出了对革命功利性的诉求；另一方面，她又在“革命”叙事的架构中融入自己的个性话语，或以个人化的题材张扬自我，从而显示了其个性主义精神。1931 年以后，这两种思想基因作为其精神的两极，以二元并置或此消彼长的方式，统领了其所有的创作，并演化为创作中的巨大矛盾，造成“两个丁玲”的现象。丁玲 1931 年的创作建立起了其此后创作的思想范型，值得关注。

① 秦林芳：《丁玲创作中的两种思想基因——以 1931 年创作为例》，《江苏社会科学》2007 年第 6 期。

三　丁玲史料研究

丁玲与胡风有着长达半个多世纪的交往，据杨桂欣[1]回忆，他们之间的交往大致包括以下几则重要事实：1. 胡风与丁玲交往，始于左联时期。他们都是左联的重要成员，也可以说是顶梁柱。2. 1936 年，胡风曾经在火车站附近迎候丁玲，积极帮助丁玲脱离国民党的幽囚。3. 抗日战争期间，胡风收到丁玲稿件，其中有毛泽东旧体诗词，胡风将之一直保存到 1980 年。4. 抗日战争期间，应丁玲之托，胡风帮助照顾丁玲的母亲蒋慕唐老人。5. 1943 年 3 月，胡风在重庆主动编辑丁玲的短篇小说集《我在霞村的时候》，作为“七月文丛”之一，由桂林远方书店出版。6. 1954 年 7 月，胡风在三十万言“意见书”中称丁玲为贾府的王熙凤，掌管着新中国文学事业生杀予夺的大权。7. 在胡风被打成反党集团期间，1955 年 5 月 23 日丁玲被迫在《人民日报》发表了表态性的文章《敌人在哪里》。8. 1984 年，胡风参加了丁玲主办的《中国》创刊招待会。9. 1985 年 7 月 9 日，丁玲曾经对习仲勋讲述胡风冤案，这对于胡风平反起了重要作用。10. 丁玲曾经想针对《敌人在哪里》进行公开检讨，但因身体原因，未能写成文章。

丁玲与秦邦宪是友好的。秦邦宪是《解放日报》的奠基人与开拓者，丁玲是《解放日报》文艺副刊的奠基人与开拓者。据黎辛[2]描述，丁玲与秦邦宪早在 1930 年就认识了。当时秦邦宪由于善谈文艺给丁玲留下了很深的印象。丁玲到达保安后，中央特别重视，秦邦宪亦前来迎接。稍后，秦邦宪还在中国文艺协会成立大会上讲了话。1941 年 5 月 16 日，党中央在延安创办机关报《解放日报》，秦邦宪任社长，提出调丁玲来当文艺版主编。丁玲答应了。关于报纸文艺版面的方针，丁玲在《延安文艺座谈会的前前后后》中说：“博古同志多次对我说：《解放日报》是党报，文艺栏决不能搞成报屁股、甜点心，也不能搞成《轻骑队》。”丁玲主编《解放日

① 杨桂欣：《丁玲与胡风》，《新文学史料》2007 年第 1 期。

② 黎辛：《丁玲与秦邦宪》，《新文学史料》2007 年第 3 期。

报》文艺版的十个月，所有的创造性活动都是她与秦邦宪商量着做的。1942 年王实味在文艺版发表《野百合花》，秦邦宪最早提出批评意见，不同意继续发表。在延安文艺座谈会期间，秦邦宪一直很关心丁玲。当燎荧发表《人……在艰苦中成长》批评丁玲，丁玲准备作出检讨的时候，秦邦宪提出了“等等看”的意见。1943 年 3 月 10 日秦邦宪在讲话中特别强调了通讯报告作品在文艺上与政治上的重要性，后来丁玲写出《田保霖》，得到毛泽东的赞赏，才算是在政治上过了关。

丁玲的《“开会”之于鲁迅》，原来竟是一篇很有战斗风骨的文章。这是潘磊[①]的一个发现。朱正[②]认为，丁玲该文中所删两段内容皆与周扬有关，在当时人民文学出版社要为尊者讳，丁玲为了避免打击、保护自己，还有必要。但今天两人皆已不在世，2001 年所出《丁玲全集》第五卷，却仍据 1956 年《忆鲁迅》中的那个删节本，而非 1940 年丁玲在《大众文艺》第 1 卷第 5 期上所刊载的原文，如此置那些锋芒性的文字于不顾，可就说不过去了。朱正的建议值得认真考虑。

四　丁玲与期刊研究

综观丁玲的一生，是多种身份并存的。她是一位著述颇丰的作家，是一位坚定的马克思主义者，又是一位经验丰富的编辑家，在《解放日报》“文艺”栏目之前，就曾参与或主持编辑上海《中央日报》副刊“红与黑”、《红黑》月刊、左联机关刊物《北斗》、延安《文艺月报》，深谙编辑之道。无论从哪个角度看，丁玲都是中国现代文化史上一位举足轻重的人物。朱秀清[③]认为，党的文艺工作者、革命者的身份，要求丁玲必须在文学编辑、传播活动中与延安主流意识形态保持一致；启蒙作家的问题与批判意识，常常使丁玲的编辑理念与党报的定位产生某种缝隙，并不总是

---

① 潘磊：《略论延安的鲁迅纪念活动》，《鲁迅研究月刊》2005 年第 2 期。

② 朱正：《丁玲〈“开会”之于鲁迅〉一文的遭遇》，《鲁迅研究月刊》2007 年第 1 期。

③ 朱秀清：《丁玲的身份与主持延安〈解放日报〉“文艺”栏目时的编辑取向》，《中国出版》2007 年第 12 期。

一味“歌颂”；而多年的编辑实践与对报纸“大众媒介”性质的体认，又为丁玲更好地处理作家、编辑与读者之间的关系，扩大“文艺”栏目的传播效果与影响，提供了切实的帮助。丁玲的革命者、启蒙作家和编辑者的多重身份与传播诉求，在其“文艺”栏目的编辑思想中均有所体现，表现出特有的复杂与丰富意蕴，也使整风前的“文艺”栏目在当时延安的文艺界散发着异样的光彩。

第八章

2008 年丁玲研究述评

一　丁玲作品研究

1. 小说研究

主要包括长篇小说研究和短篇小说研究。长篇小说研究主要包括《太阳照在桑干河上》研究。

2004 年 10 月纪念丁玲百年诞辰时，《人民日报》发表过丁玲的一篇佚文——《关于〈太阳照在桑干河上〉的写作》。严家炎[①]从此出发，联系该长篇小说创作与出版过程中的曲折经历，对其体现的作者创作个性做了较为具体扼要的分析。认为《太阳照在桑干河上》至少有着三个层次的创作特色：一是以接近原生态的方式反映现实，以相当生活化的笔墨来写土改，看重生活本身的逻辑；二是敢于写出土改工作本身的种种曲折和人物命运的乖异多样；三是体现出对人的关爱，显示了较多的人情味，从而证明了该部作品仍具有丁玲作品一贯的大气和锋芒。论者还通过与周扬的独家对话，披露出当时的中宣部从来就没有向苏联推荐过《太阳照在桑干河上》，丁玲作品之所以能够获奖，是由苏联人自己提名的，这就澄清了《太阳照在桑干河上》何以能获得斯大林文艺奖这一文学史上经常引起猜测和招致误解的谜团。

短篇小说研究主要包括《梦珂》《莎菲女士的日记》和《我在霞村的时候》研究。

江上幸子[②]描述了现代中国引进西洋画的过程与挫折，通过《梦珂》中的人体模特事件，以及梦珂在职业和自由恋爱上的探索与挫折，探讨了丁玲对"中国现代"的希求与抗拒。文章认为，女性人体画通过性欲望给予男性一种对西方的亲近感，反过来说，含有现代性的女性形象中存在着歧视女性的性别结构，最底层人体模特的身体与其自身相分离而被置换为具有现代性的形象，但实际上女性却被现代性本身所排斥——在女性备受

---

① 严家炎：《〈太阳照在桑干河上〉与丁玲的创作个性》，《北京大学学报》2008 年第 2 期。

② ［日］江上幸子：《对现代的希求与抗拒——从丁玲小说〈梦珂〉中的人体模特事件谈起》，《中国现代文学研究丛刊》2008 年第 3 期。

各种性别结构压力的现实中，对这种问题有所察觉、心怀苦楚的女性想必不在少数。女性西洋画家更是如此，她们参与了现代男性精英们构筑这种新性别结构的过程，自己或许也会暗暗愧疚、深深苦恼。梦珂单枪匹马带领人体模特出走，应该说是在对上述问题有所察觉的基础上产生的行为，这里面，可以说也带有丁玲本人对中国初出的“现代美术”及其性别结构怀抱抗拒的象征意味。进一步来说，这个问题——女性被替换为现代性形象的过程，同时也是建构含有歧视女性的性别结构，把女性驱逐于现代性之外的过程，绝不止表现在女性人体画这一件事上。“现代家庭”中的“太太”，也不过就是在如此的性别结构中被授予这种“女性角色”而已。“摩登女郎”被赋予既是诱惑者又是破坏者的极端分裂的身份，也显示出和女性人体画同样问题的存在。而且，不论是“太太”还是“摩登女郎”，如同人体模特，虽然与自我分离被置换为具有现代性的形象，但“被世人认为自发地为能达成自己所愿而表示着此形象”。梦珂带领人体模特出走的行为，与她以后对“现代”所带来的“自由恋爱”与电影明星中之歧视女性的性别结构的敏感相通。梦珂的此表象，正象征作者丁玲对于现代中国男性精英不断建构起来的性别结构所发起的反抗，而梦珂的此行为出现在处女作开头，带有丁玲及其以后作品对于“中国现代”态度的象征意味。

《莎菲女士的日记》中的主人公“莎菲”形象，由于所具有的丰富内涵以及文学史上多次争议所引发的轰动效应，已经走出具体文本，在现代文学史上构成复杂的“莎菲现象”。刘广涛[①]认为，“日记体”形式的“青春叙事”给作品带来文体学上的“热度”；对新女性所面临“青春矛盾”的如实揭示，使作品具有社会学和青春学意义上的“厚度”；大胆、严肃的“青春欲望”的表达，使作品获得心理学意义上的“深度”。初登文坛的丁玲能够如此真切、深刻地表现“青春主题”，这同作家的写作姿态、青春立场和女性意识有关，也使得《莎菲女士的日记》在同类作品中脱颖而出，并形成作品独特的“青春学”价值。陈智慧[②]则指出，是陌生化创

① 刘广涛：《青春视角下的“莎菲形象”探析——重读丁玲〈莎菲女士的日记〉》，《山东师范大学学报》2008 年第 2 期。

② 陈智慧：《陌生化与丁玲的〈莎菲女士的日记〉》，《中国文学研究》2008 年第 2 期。

造了特立独异的莎菲，使《莎菲女士的日记》震惊了文艺界。在艺术上，结构的安排，心理描写的使用，细节的描绘和叙述视角的观照将故事陌生化为情节；在主题和题材方面，对自我意识、女性意识、女权意识、女性性意识这些在传统作品中未被充分发掘的素材大胆超越的书写，陌生化了人们认识女性的视角；在人物形象上，具有现代性独立人格结构的“莎菲”形象，陌生化了传统女性已成定势的接受模式。

革命阵营中丁玲是革命者，但革命阵营中丁玲还是一个女性。女性身份对革命阵营而言，是一个双重的身份。由此出发，袁洪权①认为，《我在霞村的时候》所表现的即是具有革命者与女性双重身份的丁玲对于女性问题的思考。丁玲以振聋发聩的笔触指出，主人公贞贞的失贞是事实，但肉体失贞不等于精神失贞。小说立足于女性身份表达女性在战争中的体验，具有一定的超越时代的意义，但革命者身份又限制了丁玲更深层次的思考，没有实现对国家与民族界限的最终超越。郜元宝②则认为，《我在霞村的时候》基本上是发泄一种不被同志理解、忠而被谤、洁而反污的痛苦心情。其所影射的不只是丁玲1933年至1936年和她的第二任丈夫“叛徒冯达”羁押南京的屈辱生活，也就是她到了延安之后需要反复“审查”的“历史问题”，还包括1931年至1933年她在担任左联党团书记以及左联机关刊物《北斗》杂志主编期间同样屈辱的一段生活的记忆。小说实际上写了丁玲在这两段时期的二重焦虑，是这二重焦虑和怨恨的一次大发泄。

20世纪20年代后期，丁玲发表《莎菲女士的日记》，在话语的先锋性上远超当时的女性作家。王中③认为，丁玲的独特意义并不仅在于此，她同时作为一个独特个案所具备的文化内涵是：她以其写作历程、小说语言的变迁乃至一生的命运起伏，充分体现了个体写作及性别写作与政治的关联。作为成熟的女性私语者，转变为坚定的“主义”拥护者、男权政治的积极参与者，这一从女性自我的守卫走向男性政治神坛，个体性别话语为意识形态话语所淹没的过程显得意蕴丰富、耐人寻味。以丁玲的“爱情”叙事为例。从《莎菲女士的日记》《一月二十三日》《太阳照在桑干河上》

---

① 袁洪权：《革命者与女性的深层焦虑——关于丁玲〈我在霞村的时候〉的思考》，《重庆师范大学学报》2008年第3期。

② 郜元宝：《都是辩解——〈色·戒〉和〈我在霞村的时候〉》，《文艺争鸣》2008年第4期。

③ 王中：《论丁玲小说的语言变迁》，《中国现代文学研究丛刊》2008年第5期。

到《在严寒的日子里》，我们可以逐一对照关于爱情语词的变化：癫狂（纯粹的男欢女爱）——嘲讽（小资产阶级的爱情）——歌颂（社会主义的爱情）。可见，从知识女性到革命妇女到革命母亲，对爱情的不同诠释，丁玲选择了与革命与政治紧密相连的“妇女”叙事，而不是“女性”叙事。“女性”作为话语和形象在丁玲小说中最终演变成：拒绝“女性”的自我意识，在集体中成长为革命的“妇女”。这意味着中国女性的另一种自我认同方式，它使得女性解放也被拖入共产主义的男性化政治语境里。

2. 散文研究

1938 年至 1942 年丁玲曾经积极倡导并从事过杂文创作。秦林芳①认为，丁玲的这一文学活动，是在鲁迅杂文传统的直接激发和影响下展开的。在这一时期的杂文创作中，丁玲忠实奉行“粉饰和欺骗只能令人反感”的真实性原则，以自己的独立思想和自由精神，或批判国统区的负面现象，或批评延安的落后观念和错误思想，均显得浮躁凌厉、刀刀见血，因而在思想格调上具有了鲜明的“主批判、反宽容”的色彩。延安前期的丁玲继承鲁迅杂文传统，积极倡导和写作杂文，其意义是巨大的，它远远超出了文体本身的范畴。说到底，她不仅仅是在倡导和写作杂文这样一种文体，而是借此在履行公共知识分子对民族、大众的道德承诺和社会职责，在践行一种现实批判的精神、一种社会承担的责任。丁玲继承鲁迅杂文传统、倡导和创作杂文，从外因上说是得益于延安相对民主、宽松的文化环境；或者说，是这种环境使她对鲁迅杂文传统的继承成为可能。而从内因上看，则源自丁玲本人的责任意识；或者说，是这种意识使她对鲁迅杂文传统的继承成为必然。

二　丁玲思想研究

1. 丁玲与政治革命

从现代文学向当代文学的转变意味着由新型国家限定的作家身份及其

① 秦林芳：《延安前期的丁玲与鲁迅杂文传统》，《鲁迅研究月刊》2008 年第 8 期。

功能的变化，以及由此带来的认知结构、创作方法、审美旨趣、艺术构成等的变化。当代作家的身份不仅是作家，更是“革命干部”“文艺官员”或“文艺战士”。维护国家意识形态的纯洁性，体现国家意志，这是革命干部的首要职责。然而，双重身份必然会导致作家创作乃至人格的矛盾冲突。作家必须调谐由此带来的矛盾，调谐器正是国家所认定的社会阶级关系，它像一面照妖镜一样，将游离于体制之外的哪怕是隐藏在作家们最隐秘的内心深处的东西照将出来，并一一清理殆尽。戚学英[①]以丁玲为例，分析了国家意识形态是如何对作家进行规约的，探究了国家与作家个体是在何种基础上达成一致的。文章认为，考察丁玲一生的创作，一直存在着两个丁玲：一个是自觉信服《讲话》精神、自觉维护新的文学体制的官员丁玲；一个是肯定并秉承了“五四”传统的作家丁玲。这两个丁玲如此矛盾而又真实地存在于同一个个体之中。这两个无法弥合的身份使丁玲内心深处充满了矛盾和困惑。长期以来习得的知识结构、审美趣味、文化品格不是轻易就能丢弃的。即使附在原有身份之上的小资产阶级的“躯壳”在无产阶级革命洪流中“顺水流去”，根植于内心深处的“五四”情结却是无法彻底根除的。中华人民共和国成立后，在清理了胡风“反革命集团”之后，文艺界迅速将批判的矛头指向丁玲。随着国家对阶级斗争的认识不断极端化、尖锐化，批判也不断升级。1958 年丁玲被打为极右分子，后被发配至北大荒，彻底被清理出了文艺队伍。丁玲身上存在的这种作家和文艺官员双重身份所导致的矛盾，新的文学体制和潜在的“五四”话语之间的分裂和冲突，在进入新中国的作家中并不是特例。中国文学就在这种对作家身份的规约下及其由此实现的对“五四”思想资源的清理中完成了由现代向当代的转型。

在丁玲的创作生涯中，延安时期是个重要阶段。袁盛勇、阮慧[②]将丁玲此时创作话语实践的嬗变分为三个阶段，即民族主义话语的自觉言说阶段（1936. 11—1939. 11）、知识分子启蒙话语和女性主体话语的回归阶段（1939. 12—1942. 5）以及新民主主义话语的自觉表达阶段（1942. 6—

① 戚学英：《当代作家身份的体制化与文学转型——以丁玲为例》，《海南师范大学学报》2008 年第 3 期。

② 袁盛勇、阮慧：《真实而脆弱的灵魂——论丁玲延安时期的话语实践及其复杂性》，《文艺理论研究》2008 年第 5 期。

1949.7)，认为现代知识分子、女性、革命者三重角色在她身上的叠加，以及启蒙批判意识和女性主体意识与主流意识形态不断地在她的思想中纠集、碰撞，使她这一时期的话语实践具有不可化约的复杂性。民族主义话语、启蒙主义话语、女性主体话语以及新民主主义话语等，在丁玲此时的话语实践中随着政治—文化氛围的变化而呈现出交织互渗又此消彼长的历史图景。

郭晓平①则认为，1931年频繁发生的政治事件给当时的左翼作家在政治情绪和政治心理上以巨大影响，并对他们创作的转变起到了重大促进作用。丁玲从一个只关注自身心理和痛苦的个性解放者到开始把目光投向了广阔的社会，叙事视角由个人化的人物视角转向纯客观视角，描写对象由知识分子转向工农大众，个人话语逐渐为大众话语所代替，作家创作个性化特点逐渐为社会现实斗争的客观再现所代替。

2. 丁玲的文艺思想

1932年，冯雪峰在《关于新的小说的诞生》中概括丁玲创作的转折时使用了"从……向（到）……"的模式。这意味着，"今日之丁玲"和"昨日之丁玲"已经全然不同，因而这种转折是一种否定性、整体性的转折（冯称之为"新生"）。这一经典论述，影响了后来很多中外学者，几成定论。秦林芳②认为，丁玲的思想和创作在左联时期确实发生过巨大的变化，可以"转折"论之。但这一"转折"，只是一种结构性的变化，而不是一种整体性的否定。一方面，这一时期，在丁玲原有的以"个性主义"为基本价值标准的思想—创作结构中，确实增加了"革命意识"这一具有主导性、支配性的新因素，从而导致了这一结构的改变。但是，另一方面，这一新的因素并没有全部挤占掉"个性思想"这一在丁玲原有思想—创作结构中具有原发意义的因素。因此，在左联时期，丁玲在思想和创作上的转折，不是简单的一个取代另一个——"转折"中的丁玲仍然有所持守。从冯雪峰起就以"从……向（到）……"模式所概括的丁玲的"转折"，均是一种历时的"二项分立"；事实上，此期丁玲的"转折"，应该

① 郭晓平：《1931：政治文化视角下丁玲文学创作的转变》，《山东师范大学学报》2008年第3期。

② 秦林芳：《"转折"中的持守——左联时期丁玲创作中的个性思想》，《文学评论》2008年第6期。

是从“个性思想”的“一项单立”到“革命意识”与“个性思想”共时的“二项并立”。在此期创作中，丁玲思想中为“二项并立”之一项的“个性思想”主要从三个方面得到了表现：一、在“革命加爱情”的模式中凸现个人权利；二、在“革命”叙事的框架中嵌入启蒙话语；三、在“非革命”题材里张扬个性。

1939 年 11 月，丁玲奉命调离马列学院，去陕甘宁边区文化协会负责日常工作。自此至1942 年5 月延安文艺座谈会召开前，构成了丁玲的“文抗”时期。秦林芳①认为，40 年代初，作为延安“文抗”派主要代表，丁玲在文艺思想上继承和发扬“五四”启蒙文学传统，鼓吹文学的独立性、真实性和批判性，开启并引领了延安启蒙文学思潮。在经历了“左联”时期思想上的急转之后，丁玲此期重归“五四”启蒙文学传统，在外因上，与延安此期民主、宽松的文化环境和“文抗”同人的相互砥砺有关；在内因上，则源于丁玲本人责任意识的萌生和对新文学批判性资源的汲取。

其《“文学不等于一般的宣传”》② 则认为，新中国成立初期，在文学成为政治工具的时代，教条主义几乎成了文学创作中的顽症。为了纠正文学创作中的不良倾向，丁玲不但富有胆识地提出了文学创作中所存在的“教条主义”的问题，而且侧重从主题题材、形象塑造和文学功用等方面对文学创作中教条主义的表现和公式化、概念化的成因作出了相当深入的挖掘和剖析，切中时弊，表现了“战胜教条主义”的努力。丁玲对教条主义的批判，既与50 年代外在文学情势的变化相关，更关乎其对“五四”文学传统的理解和固守。

3. 丁玲的精神特质

多年以来，丁玲一直被研究者们归入“革命作家”的行列，被推到左翼文学、解放区文学代表作家的位置，被单纯地认为一个与党的文艺观念完全保持一致的“政治化”作家。樊会芹③认为，我们不应该忽略丁玲另一面的真实：在其奋斗的一生中，她的个人主义思想，不仅受到左翼评论

---

① 秦林芳：《独立性·真实性·批判性——40 年代初期丁玲启蒙文艺思想论析》，《中国现代文学研究丛刊》2008 年第 5 期。

② 秦林芳：《“文学不等于一般的宣传”——关于建国初期丁玲对教条主义的批判》，《南京晓庄学院学报》2008 年第 1 期。

③ 樊会芹：《永远的异端——丁玲创作个性新探》，《洛阳师范学院学报》2008 年第 3 期。

家严厉、苛刻的批评，而且她在整风运动中受到极大冲击，差点成为“王实味第二”。就连得了斯大林文学奖的《太阳照在桑干河上》，在“反右”斗争中也被翻云覆雨的政治权术者们找出其流露了对地主同情的地方而被划成“毒草”。在现当代作家中，几乎无人像丁玲那样命运多舛。笼罩在她头上的并非只是耀眼的光环，更多的还是挥之不去的华盖运，她始终处在被误解、被批评之中。推究原因，我们不能不结合历史环境细读丁玲的作品，从中发现作家强烈的个性主义思想和坚持真理、敢于挑战权威话语的现实主义精神。她的这种“异端”思想和勇气，表现得更为集中明显的不是在其创作初期，也不是在左联时期，而是在延安时期。其对封建观念、官僚作风、宗派思想等不良因素的揭露和批判，不仅背离了这个社会的中庸之道，更与革命队伍的严格要求相抵触。这种对人的文明生存方式即平等思想的超前追求，注定丁玲将成为人们眼中的“异端”而永远存在。瞿秋白的“冰之是飞蛾扑火，非死不止”，堪称是对丁玲追求一生、坎坷一生命运的高度概括和不期预言。

4. 丁玲与女性主义

在1928年到1931年这一色彩鲜明的转型时代中，阶级革命、文艺工具论成为时代的共名。许多曾经以个性解放为旨归的作家，随着时代的变迁改变了自己的初衷。他们身上所显示出的“方向转换”的痕迹是令人惊异的。徐仲佳[①]认为，在丁玲身上，这一点表现得尤其明显，而且更具有文学史意义。从一个带有无政府主义倾向的女性主义作家转变为左翼文学的主力，这种变化是颠覆性的。在这一过程中，一定有许多值得记取的转换点。考察丁玲早期的几部作品：《莎菲女士的日记》《韦护》《一九三〇年春上海（之一）》《一九三〇年春上海（之二）》可以发现：对女性自我定义权的强调与肯定是丁玲作为一个女性主义作家的标志。在莎菲身上，自我定义权表现为对肉体欲望的肯定，以及对爱的主动追求。从1929年到1931年，丁玲由于受到时代的规范，逐渐在其小说创作中消磨了这一标志性的内涵。从丽嘉到美琳再到玛丽，她小说中的女性越来越屈从于革命/男性的指引，重新沦为次性。这些人物形象自我定义权的丧失殆尽，显示

① 徐仲佳：《革命时代自我定义权的丧失与女性主义写作的溃败——以丁玲几篇小说为中心的分析》，《南京师大学报》2008年第1期。

了女性主义写作在那个革命时代必定溃败的命运。

三　丁玲史料研究

丁玲对冯雪峰的爱情，随着 1933 年《不算情书》的公开发表，早已成为公开的秘密。丁玲对雪峰的思念之情，在《悼雪峰》和《我与雪峰的交往》两篇文章中，袒露得详详细细，明明白白。那么，雪峰对丁玲也这么好吗？雪峰对丁玲的感情有没有更直接的材料呢？2007 年，王增如在和陈明一块整理信件的时候，发现了一封友人致丁玲的信[①]。信的开头谈的是接到丁玲母亲的信，谈生活困难，后半部分与丁玲谈思想，谈心情，谈创作。结合包子衍编《雪峰年谱》中的相关记载：其一，冯雪峰曾经写过一篇论文《论民主革命的文艺运动》；其二，冯雪峰曾经使用过“冯诚之”的化名。王增如推断出这封信即出自冯雪峰之手。写信时间应是 1946 年 7 月，落款应是“诚之”而非“缄之”。按着这个思路读下去，这封信丰富的内涵和异常饱满的情感，就越来越清晰地展现出来。不论是作为文学史料，还是作为丁玲与雪峰两人之间的情感交流，这都是一封十分有价值的书信。

对丁玲与冯雪峰之间的关系作出具体描述的还有赵焕亭的《丁玲与冯雪峰的“德娃利斯”情谊》[②] 和王增如的《冯雪峰和丁玲的特殊情谊》[③]。

史珍[④]则描述了延安时期丁玲和萧军之间的关系。一般认为，延安时期的丁玲与萧军观点对峙，时有冲突，其实从萧军 1940 年的日记来看，延安时期两人的关系有一个变化过程，他们之间并非始终剑拔弩张，甚至还有一些温馨的往事。他跟丁玲的关系总的来说，是“无所不说的朋友”。直到 1941 年初，萧军才感到丁玲对他的态度“似乎很冷淡”。延安整风期间，他们观点的分歧终于公开化。萧军日记中有关丁玲的记载，最有价值

① 王增如：《深挚的爱——新发现的冯雪峰致丁玲的一封信》，《新文学史料》2008 年 2 期。
② 赵焕亭：《丁玲与冯雪峰的“德娃利斯”情谊》，《文艺理论与批评》2008 年第 2 期。
③ 王增如：《冯雪峰和丁玲的特殊情谊》，《世纪》2008 年第 1 期。
④ 史珍：《延安时期的丁玲与萧军》，《同舟共进》2008 年第 11 期。

的是丁玲在1940年审干期间的真实心态。因为康生于1939年在延安散布过丁玲曾在南京“自首”的谎言，丁玲向党中央进行了申诉。1940年9月下旬，中共中央组织部决定审查她被国民党绑架并拘押3年的历史。丁玲开始感情很冲动，曾邀萧军一起去找董必武。在找董老的路上，萧军说：“一个人一生可以恋一百次爱，结一百次婚，但却不能改变一百次政治信仰。”丁玲说：“是呵！恋爱不过是人生的一部分，没有也就算了。而政治信仰这样磨难我，老实讲我快要吃不消了。”9月26日下午，丁玲又去组织部，萧军送她到河边，嘱咐她“心平气和，沉着应战”。晚上，张闻天为茅盾、董必武饯行，陈云作陪，丁玲也去了。回来之后，丁玲心情平和了些，跟萧军谈起了去组织部的经过。根据萧军的转述，中组部当时批评丁玲说：“冯达写自首书时，你不应该不劝他。你能够出来为什么不早出来？为什么国民党对你既不审问，不杀，也不下狱？”丁玲的答复是：一、冯达自首时已经知道自己的政治前途灭绝了，规劝不会有效；二、她没有及早潜逃，是因为逃出来也没有适当工作。又问为什么国民党没杀她，丁玲的回答是：“因为我是个特殊的人物呵！我虽然是个党员，但是个作家呵！”

四　丁玲与期刊研究

魏宏瑞的《文学场与政治场》[①] 通过细致考察十七年（1949—1966）《文艺报》中的“编者按”，发现十七年间《文艺报》的“编者按”是一个多重声音交杂的地方：它可以用来表明主编责任下一个编辑部的文艺思想、观点及其所持的立场与文艺价值追求；它也可用来阐释主流文艺政策、方针乃至具体的文艺运动，甚至用来配合一次次的政治运动；它还可以是“表态台”“检讨书”；更特别的是，它可以溢出文艺领域而成为政治风云的“司令台”。借用布迪厄的话，它可以被看作一个“场”，场中的声音根据位置的不同带来配置及占位的不同，但也正是这不同占位“对立”、

① 魏宏瑞：《文学场与政治场——以十七年（1949—1966）〈文艺报〉“编者按”为考察中心》，《扬子江评论》2008年第5期。

交集、换位等种种关系的运动，才构成了场的历史。仔细考察十七年间《文艺报》的“编者按”，十七年《文艺报》的历史某种程度上可以看作十七年文学历史的缩影，而“编者按”又是这缩影中的缩影。从十七年间《文艺报》那些不失时机利用不同形式表达自己文艺思想的“编者按”可以看出，从办刊开始起的各位主编，都愿意它成为一个交流的舞台，但主流意识形态却更愿意它成为一个司令台。它确是一个多声混杂的地方。它基本的功能应该是表达观点、展示立场、倾向，可更多用来表态、自我批判，直至最后用来传达指示、发布命令、进行训育，虽然都以编辑部的名义发出，实则并不能主宰自己的声音。因为它的上面永远有一个“超级作者”的声音，它并不经常说话，可一旦说话其他声音往往噤若寒蝉，原来发出过的声音也渐渐销声匿迹。这个声音往往强势而宏大，其影响广泛而强烈。在内容上，它侧重批判，批判得让人惊心与“警醒”；语式上，铺陈反问式的语气让人不能置言。文艺刊物的宣传与鼓动作用，一次次强化与刺激人们的接受范围与能力，最终出现上传下达的机械反应，而再没有了个体的独立思考，有独立思考只会出现湮灭的命运，以致我们印象中的《文艺报》始终只有这一个声音与它的传声筒。处于文学场与权力场中间的《文艺报》，是斗争的场所也是斗争的结果。《文艺报》的“编者按”或许正是在那种依附而又对立的复杂关系中磨砺而成，也因此而能确认各自的场域。同理，当这微小的磨砺之火最终熄灭，它即宣告了文学场意义的消失，规约于政治场成了它的终极之旅。

第九章

2009 年丁玲研究述评

一　丁玲作品研究

1. 小说研究

主要包括长篇小说研究和短篇小说研究。长篇小说研究主要包括《太阳照在桑干河上》研究。

丁玲的《太阳照在桑干河上》是一部具有鲜明政治倾向性的作品，它创造出了“政治式的写作模式”（或曰“社会主义现实主义文学的新模式”）。这一模式的特点在于：“以社会政治分析和政治价值判断作为写作前提，以政治意识形态语言支配一切文学语言”①，表现出了“‘在党的政策观念’上的高度自觉”②。秦林芳③认为，“政治式写作”确实是《太阳照在桑干河上》的一个鲜明特征，但这并不意味着这一特征就是其意识倾向和主题蕴涵的全部。事实上，作品在开创“社会主义现实主义文学的新模式”的同时，仍然在一定程度上继承了“五四”改造国民性的精神传统，它对国民精神的痼疾，即自主性人格的缺失、狭隘自私的小农观念、残酷的暴力情结等的批判，仍然表现出了启蒙主义的“立人”诉求。政治式写作与立人诉求的交会，革命意识与启蒙话语的并存，使作品在意识倾向和主题蕴涵上形成了巨大张力，表现出了复杂化的倾向。其《“宏大叙事”中的细节瑕疵》④则认为，丁玲的《太阳照在桑干河上》是一部对土改运动进行“宏大叙事”的经典之作。它塑造了一组作为土改斗争对象的地主形象，侯殿魁是其中之一。但在“侯殿魁描写”这一细节上，该作出现了明显的失误：关于侯殿魁被清算的时间和侯忠全是否参加了对侯殿魁的清算，作者的叙写都是相互矛盾的；而关于“侯殿魁的花花牛的事”，作品则作了不合其身份和性格的描写，有张冠李戴之嫌。“侯殿魁描写”

---

① 刘再复、林岗：《中国现代小说的政治式写作——从〈春蚕〉到〈太阳照在桑干河上〉》，唐小兵编《再解读：大众文艺与意识形态》，北京大学出版社 2007 年版，第 34 页。

② 钱理群：《天地玄黄》，山东教育出版社 1998 年版，第 204 页。

③ 秦林芳：《论〈太阳照在桑干河上〉的国民性批判》，《齐鲁学刊》2009 年第 4 期。

④ 秦林芳：《“宏大叙事”中的细节瑕疵——〈太阳照在桑干河上〉“侯殿魁描写”献疑》，《中国现代文学研究丛刊》2009 年第 5 期。

上这些瑕疵的出现，有客观方面的因素，也与该作独特的写作过程和作者独特的写作方式有关。

黄曙光①则认为，《太阳照在桑干河上》中的钱文贵是丁玲塑造的典型的地主形象，但他的土地其实并不多。钱文贵之所以成为土改中的头号斗争对象并不因为他是地主，而因为他是群众痛恨的乡村恶霸。小说表面上是写土改中的阶级斗争，实质上却讲了一个惩恶扬善的故事。正是通过斗争钱文贵这样一个众矢之“敌”，革命终于把群众发动起来，通过消灭群众的“变天”思想，有效地整合了乡村资源，为最终赢得胜利创造了条件。

短篇小说研究主要包括《莎菲女士的日记》《暑假中》和《我在霞村的时候》研究。

《莎菲女士的日记》是中国现代文学的传世名作，也是丁玲深入思考女性命运的文本记录。杨姿②认为，莎菲讲述的不是一个爱情故事，更不是一个欲望的叙事，丁玲由对女性自我的解读，挖掘出男子不知的一面，看到了整个人性的懦弱——“凡一个人的仇敌就是自己”，莎菲再次对人类生存问题作出了回答。正是站在男女平衡的一个角度，丁玲断言了性的吸引的非功利。这是对男性传统文化中既已定型的女性形象的挑战，是作者创作意识中一直潜伏着的女性意识的萌醒，同时也是丁玲对男性社会对女性的改造最终走向失败的暗示，是她对男性代表的社会价值取向的否定。莎菲作为一个被背叛的受害者，最后用自我的还原坚持了真正的“解放”，这就是我们给《莎菲女士的日记》以及丁玲女性小说的正确评价。张志忠③则认为，丁玲和她笔下的莎菲女士，是叙事学中关于“可靠的叙事者”的一个典型案例，多年来却遭到作家和研究者的否认和漠视。文章从文本及相关资料的阅读入手，从创作转向、忠诚证明和作家对真实人物与文学形象处理的正相关—负相关等方面，深入探讨并证明了作家与莎菲

---

① 黄曙光：《革命经典中的惩恶扬善与阶级外衣——以〈太阳照在桑干河上〉的钱文贵为例》，《江汉论坛》2009年第7期。

② 杨姿：《被背叛的解放——丁玲笔下的莎菲悲剧解析》，《西南民族大学学报》2009年第6期。

③ 张志忠：《剪不断，理还乱——“莎菲”形象与作者丁玲之间的纠缠辨析》，《华南师范大学学报》2009年第5期。

之间的精神与经历的相似性。作者关于毓芳和云霖即为朱谦之和杨没累，蕴姊和苍白脸色的男子就是王剑虹和瞿秋白，苇弟和凌吉士则为胡也频和冯雪峰等的一系列推测，相当大胆，不一定成立，但对于理解丁玲小说创作的某些基本特征或有积极的帮助。

《暑假中》是一个讲述女同性恋的文本。这本小说引发了龙敏君①的绵绵之思。她认同波伏娃的观点——“所谓妇女解放，就是让她不再局限于她同男人的关系，而不是不让她有这种关系”②，认为真正的女权主义不是拒绝男性，而是了解男性、懂得男性，从而寻求实现两性和平共处、和谐合作的最佳方式。对于女性自身来说，女权主义决不应该是让自己逃避本来就属于自己的那些义务和责任。不管文明进化到何种地步，这些深层的两性互补和差异的品质，应该永远不会消失。真正的女权主义者应该在自强、自主、自立的同时，不丢弃贤妻良母的某些角色承当。女性这种双重角色的最佳境界是“双性同体”。所谓双性同体就是一个人身上同时具有男人和女人的品质特征。丁玲本人就是一个双性同体的人。一方面，在这个男人的世界里，她是一个有行动能力的，事业上能够独当一面的成功女人或曰女强人；而另一方面，生活中的她，又艺术气质极浓，女人味十足。

朱秀清③则认为，革命意识规约下的女性意识，作家真实自我的鲜明印记，百转千回的情感郁结和体验，既是《我在霞村的时候》这篇小说主旨暧昧不明、意蕴横生的主要原因，也造就了它超越时代的永恒艺术魅力。文章从叙事状态、丁玲特殊的人生经历、写作传统和个性等方面，对小说进行了个人化解读，认为正是作者在革命者和女性身份之间的游移，业已形成的“五四”写作传统与新的革命形势的遭遇，被国民党囚禁的屈辱经历和强烈个性注定的表达欲望的纠结，带来了文本的复杂性、开放性，使文本具有巨大的阐释空间。

---

① 龙敏君：《脆弱的“姐妹情谊”——以丁玲及其〈暑假中〉等为例》，《中国政法大学学报》2009 年第 6 期。

② ［法］西蒙娜·德·波伏娃：《第二性》（下册），陶铁柱译，中国书籍出版社 1998 年版，第 827 页。

③ 朱秀清：《徘徊在革命意识与女性意识之间——丁玲〈我在霞村的时候〉解析》，《山东社会科学》2009 年第 3 期。

文学需要创作主体将感性与知性、个体意识与集体意识有机结合在一起，才能创作出既属于时代又带有个人特征的作品。当一个女作家放弃性别意识而变成“政治人”的时候，她也正在失去最基本的个性。在李钧[①]看来，丁玲20世纪30年代的创作转向就是以牺牲感性和个体意识为代价的。从都市到农村，从耽于内心到改造世界，从感性到知性，从个人到集体，从人性到阶级性和党性，从女性主义到马克思主义，由亭子间、四合院到社会大舞台……这是一条看起来非常正确的道路，一条“知识分子与工农兵相结合”的金光大道。但对于艺术来说，这可能是一条曲折的路：艺术需要开掘人性的深度，广度是不能代替深度的。丁玲走上了“广阔的路”以后，由于对人性深度开掘的欠缺，反而使她的创作步步行至枯竭。

口承民俗以生活形态的本真和清新刚健的风格，哺育着作家文学的创作。李云安[②]认为，丁玲文学作品的口承民俗叙事是逐渐累积生成的。早期只是无意识的、浅尝即止的都市方言采撷；转型期的则为湖湘口承民俗援引，这拉开了民俗叙事的序幕；“回家”后作品，则是自觉地将轻快雄壮的陕甘口承民俗予以集结。这种动态生成，对口承民俗的教育功能体认是其表层原因，而对民间的发现、体认则是其深层动因。学习、贯彻《在延安文艺座谈会上的讲话》精神是此转型的重要分水岭。向民间学习，揣摩文学题材的民间化走向，仿写民众的口头表达方式，开启民众抗日救亡、解放翻身之门，从而走文学创作“民间化”“工农兵化”之路，是中共中央对“来自亭子里的作家”的政治期盼，也是丁玲在特定气候下做出的政治回应。

2. 散文研究

延安文艺座谈会之后，丁玲开始了以特写集《陕北风光》为代表的散文创作。秦林芳[③]认为，随着延安整风运动的开展，丁玲在思想上迅速完成了脱胎换骨的转变。这一转变是以清算和克服个性主义为前提的，也是在清算和克服个性主义的过程中实现的。沿着延安整风运动后形成的这种

① 李钧：《“昨天文小姐，今日武将军”——论丁玲1930年代小说创作的转型》，《东方论坛》2009年第6期。

② 李云安：《论丁玲文学作品中的口承民俗叙事》，《兰州学刊》2009年第3期。

③ 秦林芳：《“实录”与主体性的消泯：丁玲陕北后期写作的发生学考察》，《江海学刊》2009年第3期。

思想改造的思路，丁玲将文学创造的主体性等同于意识形态意义上的“个人主义”，将创作过程中主体性的张扬视为思想上“个人主义”的表现，因而在思想上清算“个人主义”的同时，自觉压抑并弃置了自我主体性的发挥。这种主体性的消泯，导致其此期写作步入误区：在材料积累上，她采用有意获取的方法，努力拓展了材料范围，但由于材料与内心体验之间联系的阙如和阻隔，消泯了其艺术发现的可能；这一“创造性的劳动”的缺失，使之在“实录”中呈现出了肤浅与平面化的客观主义倾向。这是她在理念上清算写作中秉持“个人的主观主义”的必然结果。

《风雨中忆萧红》作于1942 年4 月25 日，是丁玲在延安文艺座谈会召开之前继杂文《三八节有感》之后写下的最后一篇以个人絮语方式披露自我心迹的作品。秦林芳[①]认为，从表面上看来，它是一篇写景、怀人散文，而在性质上，它毋宁说是一篇述志之作——它借助于写景、怀人，以个人絮语方式表现了个体存在的困境以及在困境中对个性的坚守，并以此在精神上对《三八节有感》作出了宛曲而又直截的回应。丁玲在风雨中回忆萧红等人，其意既在传达对“故人”的深情，更在借“故人”之酒杯浇心中之块垒，借对这些思想上同道的回忆，去弘扬“五四”个性主义传统，伸张和坚守自我的个性精神。

其《“转过身来”的“韦护”》[②] 则集中论述了晚年丁玲的杂文创作。文章认为，晚年丁玲肯定知识分子的独立思想和启蒙价值，鼓吹文学的“真实性”和“批判性”原则，导致了对杂文创作的重视。在内容层面上，其杂文创作以“反封建”为其思想线索，以社会问题和文艺界问题为言说重点，大胆揭发问题、针砭时弊；在形式层面上，则通过采用“谈话”式的自然语调和“谈话”式的直白语言，自觉追求“劲捷直白”的风格，较好地实现了内容与形式的统一。晚年丁玲的杂文创作继承“五四”社会批评和文化批评的传统，表现出了直面现实、干预现实的“韦护精神”。

---

① 秦林芳：《“阴沉和絮聒”中的个性坚守——丁玲散文〈风雨中忆萧红〉解读》，《名作欣赏》2009 年第 5 期。

② 秦林芳：《“转过身来”的“韦护”——论晚年丁玲的杂文创作》，《南京社会科学》2009 年第 6 期。

二　丁玲思想研究

1. 丁玲与政治革命

颜琳[①]认为，考察20世纪中国现代知识分子，我们绝对不能忽略延安时期文人的身份认同现象，因为它体现了知识分子的精神走向问题。身份认同既来自自我认知意识，也可来自支配性制度，表现为对某种体系价值和精神的信念与信仰，或对某种体系的忠诚与支持。很显然，《讲话》和“整风运动”的宗旨就是将文人有效地纳入革命政权文化动员的整体组织结构当中，成为“毛泽东文艺思想、文艺政策之宣传者、解说者、应用者”[②]。从最终效果来看，绝大部分人顺利完成了由“作家”向“革命战士”的身份切换，即知识分子“无产阶级化”。将丁玲作为研究个案的典范性意义就在于她体现了延安文人在“作家”和“战士”身份转换过程中，不同身份意识间的互动关联和复杂曲折性，从而使人意识到身份认同与身份建构，既是一种社会产物或社会过程，又是诸多矛盾性的存在。正是身份意识的交互抑制和反复迂回，使文学很难满足跟意识形态完全同一的政治期待；也使研究者认识到延安文人精神世界的复杂性和悲壮性。丁玲曾在批判王实味的发言中，描述自己通过学习领会《讲话》精神时的感觉，形象地借用佛教故事中的脱胎换骨来表示自己的“新生”，但事实证明旧有的意识并非像外在的“躯壳”那样可以完全剪除，而是深植在主体结构的内部之中，它不是被消除了，而是被压抑了。因此，延安时期丁玲的创作现象，从一个侧面也展示了思想“改造”话语有可能存在有一定的虚妄性。

郭冰茹[③]则认为，丁玲早期的小说借助书写身体、爱欲和革命来探讨自我认同、自我实现的途径。而丁玲写作的转向及其人生轨迹的转向都不

---

① 颜琳：《“作家”与“战士”意识的交互显现与抑制——延安时期丁玲身份认同现象的个案分析》，《社会科学辑刊》2009年第3期。

② 周扬：《表现新的群众的时代·前记·表现新的群众的时代》，山东新华书店1949年版。

③ 郭冰茹：《借助身体、爱欲与革命的书写来认同自我——丁玲早期小说新论》，《中国现代文学研究丛刊》2009年第6期。

仅凸显了身体国家化/工具化这一现代化进程对身体存在价值的规训，也说明青年人将革命视为确立自我，获得自我认同的方式是革命年代个人成长史上的必然。革命虽然改变了个性，却成就了人的“自我实现”。以丁玲为个案，或许能帮助我们更清晰地了解彼时青年人献身革命的内在动机，以及这些动机在写作中呈现的轨迹。

2. 丁玲与女性主义

所谓延安文学，“从整体上说来，就是在延安思想指导下，表现以延安为中心的解放区的那个历史时期的革命与战争生活”① 的文学。周艳丽②认为，延安文学对妇女翻身求解放过程的描写，在女性解放史上有不容忽视的意义。但我们也不能否认另一个更为重要的事实：延安文学的主旋律是以“民族宏大叙事”为主，它关注的首先是政治，所揭示的女性悲剧、女性解放，必然首先从政治功利性出发，妇女解放在某种程度上是作为阶级解放的符码也就是注脚出现的。在此意义上，延安文学中的女性蒙受性别遮蔽的命运也是必然的。虽然说社会解放是妇女解放的前提，但社会解放并不一定就带来女性真正意义上的解放，因为女性处于一个双重复合位置上。妇女解放是一个永久性问题，延安文学对于妇女解放问题的处理显然过于表面化和简单化了。具体到丁玲，丁玲已经发现了延安女性尽管身处革命之中，但自身的封建意识仍然比较严重。尽管是在革命队伍中，传统的男权意识并没有完全消失，女人仍然饱受性别之苦。好在丁玲等先知者已经意识到了延安文学中这种女性意识失语的状况，并为女性意识的觉醒做着种种努力，这为以后女性意识的真正觉醒打下了坚实的基础。

胡明贵③则认为，丁玲一生都行走在政治夹层里，始终与政治纠缠不休，因此她的创作被政治意识形态所渗透，体现了自“五四”新文化运动至新时期这段时间里，创作主体在政治强势下从独立到融入再到迎合的典型轨迹。因此研究丁玲及其作品中女性意识的嬗变，可以看出作家在不同政治思潮影响下塑造的女性形象中所蕴含的政治背景及作家命运的沉浮。丁玲是一位女性主体意识较强的作家，她的小说多以女性为主体：空虚迷

① 林焕平：《延安文学刍议》，《文艺理论与批评》1992 年第 3 期。

② 周艳丽：《延安文学中女性意识的遮蔽》，《山东大学学报》2009 年第 5 期。

③ 胡明贵：《丁玲创作中女性意识与政治意识的消长》，《南京师范大学文学院学报》2009 年第 1 期。

茫的梦珂、苦闷孤独的莎菲、渴望享受的阿毛、追求光明的陆萍，形成了女性形象系列。伴随着她人生经历的变化，其作品中女性意识也呈现出：女性意识张扬——政治意识增强女性意识收敛——女性意识湮灭的不同阶段。丁玲塑造的女性形象跨越了新旧社会两个不同的时代和三个创作时期。文章就此观照其女性主体意识从觉醒到泯灭的轨迹，印证了作家创作主体从独立到迎合的裂变过程。

3. 丁玲的文艺思想

袁园①认为，“文革”后丁玲复出文坛，其公开表达的文艺思想呈现出鲜明的悖反特征：一方面丁玲反复鼓吹文艺为政治服务，另一方面又有与上述论断截然相反的言论和实践。这种悖反一方面源于长期政治压迫下的心理困扰，也与现实中的宗派纠葛有直接关系，更深层的原因则是丁玲所汲取文化资源的内在悖反。这种文化资源的悖反突出表现在两个方面：一是对政治话语接受的艰难，二是“五四”文化深层次的影响。以毛泽东《讲话》为代表的政治文艺思想是丁玲最重要的文化来源，但是，这在一定程度上始终只是停留在遵从乃至信奉的层面，并未深入自觉能动的层面；而“五四”文化对青年时期的丁玲就产生了深刻影响，它更坚固地扎根在丁玲文化心理的深层世界中，很难被彻底清除掉。这两种文化资源的撕扯，从根本上导致丁玲的文艺思想呈现出角色期待与艺术个性的割裂，从理智上丁玲尽力想按照政治规范去写作，但内心深处却清醒地认识到其存在的艺术缺失。

秦林芳②认为，晚年丁玲高扬“反封建”启蒙旗帜，积极肯定知识分子的独立思想和启蒙价值，视文学为“战斗的武器”，大力倡导文学的“真实性”和“批判性”原则，在向“五四”启蒙文学传统的回归中，建构起了其启蒙主义的文学观。这一文学观的形成，从共时性的角度来看，与思想界开展的以反封建为关键的新启蒙运动和文学界开展的以“真实性”为核心的现实主义的争论有关，从历时性上看则是丁玲一以贯之的“个性思想”作用的结果。在丁玲思想中一直存在着“革命意识”与“个

① 袁园：《隐文本视角下的心灵真相——论晚年丁玲文艺思想的二重悖反》，《南京师大学报》2009 年第 1 期。

② 秦林芳：《文学是“战斗的武器”——晚年丁玲启蒙文学观论析》，《青海社会科学》2009 年第 4 期。

性思想”的“二项并立”。丁玲新时期复出以后，她一方面泥守“文艺为政治服务”的观念，但另一方面却又“依然故我”地继承了“五四”个性主义传统，对知识分子的独立思想和自由精神给予了高度重视，从而形成了这种启蒙主义的文学观。

其《丁玲与“伤痕文学”》① 则认为，丁玲一方面为“伤痕文学”申辩，另一方面却对“伤痕文学”作了自觉不自觉的否定。“伤痕文学”本以暴露为主，是勇于揭露社会阴暗面的现实主义文学，但丁玲却以一种理想主义的规范去要求它，这就在一定意义上否定了“伤痕文学”的合法性。“丁玲不支持伤痕文学”，是她奉行“自我”的现实原则、压抑“本我”的快乐原则的结果。为了避免遭受新的痛苦，在政治伦理层面上，她一再高调附和主流意识形态。这自然导致了其在文学场域对“革命文学传统”资源的更多汲取，导致了她对“伤痕文学”过苛的挑剔。

三　丁玲研究之研究

文学武②把丁玲研究划分为三个时期，即：新中国成立前（1929—1948）、新中国成立后（1949—1978）、新时期（1979—2008），并对丁玲研究中的问题和未来研究的趋向进行了思考。他认为，丁玲研究在70余年的历程中取得了显著的、有目共睹的成就，任何视而不见或不屑的心理并非科学与求真的态度，但这并不应成为我们满足的理由。相反，如果把丁玲研究放置在大的学科背景来看，它还存在着太多的缺憾和不足。历史的残酷更在于，当代有些青年已经普遍地对丁玲这样的左翼作家缺乏兴趣，他们宁愿去读周作人、张爱玲、梁实秋等人的作品，从而导致丁玲研究失去了和当代社会活跃生活对话的基础和能力。目前丁玲研究所存在着的缺陷和困惑主要包括：一、丁玲研究者的学术视野过于狭窄，研究者往往困守学科界限，对于某一个专题深入有余，而宏观上的把握显得不足，尤其缺少对中国文学史和文化史的观照。对于丁玲的作品，人们一直把精力放

① 秦林芳：《丁玲与“伤痕文学”》，《文艺争鸣》2009年第2期。

② 文学武：《丁玲研究的历史、现状及其当代反思》，《文艺理论与批评》2009年第6期。

在《莎菲女士的日记》《在医院中》《太阳照在桑干河上》等少数篇目，对于她的其他作品缺乏应有的关注，对丁玲的杂文、散文、文学批评等也不够重视，呈现出很明显的不平衡。在研究方法上，我们的大多数学者擅长从历史学、社会学的角度去分析，对于新兴的心理学、结构学、女权主义文学、比较文学等方法就很陌生，即使运用了，也显得机械、生硬。同样，我们在研究丁玲的时候，对外在的文化环境和生态也较少关注，这样的丁玲研究缺少整体意识和文化要素之间的有机联系。二、我们还经常纠葛在丁玲的感情世界和文坛的恩怨，并为之争吵不休，奇怪的是我们对作家的作品和创作道路却越来越冷漠，这种情况在最近几年更加突出。本来，对作家的个人私生活进行研究未尝不可，但无论如何它不应该成为研究的重心。对文学研究者来说，客观揭示作家作品的价值和艺术个性，并从中总结出带有规律性的东西才是研究的应有之意。未来的丁玲研究依然会在前人的基础上继续前行，这是由研究对象的丰富性和复杂性所决定的。丁玲是一个充满叛逆、充满苦难、充满矛盾的现代女性，她的身上呈现的丰富文化含量和悲剧色彩几乎就是她所属的那个时代的缩影。当我们在试图阐释丁玲、走近丁玲的时候，未尝不是在拷问我们自己。

赵焕亭①则细致梳理了2004—2008年日本、美国、新加坡的丁玲研究，指出这一时期这三个国家的丁玲研究主要集中在丁玲创作思想研究、丁玲人格研究、丁玲作品的文本分析研究、丁玲文学创作得失研究等方面。从研究内容上来讲，不仅有对文学内部的研究，还有对文学外部环境的考察。在研究方法上，涉及文本细读法、知人论世法、文化心理分析法、溯源法等。研究视野的开阔、研究方法的多样，显示了海外学者关于丁玲研究的比较高的总体水平。就三个国家研究情况的比较来看，新加坡的研究既有对单篇作品的分析，也有对丁玲人格的整体论述；美国的研究更多地从人性的角度评价丁玲的作品和人品；日本的研究侧重从丁玲作品所涉及的背景性话题切入，同时侧重从女性主义视角探究丁玲作品的价值。这种研究现状与各国原有的文化底蕴、研究基础、研究风格有着极大的关系。相对来讲，日本的研究更为精深。此外，从研究情况看来，各国

① 赵焕亭：《2004—2008年日本、美国、新加坡的丁玲研究》，《文艺理论与批评》2009年第6期。

的研究基本上不受政治标准的影响，属于较为纯正的学术研究。尽管新加坡、美国、日本的丁玲研究在各自的基础上都取得了很大的进展，但是，与中国国内的丁玲研究相比，还是有一段距离的。特别是新加坡、美国的丁玲研究基本上处于初期阶段。这主要表现在关于丁玲的比较研究较少、专著很少、交游研究几乎没有。就历史纵向的角度来考察新加坡、美国、日本近年来的丁玲研究，可以发现，这些研究与他们各自国家前些年的研究相比，无论是研究者的人数、身份，还是研究的深度和广度，都得到了很大提高。新加坡的丁玲研究近年来多受惠于以厦门大学为中心的东南亚华文文学研究基地。目前，新加坡的丁玲研究者多是作家，他们从丁玲作品和丁玲人格的研究上切入的较多，属于基础研究阶段。美国的丁玲研究历史比较悠久，从 20 世纪 30 年代中后期开始，一直到现在。美国的丁玲研究内容广泛，但只有少数研究者做得较为深入，其他多数属于介绍性质的，深入程度不够，而且长期坚持从事丁玲研究的学者几乎没有。日本的丁玲研究是最为扎实深入的。日本不乏较为职业化的、稳定的丁玲研究队伍，成果的学术性、学理性也很强。

晚年张爱玲自己给自己编辑了一本《对照记》，与之形成对照的是，丁玲也有一本影集《丁玲》（罗光达、蒋祖林编，辽宁美术出版社 1993 年出版）。姚玳玫[①]发现，如同张爱玲，丁玲也通过照片对其一生作了演绎。不同的是，后者由后人编纂，显示了理性的编辑思路和清晰的历史叙述意识，主题鲜明，年谱色彩浓厚。500 多张照片努力勾勒丁玲“革命的一生，战斗的一生，不断追求光明与真理的一生，也是与祖国和人民的命运紧密联系在一起的一生”[②]。与《对照记》作为私人“老照相簿”的个人叙述格调不同，《丁玲》采用一种与国家崛起、民族解放、中国政治风云流变相衔接的宏大叙述格调，一种镶嵌在民族国家政治母叙述中的子叙述。未必完全是编者的主观编纂，照片所呈现的“丁玲”，从白衣白裙的“五四”女学生，到解放区的戎装女战士；从解放初期斯大林文学奖的获得者，到经常深入基层、置身于群众中间的朴素女干部；从 20 世纪六七十年代北大荒田野上的劳动女子，到 20 世纪 80 年代恢复名誉后依然活跃于各个领域

① 姚玳玫：《个人影像的叙述：〈丁玲〉与〈对照记〉对读》，《艺术评论》2009 年第 11 期。
② 罗光达、蒋祖林编：《丁玲》，辽宁美术出版社 1993 年版，第 7 页。

的著名老作家……浮现于照片上那个身影执着地告诉人们，丁玲不只是个人的“丁玲”，更是“五四”新女性的“丁玲”，革命战士的“丁玲”，人民作家的“丁玲”。《丁玲》与其说是一本私人生活影集，不如说是以“丁玲”为线索勾连起来的一本20世纪中国政治社会史图录，“丁玲”是图录中不同历史阶段的主人公。从某种意义上说，两本影集精心地构造了20世纪中国两个别具意味的女性故事。影集的编排并非是一个偶然、无序的过程，而是一种表达，一种人为的组织。影像上所有的细节都有自己的指向：活在社会格局中的丁玲，多以“合影”的方式，置身于各式人群中间，同时也是置身于广阔的社会生活与民众之中，她衣着朴素，面貌端庄，谈笑间有指点江山的飒爽之意。活在个人格局中的张爱玲，则多形单影只，沉迷于自我，考究于衣饰形象，在岁月的自然消磨中呈露生命寂寞的本质。把这两组影像摆在一起，能够看清楚20世纪中国两位女性不同的生命轨道，其介入世界的不同路径，与外部世界形成的不同的契合关系、不同的主客体方位感。

第十章

2010年丁玲研究述评

一　丁玲小说研究

主要包括长篇小说研究和短篇小说研究。长篇小说研究主要包括《太阳照在桑干河上》研究。

一般以为,《太阳照在桑干河上》以鲜明的"意识形态预设",旨在通过对土改风暴的描摹,来诠释有关社会发展的历史理性、"传达意识形态的说教"①。秦林芳②认为,事实上,丁玲通过对地主形象和黑妮、顾涌等"边缘人"的描写,刻画出了他们在土改风暴中表现出来的复杂人性,对他们的生存状态和命运给予了一定的关注。作者以自己的切入角度和解释视角,在一定程度上突破了"意识形态预设",表现出了自己的人文精神。正如顾彬所说,她"尽管受社会现实主义的种种约束",但"作品对于土地和人的描述还是更多地体现了对真实人的接触了解而非意识形态预设"。她一方面以鲜明的革命意识来描摹土改风暴,诠释有关社会发展的历史理性,但另一方面也仍然涉及了"'革命'和'人的解放'等根本性问题"③。"革命意识"与"个性思想"的并列、历史理性与人文关怀的交会,使作品在意识上、价值上保持了必要的张力。这既丰富了土改小说表现生活的复杂性,也提高了土改小说的审美性。

张冀、杨洪承④则从写作学的角度出发,认为《太阳照在桑干河上》既是丁玲的代表作,也是一部模仿之作。小说与蒋光慈的《咆哮了的土地》在工农大众与知识分子的角色互换、新型农民与传统农民的表现差异、阶级斗争与农民复仇的宏大叙事三方面客观存在历史承袭的模仿行为。以第三者为例。论者不厌其烦地大量引用小说原文,明眼人一看就明

---

① 刘再复、林岗:《中国现代小说的政治式写作——从〈春蚕〉到〈太阳照在桑干河上〉》,唐小兵编《再解读:大众文艺与意识形态》,北京大学出版社 2007 年版,第 46 页。

② 秦林芳:《在"传达意识形态的说教"之外——〈太阳照在桑干河上〉中的人文精神》,《文学评论》2010 年第 1 期。

③ [德] 顾彬:《二十世纪中国文学史》,范劲等译,华东师范大学出版社 2008 年版,第 196 页。

④ 张冀、杨洪承:《"咆哮了的桑干河"——论〈太阳照在桑干河上〉对〈咆哮了的土地〉的模仿》,《中国文学研究》2010 年第 1 期。

白：不管是农民对于农民大会这一阶级“大联欢”有如赶“香会”“过节日”般兴奋与期待，还是农民对地主“以怨报怨”的集体复仇的极端心态，两部小说都有惊人的相似。所不同者：蒋光慈对于“群众性的暴力”的认同，还只是停留在政治理性的“革命想象”的层面；而丁玲则首先是“战士”，然后才是“诗人”，她将这种暴力理解为被压抑已久的怨苦借助革命的途径发泄到极致，鲜明地表现出一种“欣赏”的姿态。这一高仿一方面标志着丁玲文学创作的彻底转型，另一方面是十七年文学红色经典小说模式化写作的先声，在中国红色经典小说的发展历史上具有承前启后的节点意义。

短篇小说研究主要包括《庆云里中的一间小房里》《水》《新的信念》《在医院中》和《阿毛姑娘》研究。

丁玲的《庆云里中的一间小房里》通过妓女阿英从早晨到晚上一整天的生活，展示作为妓女的阿英“纯粹的实实在在的女性心理的和身体的经验”。陈智慧①认为，作为类属的女性，阿英身体之于女性存在有着如下的意义，即：一、女性通过身体言说自我，建构主体。文本中，阿英对生活与世界的感觉源于身体，具体地说是源于对男人的切身感受。她也通过身体丈量男人、评判男人、言说男人，形成以自我为中心的身体世界观。阿英本真的情欲和性体验敞开了被文明遮蔽的女性的生命秘密，确立了阿英的生存，更建构了以阿英（女性）身体为中心的具象与抽象世界。二、女性通过身体思考人生，介入世界，把握命运。阿英从身体开始，感悟男人、认识世界，进而思考生活，抉择人生。伴随着身体与男人的不断接触，她不断扩大自己对男人和世界的感受，她自由运用自己的身体，享受自己的身体，并在这种运用和享受的过程中走向对自己和生存的深刻认识。阿英最终自愿选择的并非妓女这一身份，她认同的是自己内心深处的欲望，她在自己的欲望中感受到了自己的存在，她就是自己欲望的主体。三、女性通过身体嵌入历史，丰富存在，改进现实。文本中，阿英的自我叙述陌生了传统关于妓女是受害人及其反面——危险的妓女的叙说，将本真、质感的妓女生活与精致、细腻、理性、世俗、情欲盎然的女性情感体

① 陈智慧：《身体主体性——丁玲〈庆云里中的一间小房里〉的身体叙事》，《云梦学刊》2010年第6期。

验表述出来，刷新了传统关于女性简单、无欲、贞节、被动的刻板形象，将充满主体感觉和生命气息的蓬勃生动的女性经验、女性感觉、女性形象展示出来，嵌入历史。而阿英自我认同的生命感觉和自我掂量的命运选择也陌生了传统关于女性缺乏理性思维，听凭命运摆布的被动生存本相，表明女性通过身体感悟生活，进而把握命运，参与世界，为文明添加着属于女性的生命质素。阿英自我敞开的情欲体验不仅将女性生理的秘密与力量凸显出来，同时，作为未被文明肯定的新的性别与社会力量更冲击着文明关于女性身体以及理智、道德的非伦理界定，这样的冲击必将动摇压抑人性的现实的政治、经济、道德秩序，进而改进现实的生活。

《水》在艺术上并不算出色，左翼文坛却给予了很高的评价，茅盾、冯雪峰将之誉为新的小说的诞生。逄增玉[①]认为，这与 20 世纪 30 年代左翼文学的规范和标准的形成与建立、什么样的作品符合这种规范和标准的问题有关。丁玲的《水》在中国现代小说艺术发展上虽然没有新的贡献和特质，但是从表现对象、内容与创作方法上看，又确实是丁玲小说创作历程中具有“方向转换”性质的作品。这种转换后的“新质”基本符合左翼文学的规范和要求，满足了左翼文学的批评需要，因此得到了茅盾和冯雪峰等的高度赞扬。但是，左联的文艺政策和理论，在一定意义上却成了无产阶级文学发展进程中的“陷阱”，对于伟大作品的产生和作家创作的艺术成就造成了妨碍或伤害。即便丁玲自己后来的写作，在文学的表现对象、思想与主题的政治正确等方面，既有遵守左翼文学规范和后来的解放区文学规范的一面，也有未能完全符合规范的一面，由此造成丁玲创作的丰富性与价值性，也使得丁玲的作品不断地被树立为新的榜样又不断地遭到批评和否定。

丁玲的小说《新的信念》被人关注不多，即使有所关注也往往有所误读。金俊荣[②]认为，该篇小说作为丁玲进入解放区后创作的重要篇章自有其地位在，而且持续了丁玲关注女性命运、表达女性的自我意识、探讨女性自我拯救的创作主题。小说主人公陈老太婆由于一个突如其来的事件改

① 逄增玉：《新的小说的诞生？——试论丁玲小说〈水〉与左翼文学规范的关系》，《小说评论》2010 年第 4 期。

② 金俊荣：《自我的挣扎和救赎的无奈——丁玲小说〈新的信念〉解读》，《北京科技大学学报》2010 年第 3 期。

变了她做人、做事的方式，甚至改变了性格，这些源于生命的觉醒并由此引发了自救，但这种觉醒是如此被动，自救是如此无奈。虽然看似丁玲给她安排了一个光明的结局，但也隐隐透露出背后的隐忧，因为在背后真正起着强大作用的还是畸形的传统文化。由此，我们也可以窥见丁玲对自身命运的思考和纠结。

陈智慧①则从性别诗学的角度解读了丁玲的《在医院中》，认为陆萍的遭遇表征着作为新政权雏形与象征的解放区，法律、条文上的性别平等并未深入社会机制和妇女的思想意识与日常生活，女性整体上依然处于精神匮乏、价值缺失和无法获得类的存在的生存状态。陆萍的悲剧揭示了将女性解放等同或捆绑于民族国家解放的狭隘和困境，将民族国家解放后妇女解放之路将走向何处的问题揭示了出来，启示新的历史背景下，女性解放应在主体精神和社会文化价值的维度确立女性的主体存在，发展女性独立的个性和丰富的人性，实现女性自由、自觉的类本质。而反观现实，这也正是文本对当下女性解放的借鉴意义。

从女性主义的视角解读丁玲的还有方忠的《在欲海浮沉中迷失自我的四位现代女性》②。文章认为女性的个性解放以及由此而造成的命运问题，是现代中国许多作家关注的一个焦点。尽管《阿毛姑娘》《雷雨》《寒夜》《魔女》的体裁不尽相同，但它们在选材、人物关系的设置、人物命运的安排等方面，却有着许多相似之处。从丁玲、曹禺、巴金、欧阳子等作家对相似题材所作出的同中有异的艺术处理，明显可看出作家们创作观念和审美方式的同构和差异。将这几篇作品组合起来，可以清晰地看到中国现代作家对女性个性解放和命运问题的连续性的思考。

1936 年丁玲在上海良友图书印刷公司出版了《意外集》，这是她在南京幽囚期间创作出版的唯一一部集子。秦林芳③认为，在《意外集》中，丁玲以“人”为视点，忠实于自我体验，以对“人”的生存境况的关注和

---

① 陈智慧：《依然沉重的性别牢笼——丁玲〈在医院中〉的性别解读》，《海南师范大学学报》2010 年第 1 期。

② 方忠：《在欲海浮沉中迷失自我的四位现代女性——〈阿毛姑娘〉〈雷雨〉〈寒夜〉〈魔女〉合论》，《暨南学报》2010 年第 1 期。

③ 秦林芳：《论〈意外集〉在丁玲文学道路中的意义》，《中国现代文学研究丛刊》2010 年第 5 期。

自我人道情怀的张扬，实现了由左翼文学的革命功利主义向“五四”人道主义精神的回归。在当时左翼文学的话语场中，丁玲以此发出了自己的异响，表现出了比较鲜明的个人化色彩。《意外集》对左联前期以《水》为代表的创作路子作出了调整，并开启了陕北前期丁玲个性化创作的先河，因而在丁玲文学道路中具有重要意义。

二　丁玲思想研究

1. 丁玲与政治革命

研究丁玲不可回避的是她的转向问题。学术界至今沿袭 20 世纪 30 年代的认识，认为丁玲从《水》开始大跨度地向“左”转了，所不同的只是对于这个转变的评价发生了变化。新伟[①]则认为，如果说“左”意味着对于现存秩序的质疑、反叛或者革命。那么“左”就会有不止一种表现，在政治上、伦理上、文化上、生活上等都会有，不能单单认为只有参加了群体革命才是“左”。从这种理解出发，其实丁玲从一开始踏上文坛的时候就表达了她对资本主义伦理的批判，她的思想就既不是“右”，也不是“中”，而恰恰就是“左”，以后丁玲的思想和创作就沿着批判资本主义伦理的“左”而到达了颠覆资产阶级政治的“左”。对这个问题，可以描绘出一个事关丁玲精神发展的大致脉络。早期的《梦珂》揭示出最具资本主义特色的性别消费，资本主义伦理关系中男女两性的不平等，女性始终作为男性的玩物而存在的客观事实。《莎菲女士的日记》中的凌吉士，其内在与外在的错位是典型的资本主义伦理所塑造出来的，莎菲所厌恶的正是他的这种资产阶级的市侩意识和卑劣灵魂。在《阿毛姑娘》中，丁玲开始触及资本主义物质上、经济上的不平等。1929 年写的《日》，对资本主义的政治经济学的批判铺展到了整个的社会生活。到了革命加恋爱时期，恋爱中的韦护陷入了革命与情爱的两难境地，最终韦护只能为了从事神圣的工作，跳出两性的激情，用铁的意志放弃了情爱。但这时丁玲还没有对女

① 新伟：《从反资本主义伦理到反资产阶级政治——丁玲转向（1927—1931）的精神史考察》，《中州学刊》2010 年第 6 期。

主人公丽嘉作出伦理上、道义上的指责。而到了《一九三〇年上海（之二）》中，丁玲就把玛丽描绘成了一个性感的贪图物质享受的女性，一个颓废的、没落的、充满着资产阶级低级趣味的形象。在《一九三〇年春上海（之一）》中，丁玲则高度肯定了被若泉以革命意识启蒙并成为革命者的美琳，并赞扬了美琳对于精神上的快乐的大胆追求。但是，只有在《水》中，丁玲才不仅实现了她文学上的革命，而且对她自己也实施了一次脱胎换骨的革命。丁玲能够在《水》中着眼到大众自己的力量及其出路，说明丁玲已经超越了她的个人奋斗的困境，由此而进入了一个新的世界，从一个有着鲜明的性别意识的自由主义作家而“扬弃”为一个消泯了性别意识的左翼的革命作家。冯雪峰说的《水》作为“新的小说”中的“新”，指的就是丁玲对于阶级斗争的本质的认识。

无独有偶，张畅、秦林芳、黄丹銮所关注的均是丁玲 1936 年到 1942 年期间的文学创作。张畅[①]认为，丁玲是一位具有自发革命热情的革命者，但我们更应该看到，丁玲同时是一位深受“五四”文化影响，有强烈的反叛意识和社会批判意识，追求个性，独立自主的作家。丁玲色彩鲜明的现代意识、坚守的“五四”立场和身为知识分子的使命感使她自觉地对延安存在的不足进行批判，对落后封建的农民进行启蒙。但在抗日战争、民族危机的大背景下，战时政治文化的意识形态具有强大的整合功能，对丁玲等知识分子的启蒙思想和批判意识产生了巨大的统摄力和压迫力，丁玲感到了“五四”启蒙思想与战时主流政治意识形态内在的冲突和矛盾。丁玲将这些困惑和焦虑转换成为追问、追索，把对困惑和焦虑的表达倾注在她创作的文本上。面对战时政治意识形态的巨大压力，她将“五四”启蒙思想曲折地表达在小说中，创作了《我在霞村的时候》等小说；她学习鲁迅，希望以杂文为斗争武器，通过斗争达到自己理想中的状态，写下了《三八节有感》等杂文。《讲话》以后，丁玲在这一时期选择了转向大众化的言说方式，表现战时政治意识形态，但并不意味着她完完全全地舍弃了“五四”启蒙话语，相反地，在她一生中始终有一个稳定的话语体系，即“五四”话语体系。事实上，丁玲终其一生都没有离开过“五四”话语。

---

① 张畅：《“五四”启蒙思想与战争政治功用颉颃的范例——对丁玲在解放区初期文学创作的一种解说》，《海南师范大学学报》2010 年第 2 期。

秦林芳[1]认为，丁玲陕北前期在“集体”和“个人”的矛盾中对自我个性的抑制和弃置，导致了对以“文学工具论”为核心的文坛主流观念的追随；而其固有的政治信仰又促使其将“文学工具论”直接演化为“文学服从于政治”。正是这种政治化、工具化的文学观念，为丁玲旨在传达“阶级政治”与“民族政治”内容、进行政治宣传和政治说教的政治化写作提供了理论原点和创作范式。而从渊源上看，这类写作则是对丁玲自己左联时期“左翼写作”的延续和发展。黄丹銮[2]亦认为，在延安整风前，丁玲所从事的文艺活动贯穿着两个主题——“抗日救亡”与“社会批判”。而丁玲之所以能够更多地按照个人的革命理念及文艺观念从事文艺活动，则与延安整风前相对自由、开放的文化政策有着直接的关系。

陈娇华[3]则分析了丁玲的政治化文艺思想，认为丁玲新时期复出后坚持政治化文艺思想，强调文艺离不开政治，体现出对《讲话》精神的某种承传。这与她的个性气质、人生经历有关，也是其对“五四”“为人生”艺术观的坚守和对创作自身思考所致。“为人生”艺术观贯穿丁玲政治化文艺思想的各个发展阶段，给创作带来很大影响，也给中国当代文学以深刻启示意义。

2. 丁玲的精神特质

丁玲是 20 世纪中国知识人投身革命最有代表性的一个，而其最终被革命吞噬的历史命运无疑也更具有反思的价值和意义。商昌宝[4]认为，在 1949 年前后历史大转折时期，丁玲始则低调起步，继之高调开进，一方面自觉地充当着尽职尽责的“小号兵”，另一方面其“个人主义”思想也不自觉地呈现出来。考察丁玲的一生，可以发现，其自身先天的个人因素与革命所要求的纯粹性、组织性存在着内在的紧张和冲突，也即在她那里始终存在着革命要求与个性表现不一致的“二重的生活”。事实证明，1949 年前后的确同时存在着“两个丁玲”：一个是公共领域的丁玲，即公开宣传《讲话》精神、号召作家与工农兵结合的文艺领导者丁玲，也即一个经

---

① 秦林芳：《论陕北前期丁玲的政治化写作》，《小说评论》2010 年第 3 期。

② 黄丹銮：《延安整风前的文化政策与丁玲的文艺活动》，《汕头大学学报》2010 年第 2 期。

③ 陈娇华：《丁玲的政治化文艺思想辨析》，《中国文学研究》2010 年第 4 期。

④ 商昌宝：《转型时期的丁玲：“二重的生活”及其悲剧命运》，《湘潭大学学报》2010 年第 4 期。

过思想改造的政治丁玲；另一个是私人领域的丁玲，即现实生活中大讲特讲妇女解放、个性解放和卿卿我我的丁玲，也即一个真实的、活的、情爱的个性丁玲。如同瞿秋白，这一“二重生活”始终折磨着丁玲，也为丁玲后来的悲剧命运埋下了伏笔。

三　丁玲与期刊研究

丁玲办《中国》是中国当代文学史上的一件大事。这份杂志的创刊背景、基本定位、办刊方针是什么，都刊发了哪些人的文章，遭受了哪些人的阻力，最后又是如何寿终正寝的。这是读者所关注的问题。牛汉、陈华积在《〈中国〉杂志、丁玲与80年代文学》① 中一一做了回答：1. 丁玲创办《中国》杂志，没有常人说的政治目的。它的创办得益于邓小平在第四次文代会上的报告，即不再提“文艺为政治服务”，转而提“为人民服务，为社会主义服务”。2.《中国》的办刊方针是“民办公助”。“民办”就是作家自己办刊物，自己做主，不是为政治服务，而是为人民服务；“公助”就是公家提供帮助，但不能引导作家、操作刊物。3.《中国》创办以后，中国作协马上就创办了一个《中国作家》，背后是冯牧、张光年和周扬在操作，其目的就是和《中国》对着干，抵制乃至消灭《中国》的影响。4.《中国》并不是一个保守的左派杂志。其编委会成员中有许多老作家，但这并不代表着他们思想的守旧和左派。《中国》给了老作家们一个发表作品的阵地，让他们能够发出自己的声音。但在用稿时是非常认真的，都要经过编委会的投票表决。5.《中国》也刊发了许多青年作家如残雪和韩东的带有实验性质的作品，并没有和丁玲创刊时的定位相违背。在刊发作品时，没有考虑太多的政治因素，而只看作品本身的质量。6.《中国》曾经在1986年大力推举过“新生代诗歌”。丁玲也以作家的敏感，觉察到了“新生代”的萌动，并说“他们是中国文学的希望”。7.《中国》的最后一期有两种，一种有“终刊辞”，一种没有。“终刊辞”详细讲述了《中

① 牛汉、陈华积：《〈中国〉杂志、丁玲与80年代文学》，《上海文化》2010年第3期。

国》的办刊经历，以及它在 1986 年的遭遇。中国作协对《中国》编辑部不作任何解释，以“内部整顿”为由实际上取消了这份刊物。8.《中国》在 20 世纪 80 年代众多的杂志中，也算一份有个性的杂志。它贯彻了鲁迅精神、“五四”精神，没有为政治服务，而是成为中国真正的作家和读者服务的一份刊物。它不做政治的“工具”和“传声筒”，而是极力彰显了时代民主、自由的精神。

杨琳①则认为，延安文学作为现代中国革命和历史叙述的重要参与者，繁复而生动地呈现着现代中国革命和文学的历史面影。延安文人社团及刊物在现代中国文学史上构成了极为重要的独特的文化现象，期刊既是延安文人自觉地将文学与革命联系起来进行文艺界的精神总动员的传播载体，又是延安文人话语交融、思想汇聚甚至碰撞的媒介空间。同时，在革命战争的传播生态环境中，大量的延安文学期刊不仅鲜明地标示着延安文人的美学姿态和风范，而且最终汇流到波澜壮阔的现代中国革命的洪流之中，和它的传播主体一道成为革命的重要组成部分。文章以原始史料为依据，对延安文学期刊回归“历史现场”进行考察，展示出在特殊的战争环境中延安文人的创作与生活、思想与交流，为当代中国文化建设提供了具有历史深度的经验借鉴和精神资源。

四　丁玲研究之研究

文学武②以丁玲传记的写作为研究对象，从传记作者的价值取向和学术思想的变迁中透视丁玲传记写作的成就和问题，从而勾勒出中国左翼文人传记写作的基本线索和发展趋向。文章认为，《记丁玲》一书的启示在于，它并没有把丁玲拔高为一个完美的、带着圣洁光环的人来描写，而是始终把自己放在和传主平等的地位，把她当作一个非凡而又平凡、血肉丰满的女人来看待，对丁玲的某些弱点作者也没有刻意回避，这正是后来的

---

① 杨琳：《延安文人的“公共空间”：社团与期刊》，《西北师大学报》2010 年第 2 期。

② 文学武：《中国左翼文人传记写作研究——以丁玲传记为中心》，《南方文坛》2010 年第 4 期。

许多传记作者所缺乏的。丁玲在中国现代历史中更多的不是作为一个孤立个体的存在，她的一生和政治、革命、文学、爱情等主题紧紧联系纠结在一起，呈现出复杂的形态。因此在丁玲传记写作中，能否透过一个人的命运写出一群人在20世纪中国社会中怎样同命运苦苦抗争却最终仍然难以逃脱悲剧的结局，从而揭示出造成这种悲剧结局的深层原因，全面展现20世纪中国文艺、政治和革命的复杂关系直接决定了其价值成就的高低。丁玲遭难更深层次的原因在于执政党在延安整风运动后完成了革命政治文化的转化和建构，而丁玲恰是受到五四启蒙思想较深的知识分子，到了50年代仍然没有完全转化过来，在“知识者”和“革命者”之间徘徊，这时候革命的一整套惩戒体制就拿她来问责和祭旗。丁玲传记写作中所存在的问题主要有：1. 传记作者的主体性意识亟待加强。2. 对传主的精神史注意不够。3. 传记写作中的文学意识欠缺。

第十一章

2011 年丁玲研究述评

一　丁玲作品研究

1. 小说研究

主要包括长篇小说研究和短篇小说研究。长篇小说研究主要包括《太阳照在桑干河上》和《在严寒的日子里》研究。

《太阳照在桑干河上》是否是一种纯粹的政治式写作，是否仍具有丁玲独特的创作个性，一直是学界论争的焦点之一。黄丹銮[①]指出，从反思封建文化的层面分析《太阳照在桑干河上》中不同阶层的农村女性在土地改革运动中的生存境遇、命运变迁，便能体味到丁玲并没有完全斩断延安前期的创作追求，丁玲的女性主体意识仍存在于《太阳照在桑干河上》：以零度情感呈现农村妇女性别主体意识的缺失，恰恰是丁玲女性本体立场的发露。对于农村女性处于何种生命状态，丁玲首先客观地呈现了地主阶级“男性中心”的家庭结构模式——不仅男性是以自己为中心的，而且女性也是以“他者”为中心的。然而，丁玲从政治革命层面切入“缓解”了两性的矛盾冲突，则明显遮蔽了农村女性在封建意识形态领域中真实的历史境遇。其次，对于未曾真正压迫过别人而同样遭受着封建压迫的地主家庭中的女性，丁玲希望人们能够从人道主义立场而非阶级的立场上同情这类女性，使她们至少能够在民主政治革命中挣脱封建地主家庭的束缚获得解放。最后，在对《太阳照在桑干河上》的研究中，我们看到了延安后期意识形态化的文艺批评模式对《太阳照在桑干河上》的创作及出版所形成的压力与阻力，延安后期的丁玲与中央高层之间一种“亲近”而“复杂”的关系，挚友冯雪峰对她重新创作小说给予的热情的鼓励，都对丁玲延安后期创作产生了影响。

丁玲《在严寒的日子里》的创作一波三折，历经中断、续写、修改，终成未完成之作。韩晓芹[②]对这部长篇小说在 1956 年《人民文学》杂志发

---

① 黄丹銮：《寻找丁玲“自己的声音”——重评〈太阳照在桑干河上〉中的女性视角》，《中国现代文学研究丛刊》2011 年第 9 期。

② 韩晓芹：《叙事策略的调整与丁玲的文化尴尬——〈在严寒的日子里〉的版本变迁》，《山西大学学报》2011 年第 6 期。

表的8章（以下简称“初本”）和1979年在《清明》杂志上发表的重写的24章（以下简称“改本”）作了版本变迁和叙事学的比较，发现：首先，是叙事模式的转换。就小说的叙事结构而言，在“初本”中却存在着以下几个不稳定元素：模糊的阶级战线、松动的革命阵营、人性化的地主。而这些“缝隙”在“改本”中基本被“弥合”了，形成了超稳定的革命权力机构。其次，是女性主体的异化。丁玲笔下的“女性”，不断地被增添意识形态的内涵而削减个体性别的意义，“女性”的身体不断地被异化为“政治”的身体，这主要表现为：无“性”的爱情、“母”体的净化、“妻”性的升华。《在严寒的日子里》的版本变迁与文本修改，不仅反映了知识分子精英和女性话语逐渐向主流意识形态皈依的历史进程，也表现出了“女作家”丁玲对于自己“党员”身份的逐步认同。论者认为丁玲1979年复出前后，正是新旧文学体制更替的历史转型期，她对《在严寒的日子里》的叙事策略不断进行调整的过程，表现出“新时期”前夜的复杂状况以及创作主体的内在矛盾、思想困惑与文化尴尬。

短篇小说研究主要包括《我在霞村的时候》和《水》研究。

梅兰、岁涵①从现代性框架中的民族国家与个人的关系出发，分析丁玲小说《我在霞村的时候》，认为中国女性个体既依赖民族国家革命话语，又处于民族国家话语的强制指认、宰控和分割之中，呈现出矛盾、冲突的特征。丁玲的《我在霞村的时候》里，革命文本、性别文本和个人文本在同一个现代性框架内展开并叠加在一起：一个是以“我”为焦点的知识分子自我改造的文本；一个是以失贞的女人贞贞为焦点的反思、批判封建贞操观的文本；一个是以革命者贞贞为焦点的，革命如何拯救了处于封建礼教控制下的女性的文本。因此，《我在霞村的时候》其实是个人、性别、革命话语的叠加、融合和较量。

20世纪80年代的“新时期”以来，在“告别革命”以及女性主义等思潮的影响下，丁玲研究始将丁玲的创作划分成前后分裂的两个时期，并以此分裂作为阐释丁玲后期作品的主要基调——妇女与革命的矛盾和断

---

① 梅兰、岁涵：《女性和民族国家的同一与冲突——以〈我在霞村的时候〉和〈色·戒〉为例》，《长江学术》2011年第4期。

裂。吴晓佳[①]则认为，妇女与革命之间，远非共谋者和被害者这么简单。女作家对民族话语和革命话语不一定就是拒斥和反抗，相反，丁玲却以女性的叙述参与了民族话语和革命话语的建构。丁玲对革命的批评是“爱之深责之切”，在她的作品中我们无法看出丝毫对革命的否定和拒绝，无论是丁玲起初对延安的“暴露”还是她后来的被批判，都是与当时整个革命形势和政策的转变有关的。因而，我们不能把单篇作品所反映的问题简单地归结为作家个人与其所处的环境之间的矛盾和冲突，丁玲的自我是认同的，而不是分裂的；丁玲的经历与想法，实际上与那些积极参与民族国家计划的女性主义者是相同的。因此，在某种程度上我们也可以说，民族话语和革命话语是由男女两性的共同叙述完成的，不然它们也不可能具有那么大的力量——虽然，女性的声音在此中要弱小得多，那是因为有能力和有权力来参与这项叙述的女性实在太少了。

丁玲以 1931 年大水灾为题材创作的短篇小说《水》是她“向左转”的标志性作品。以往研究者要么将这一水灾题材作为创作背景一笔带过，要么将其看作不证自明的研究前提，以此论证丁玲积极的革命热忱抑或革命热忱之下的文化矛盾潜流。杨慧[②]挣脱一般社会历史研究的视野，给予这一水灾题材以文化社会学观照，并对这一重大社会事件的文本化过程进行知识考古，发现《水》和丁玲的“向左转”之间有着更为深刻和复杂的纠结。首先，《水》在书写革命议题时完成了突破，描写了灾民们的自救、受难、觉醒和反抗，实现了“大众”的诞生。灾民的抗争不仅具有充分的革命合法性，而且翻身成了革命主体。这正是左翼文学所期待的革命叙事。其次，《水》是左翼文学跟进描写当下重大事件的观念、党的鼓动灾民奋起抗争的政策以及丁玲对家乡的灾情的关心的多重合力下完成的。再次，因为以灾民的“生命欲求”作为革命的叙述动力，使得《水》成了缺乏党的组织领导的大众自发革命叙事，因此《水》束手于党和底层大众相隔绝的叙述难题。最后，《水》的文本化遭遇革命与灾荒的双重伦理。水灾不仅是一个党领导灾民斗争的革命事件，更是一个国家面临危亡的公共

---

① 吴晓佳：《革命实践与女性话语：分裂抑或缝合？——以丁玲〈在医院中〉为个案研究》，《中国现代文学研究丛刊》2011 年第 5 期。

② 杨慧：《灾荒中的艰难“向左转”——再论丁玲的〈水〉》，《吉林大学社会科学学报》2011 年第 3 期。

事件。丁玲在革命语境中创作了《水》，党的决议和左联的规范提供了叙述的伦理保证，但与此同时，对公共事件的叙述又要求别样的灾荒伦理。《水》翻腾在公共意识与革命愿景激荡起的伦理旋涡中，唯一结果只能是仓促收笔，这既是作为“阵营内战斗的一员”的丁玲的“局限”，也是作为具有公共意识的作家丁玲的“界限”。

2. 戏剧研究

秦林芳①认为，丁玲之从事戏剧创作，既源于其固有的戏剧情结，也源于抗战时期“政治宣传”的迫切需要。丁玲话剧创作对“政治宣传”的热衷一方面表现了她可贵的政治使命感和社会责任感；另一方面，由于缺乏相应的生活积累和独到的艺术发现，导致剧作中存在不同程度的公式化、概念化、标语口号化现象。同时，由于其“个性思想”这一思想基因的潜在作用，她在创作中仍然表现出了“人性关怀”的非功利诉求。她通过对“爱情”视域的设置、对世俗人伦的关注和对倔强个性的描写，表现出了对“人”的权利的维护、对人伦温情的流连和对反专制斗争精神的赞美，在“政治宣传”的主调中增加了人性的音符，增添了人性关怀的色彩。“政治宣传”与“人性关怀”的并置，不但呈示了丁玲主体意识的矛盾性，使丁玲的戏剧创作在意识倾向和主题蕴涵上形成了巨大张力，而且集中凸现了其1931年转型后的整个创作在意义形态上的复杂性。

3. 作品整体研究

城市与乡村的碰撞与交融成为20世纪中国文学的一个母题。张喜田②指出，首先，丁玲创作的文化身份总是在城乡之间徘徊，既有对城市的向往，又有对农村的怀恋；既有乡村的贫穷，又有城市的困窘。在丁玲的作品中，城市体现为革命、进步、人生的目的与彼岸，乡村则具有乡愁般的蕴涵，是力量、慰藉、温暖、情爱等，城市是其思想的圣地，乡村则是其精神的家园。每当她孤独、痛苦时，她总想家，或者想回家，并从乡下获得物质资助。城乡常常撕扯着，造成丁玲文化身份的一种令人怀疑的难以捉摸，也对其文化态度、价值取向产生一种困惑。其次，在丁玲个人的生

① 秦林芳：《“政治宣传”与“人性关怀”的并置——丁玲戏剧创作的意义形态》，《齐鲁学刊》2011年第6期。

② 张喜田：《城市向往与乡村想象的碰撞与交融——丁玲创作中文化身份困惑的研究》，《当代文坛》2011年第4期。

活征程上，城乡矛盾使她总处于“在路上”的漂泊状态，丁玲受时代风潮的影响，走出乡村奔赴城市，她更强调城市的精神、心理指向，但她也发现现实中的城市与想象中的城市有巨大的差别，城市追求幻灭之后，她又“怀旧”了，希望家乡能够挽救她，而农村又完全破产，对丁玲来说，挣脱这种困境的方法便是参加革命，走向延安。最后，丁玲在文学创作中留下了对城市与乡村叙述的可贵的真实、真诚与真理，即：在城乡情感矛盾的情感纠葛中，分清城市与乡村各自的优点与缺点，使城乡互为参照、互相审视与互相借鉴，在碰撞与交融、撕扯与同化中获得双赢性的进步。

二　丁玲思想研究

1. 丁玲与女性主义

黄丹銮、彭小燕①认为，集中在 1940 年、1941 年相继问世的《我在霞村的时候》《在医院中》《夜》，是丁玲以独特的女性视角对延安社会的沉重剖析，它们都在不同层面上反映了不同类型的女性在特定历史时期的社会处境、生命状态，这三部小说较为集中地反映了丁玲延安前期的女性主义思想，它们延续了丁玲 30 年代的女性文学创作。可以说，丁玲的女性主义思想应该是在批判封建文化，追求社会解放的进程中呈现出来的女性主体意识以及两性平等观念。在以往的研究当中，人们多批评了丁玲为“贞贞”“陆萍”所设置的光明前景，这两位女主人公的结局确实折射出丁玲女性文学创作的局限性，这表明丁玲对于女性社会道路的思索始终未能超越现实的层面，始终无法离开“政治革命”的范畴。然而，从反思封建文化这一层面横向比较这三部小说，则可以看出丁玲的女性主义思想是随着时间的推移不断深邃发展的：从“贞贞”到《夜》，丁玲的女性主义思想一步步趋向成熟，丁玲理性地认识到造成女性人生不幸的并不是某个男性个体，也并非女性主观上不愿意追求进步，而是中国社会强大的封建传统习俗使女性陷入无路可走的困境。丁玲延安前期女性文学创作的价值，在

① 黄丹銮、彭小燕：《中国封建传统中女性命运的反思——论丁玲延安前期女性主义思想的局限与发展》，《中国文学研究》2011 年第 3 期。

于它拓宽了中国女性文学创作的路向，使女性文学创作走向更深沉宽广的人道主义关怀。

金俊荣[①]看到丁玲早期小说中的女性的“苦闷”有鲜明的女性性别特质，称之为女性性别焦虑。丁玲早期的小说刻意描写的是女性精神上的孤独、寂寞、流浪和颓废，这种精神状态实际是性别焦虑的外化。这种性别焦虑表现为：恋爱却无人可爱的焦虑、视婚姻如牢笼坟墓的焦虑、同性恋情之间真挚而虚无的焦虑、终获“无味”的价值的焦虑。丁玲笔下的女性焦虑是社会弱势群体的边缘对中心的焦虑，是女性自我意识得不到承认、个人价值无从实现的焦虑，是终极意义虚无的焦虑。无味与死亡其实是现世人生和未来终极的因果关系，丁玲对无味和死亡的描写实际上是对人生终极意义的灵魂的拷问。

吕旭龙[②]认为丁玲的《三八节有感》表达了她在性别平等议题上的深深困惑：何以阶级解放了，社会上仍然存在着大量的性别压迫现象？终其一生，她都未能获得真正的解答。其原因首先是时代的因素。20 世纪 30 年代丁玲向左转，开始关注和选择马克思主义，基于只有通过革命，改变社会结构，改变女性在社会公共领域里的地位，才有可能更好、更快地实现女性独立和男女平等。这反映了当时的丁玲思考女性解放问题的一个答案，也是对一个新政权的期待。然而丁玲为自己的思考和表达付出惨痛的代价，延安整风以后，女性作家集体创作转向，话语是革命的而不是女性的。其次，传统马克思主义对于女性解放问题的阐释，也长久地困囿了丁玲及同时代作家的视野。在当时的语境里，女性主义与马克思主义形成了一种对抗的张力，二者只能选其一。为此，论者希冀能站在一个超越的新视角审视“性别压迫”现象，并重新看待女性主义与马克思主义的关系问题。当代西方马克思主义者和女性主义者艾莉森·贾格尔提出了不同于传统马克思主义“阶级”“压迫”概念的解释，而是用“异化”概念来观照性别不平等。提出克服压迫实现“性别平等”不仅是社会政治问题，还应该是如何重构认识论从而更全面理解女性的哲学问题。论者运用艾莉森·

① 金俊荣：《无味：丁玲早期小说中的性别焦虑》，《北京科技大学学报》2011 年第 3 期。

② 吕旭龙：《“性别平等”的诉求、曲解与再认识——从丁玲的创作看女性主义和马克思主义的冲突与融合》，《上海交通大学学报》2011 年第 3 期。

贾格尔的“性别异化”理论重新诠释作家与作品，希冀推动女性主义与马克思主义在中国当代社会的融合与发展。

李晨[①]对丁玲在延安时期富有深刻性别意味的作品进行文本分析和考察，认为投身于革命组织的丁玲并未忽视对女性经验的体察，抗战时期逐渐形成和完备起来的新政权与女性主义叙事之间的纠合，使作家的性别叙事呈现出十分复杂的维度。首先，《东村事件》使我们看到了一具在阶级斗争和性别压迫两个场域间无所归依的女性肉身，而在精神上，小说中的七七是个缺乏自我言说的孱弱女性。其次，在《我在霞村的时候》（以下简称《霞村》）文本中，在战争背景下的国族叙事与女性立场之间，丁玲无法为贞贞的肉身做出明确的安排和定位，她既不愿颠覆为民族求解放的革命话语，又不能对女性的牺牲视而不见。这种两难在小说中展现为以男性叙事为中心的国族主义与女性经验之间的疏离，以及在女性经验之上构建意涵更加丰富的民族叙事的可能。最后，丁玲的杂文《三八节有感》所触及的是革命与家庭对个体的“争夺”中女性的复杂位置，革命政权并未给予妇女很大程度的解放，各种非议和规范依然给女性生活带来困扰。丁玲的独特之处在于，她既愿意投入革命政权进行自我锤炼，同时在这一过程中并未绕开与建构中的民族、国家存在差异的女性经验。无论《霞村》还是《三八节有感》，作家都在差异中为读者呈现出一个充满情感张力和思想困境的经验世界。

2. 丁玲与政治革命

1950 年 5 月，丁玲对自己的思想道路做了回顾，认识到自己“过去走的那一条路可能达到两个目标：一个是革命，是社会主义，还有另一个，是个人主义”；“但到陕北以后，就不能走两条路了。只能走一条路，而且只有一个目标。即使是英雄主义，也只是集体的英雄主义，是打倒了个人英雄主义以后的英雄主义”。秦林芳[②]指出，由于丁玲上述“社会主义”与“个人主义”两种思想的并置，作于华北时期的长篇小说《太阳照在桑干河上》表现出相当复杂的意蕴结构。一方面，她根据主流意识形态的规

---

① 李晨：《革命·战争与性别叙事——延安时期丁玲的女性主义创作》，《华东理工大学学报》2011 年第 6 期。

② 秦林芳：《从“走两条路”到“走一条路”——论丁玲的创作转变》，《小说评论》2011 年第 2 期。

定，从题材的选择、主题的提取到人物的设定，都表现出了强烈的政治倾向性；另一方面，她则仍然通过对农民精神痼疾的深刻批判、通过对地主形象和“边缘人”顾涌形象的真实描写，表现出了作者的个性思想和人文精神。这种“革命意识”与“个性思想”的并列、历史理性与人文关怀的交会，在思想意蕴上形成了“二元并置”、张力巨大的复式结构，说明此期丁玲在思想上、意识上仍然走着“两条路”。而丁玲真正在小说创作中谨从“主流意识形态”的规训、“只走一条路”，是从她创作《在严寒的日子里》开始的。《在严寒的日子里》在意识倾向上显得极为单纯，作者对“意义”的单一化诉求（即只“走一条路”），彻底遏制了自己对生活的个性思考和独特发现。这种真正意义上纯粹的“政治化写作”，使作品的意蕴显得极为简单，因而其结构只能是一种毫无张力的线性结构。

丁玲在毛泽东《讲话》发表后是受到触动和影响的。但是，秦林芳①认为，不管是丁玲本人还是研究者都夸大了其前后思想的差异。事实上，自20世纪30年代初思想发生转型之后，丁玲心中始终流淌着“革命”的血液，“革命意识”作为一种重要的思想意识，始终都渗透到了其创作中。正是在这种“革命意识”的作用下，丁玲以自己的理论言说和创作实践，事实上与后来发表的《讲话》形成了精神上的关联，其文艺观表现出了与《讲话》精神相趋同的思想倾向。首先，在“文艺从属于政治”的命题上，丁玲从1931年思想发生转型到《讲话》发表之前，在对文艺本质属性的理解上，也表现出了这种功利性思维。在论及文学的“价值”时，她只承认文学的“社会价值”（即社会属性）和“组织群众”的功利作用；她在转型后的创作都是以“革命意识”为灵魂，表现出了对革命功利性的诉求。其次，在“为群众”就必须“表现群众”问题的认识上，丁玲从左联时期起在理论认知和创作实践两个层面上都表现出了较高的自觉性，将深入大众、“到广大的工人、农人、士兵的队伍里去”，作为“产生新的作品”的前提条件。最后，关于“改造知识分子思想感情”的问题，也是丁玲从左联时期以来一直关注着的，从改造旧感情和旧意识的重要性到改造的途径与方法，丁玲的见解与十年后毛泽东发表的《讲话》表现出了相当大的一致性。

① 秦林芳：《丁玲与〈讲话〉的精神关联》，《文艺争鸣》2011年第7期。

常彬[1]则关注《讲话》精神下丁玲创作的“痛”与“变”。20 世纪 40 年代初期，丁玲创作视野从民族国家宏大叙事转移，女性意识强劲复苏，创作了《在医院中》《我在霞村的时候》《夜》《三八节有感》《风雨中忆萧红》等作品，正是这些异质于延安大一统意识形态文化建构的性别书写，给丁玲惹来了巨大麻烦，陷入了文艺整风的波底浪峰。在众口挞伐的批判中，丁玲也在痛苦地反省，仅窥其当时的心得笔记《脱胎换骨》《洗心革面》之标题，就可想见她内心求“变”的焦灼和悔罪心态。直到 1947 年 5 月长篇小说《太阳照在桑干河上》之节选《果园》发表，丁玲才浮出了解放区小说创作的水面。在《太阳照在桑干河上》里，丁玲的女权思想被阶级斗争观念所替代，人物按阶级成分划分善恶标准。对于倔强内向、忧郁孤独的女孩子黑妮，不敢放手展开这个人物的性格命运，对她的塑造惊恐犹豫。黑妮成了作品中忽闪漂移、形神迷离的身影，成为丁玲未能尽兴的创作遗憾。同时，这部小说塑造了不止一个的“狐狸精”型女人，她们的美丑善恶被置换成阶级成分。这也表明丁玲在无法释怀的“痛”与政治理念化的“变”中，完成了“脱胎换骨”“洗心革面”的叙事转向。

孙德喜[2]把丁玲的人生遭际看成是 20 世纪中国知识分子的坎坷命运的缩影，其人生道路演绎着 20 世纪中国知识分子与权力、与政治的关系。首先，作为二三十年代作家的丁玲具有双重文化精神：一方面，深受“五四”新文化运动的影响，追求个性解放，向往民主和自由，具有现代思想意识；另一方面，在民族危机之际，怀着传统知识分子的忧国忧民之情，接受了“左”倾革命思潮，并且建立起革命的信仰，积极投身革命。前者主导着丁玲的创作，使她确立了知识分子和女性的叙事立场，后者推动着她奔向陕北。其次，丁玲在陕北受到中央高层的礼遇和厚望，对丁玲的角色要求也由具有自由倾向的知识分子转变为具有文化标兵意义并发挥领导作用的革命宣传战士。而丁玲在“五四”文化精神指导下进行现实主义创作，在整风运动中受到批评。再次，整风运动之后，丁玲根据《讲话》精神深入基层体验生活，试图改变自己的创作思维，以便创作出适应政治要

---

① 常彬：《〈讲话〉精神下丁玲创作的“痛”与“变”》，《河北大学学报》2011 年第 2 期。

② 孙德喜：《从丁玲的人生道路看 20 世纪中国知识分子的命运》，《南京师范大学文学院学报》2011 年第 2 期。

求的作品，因《太阳照在桑干河上》而受到表扬。50年代之后，丁玲再度受到批判，甚至沦为阶下囚。80年代，平反后的丁玲以《杜晚香》表达对权力的忠诚，缺乏对历史悲剧的反思。

三 丁玲与期刊研究

丁玲创办的大型文学杂志《中国》是新时期文学的一个独特样本，丁玲在创刊号“编辑的话”中，宣称要让不同流派的作家作品在这里汇聚，这样的办刊思路她在20世纪30年代编辑《北斗》时尝试过，而且在当时的文学青年中颇有影响。时隔50年，丁玲再次提出相同的主张，同样的办刊理念，在实践层面上同样实现了刊物的迅速扩张。但为什么它又在短短的两年内难以为继？陈天助[①]由丁玲的书信、日记还原《中国》办刊的复杂情境，考察了《中国》在20世纪80年代的艰难处境。首先，丁玲的办刊理想是包容不同流派、不同风格的新老作家，但老作家稿件不多，新时期成名作家约稿困难，《中国》转向扶持新生代作家，发表了很多争议性作品，这也给丁玲和她的刊物惹来了不少争议。其次，从编辑部的结构看，《中国》编辑部是“劳动组合”，而非同人刊物，编辑部的人员构成庞杂，也潜藏着许多不稳定因素。编辑部采取自愿结合的方式，编辑原则相对难以统一。另外，还有编辑部人员编制问题悬空、没有固定的办公场所等问题。最后，丁玲提出的“民办公助”的办刊形式，以经济独立保障办刊自由，但作协党组批复《中国》是作协刊物，不是民办公助。不过，虽然归属中国作协，但刊物的经费和编制一直成问题。丁玲不放弃“民办公助”模式，却陷入黑龙江国营农场总局与东方公司的“三角债”。丁玲尝试《中国》的经营模式，在于不与任何利益群体纠结，让自己的刊物独立地运行起来，这就决定了这样的一个结局：丁玲与她所建构的公共空间最终成了一个文学的乌托邦。

---

① 陈天助：《〈中国〉：一个文学的乌托邦》，《文学自由谈》2011年第1期。

四　丁玲史料研究

丁玲于 1942 年下半年所作的检讨残稿《关于〈在医院中〉》，经过整理披露于 2007 年 11 月号的《书城》杂志。丁玲要检讨的是写这篇小说的动机、主旨（文中用词为“理想”）、所用创作方法（即“打算和安排”）、反映的现实（即“环境”）等等存在的问题，然后是深挖思想根子。吴福辉①指出，这篇文字十分吊诡、奇特，在检查的浮面之下，翻动着作者内心不平静的并未真正想通的心理波澜，所以有直截的文字，也有曲笔，有翻来覆去的述说，也有相互冲突的前言后语，使得它成为解读 20 世纪 40 年代解放区知识分子作家创作心态的绝好材料。其次，检讨草稿的“真实性”不是指草稿本身文物价值的真伪，而是指作者思想在这里表达的真伪。检讨残稿里有两种声音：作为一个共产党员会用要革命、求进步的真心实意去检查；作为一个天才作家会倾吐创作的真实思路，不加掩饰地袒露内心。丁玲的检讨残稿是多声部的未完“检讨”，反映出以下问题：第一，究竟是创作方法问题，还是“立场”问题？第二，究竟是人物问题，还是环境问题？第三，未发表的原因。陈明说是博古（秦邦宪）不让丁玲检查，可能是真的。第四，引发一些联想。可以由之切入进去，深入研究解放区文学。论者联想到社会主义实验解决不好公有制下人的保持自由、独立的问题（文学写作就最需要这种自由独立），就从根本上使得人的解放成为遥远的事情。进步知识分子刚进入解放区时有一种解放感，后来便处于各类矛盾之中无法解脱，这无疑是认识解放区作家的重要路径。

丁玲跟萧军曾经是十分知心的朋友，在患难中都曾给对方以可贵的支持；双方又曾有严重分歧，在批判萧军上丁玲多次处于前沿。陈漱渝②全面考察丁玲与萧军的交往，视之为丁玲研究的一个生长点，不仅能深化丁玲与同时代作家的研究，深化对这两位杰出作家精神史的研究，而且对于

---

① 吴福辉：《透过解说与检讨的表层——丁玲〈关于《在医院中》〉的阅读札记》，《汉语言文学研究》2011 年第 2 期。

② 陈漱渝：《丁玲与萧军——丁玲研究的一个生长点》，《新文学史料》2011 年第 3 期。

正确总结革命文艺运动的经验教训也具有相当重要的意义。首先，1938 年 4 月萧军随同丁玲、聂绀弩到西安，萧军由于与萧红关系破裂意欲去新疆抗日，致信丁玲委托保管重要物品，把丁玲看成一个可以信任、可以委以重托的人。其次，萧军到延安后，丁玲推荐他去延安鲁迅文学艺术院工作，被周扬拒绝；于是，萧军被安排到了丁玲担任副主任的陕甘宁边区文艺协会。再次，萧军 1940 年的日记记载他与丁玲的关系是“无所不说的朋友”，日记记载最有价值的是丁玲 1940 年审干期间的真实心态。复次，萧军与丁玲的友谊只持续了四个月，他们在 1941 年初开始出现裂痕。在延安文艺座谈会召开前后，双方“斗”得厉害。“斗”的焦点一是关于党跟文艺工作的关系问题，二是王实味问题。最后，丁玲 1948 年 8 月至 1949 年 9 月参与中共东北局对萧军思想的批判是相当主动的，所发表的言论也并不是违心的。“文革”前的十七年，萧军与丁玲同处逆境，估计基本上没什么接触。打倒“四人帮”之后，丁玲与萧军交往史有如下三事：一是 1979 年 6 月，萧军在注释鲁迅书信时为丁玲辩诬，给逆境中的丁玲以强有力的道义支持。二是 1984 年 3 月，在“庆祝萧军文学创作五十年大会”上，丁玲发言肯定《八月的乡村》是不朽的作品。三是 1984 年 11 月，在丁玲创办的大型文学双月刊《中国》招待会上，萧军发言表示祝福。

第十二章

2012年丁玲研究述评

一　丁玲作品研究

1. 小说研究

主要包括长篇小说研究和短篇小说研究。长篇小说研究主要包括《太阳照在桑干河上》和《母亲》研究。

孟昕①分析了《太阳照在桑干河上》这一作品的异质性，具体表现为：第一，《太阳照在桑干河上》这部积极主动、迅速及时反映土改运动的作品具有强烈的政治化色彩，但同时，丁玲还以焦虑的知识分子独立的立场反思着这场轰轰烈烈运动的全部复杂性，同时调动内心体验，全力刻画生活中真实的人并在创作中不自觉地浸透了作家的内在情感，表现出了这部作品无法被湮没的知识分子视角。第二，丁玲塑造了四个知识分子形象，表现出知识分子类型的多样性，体现了丁玲对知识分子问题深沉的思考：她没有以他人的眼光对知识分子进行完全的否定与批判，而是在寻求知识分子中已经存在或可能潜藏的力量，在被挤压的话语空间里寻找一些独立判断与分析的勇气。第三，在这部政治化的小说中，丁玲表面上淡化了自己的女性立场，实质上却透过大运动下的小细节描写，深入地探索着女性艰难的解放之路，以零度情感的叙述方式呈现着农村女性生命的卑微与屈辱，在一部赞美农民运动的作品中将女性的生存困境推向了前台，更深入地在热闹复杂的时代变革中反思着女性追求美好生活的艰难与受到的种种束缚。第四，丁玲在这部作品中将作为女性的细致思考与一贯的委婉细腻融入了小说“冷”的摹写中，没有采用犀利的笔锋，用一种细腻温婉的语调将斗争的错综复杂、农民精神改造的艰难历程娓娓叙述出来，使得《太阳照在桑干河上》有着明显区别于其他土改小说的女性柔和温婉之风。

宁殿弼②则指出，《母亲》不仅是白色恐怖特殊时期高压政策下的难产

---

① 孟昕：《贯彻〈讲话〉精神与追求内心声音的特殊结晶——谈〈太阳照在桑干河上〉的异质性》，《河北北方学院学报》2012 年第 4 期。

② 宁殿弼：《一部非同寻常的小说——论丁玲未完成的长篇小说〈母亲〉》，《浙江师范大学学报》2012 年第 3 期。

儿，更是文学巨匠鲁迅等前辈特别关注挂怀的宠儿，也是抗议国民党暴政对丁玲实施大营救行动的一个壮举，是一部值得重视的丁玲力作、很有阅读价值的见情见性之作，也是值得研究的意义异乎寻常的文本。就母亲形象而言，《母亲》是丁玲以自己母亲形象为原型的写实之作，是一部自叙传性质的小说，其中揭示了生动流走的母亲成长历程，这一母亲艺术形象昭示世人：作为弱者的女人在不合理的社会制度和男权话语的双重压制下，只有觉醒自我意识、自强自立，接受先进思想文化的开蒙教育，方能迈上争取解放的光明之途。就人物刻画方法而言，《母亲》中，丁玲采取的是现实主义写实方法，文本具有明确的主题指向，人物具有自我指涉的特征；在叙事策略上，有意采取第三人称——客观的叙事人视角并多侧面、多视点地去凸显主人公形象，其中精微的心理分析借鉴了“欧化的形式”。就艺术技巧而言，湘（乡）味浓浓的风景画描写以及大观园式的风俗画描写源于陪衬人物的需要、作家的乡恋情结以及“个人无意识”。就语言而言，小说语言以生活化、口语化为主要特色，俗中见雅，雅俗兼容。就总体创作风格而言，全书风格从容淡定，清丽俊逸。

短篇小说研究主要包括《在医院中》《水》《庆云里中的一间小房里》和《我在霞村的时候》研究。

秦林芳①认为，与丁玲早期其他小说相比，《庆云里中的一间小房里》是唯一一篇以意为之，明显存在着“概念化构建”痕迹的作品。丁玲早期其他小说表现出了将自己“化身在作品里”的题材取向，主人公们一般都有自己独立的自由意志，能够进行自我选择，但其自我选择的结果却使她们陷入困境，并走上苦闷、颓败、灭亡的迷途。丁玲通过这类描写，寓托了自己深沉的精神苦闷，从反面表达出了对“自由”精魂的守护。《庆云里中的一间小房里》中丁玲便将自己有关“自由”的思想进行了“概念化构建”，把它外化为一个有关妓女阿英的故事，传达“自由”思想这一本体。《庆云里中的一间小房里》对快乐妓女阿英的“概念化构建”在想象中构筑了一个“自由”的乐园，写出了其“好”处和“值得羡慕”处，从而从正面阐扬了自由的理念。作品中的妓女阿英既不是一个“危险者”，

---

① 秦林芳：《“自由”：丁玲早期小说创作的精魂——以〈庆云里中的一间小房里〉为中心考察》，《中国现代文学研究丛刊》2012年第9期。

也不是一个“受害者”，而是处于相对“自由”的“温情”环境中能够进行自主选择的妓女形象，导致了对妓女叙事中“受害人形象的妓女”“危险的妓女”这两种主导叙事模式的颠覆。

其《“苦难”与“求生”——丁玲小说〈水〉的人性意义》① 则认为，被许多左翼评论家以及后来的文学史家奉为左翼文学“经典”的小说《水》中虽然有对阶级斗争理论的鼓吹，但构成其叙事的基本框架和叙述重点的却不是对“主义”的宣传，而是对灾民在“苦难”中“求生”意志以及“求生”过程的展现。其中，丁玲在作品一开始以戏剧化手段，通过对人物的调度描写的三个场景表现出了对灾民苦难境遇的悲天悯人般的关切和同情。第三部分中丁玲满含同情地写出了灾民精神上和物质上的双重苦难，尤其是“饥饿”这一词反复出现并且贯穿始终，构成了一个象征系统，洋溢着悲天悯人的人道光辉。在写灾民“苦难”的同时，丁玲更写出了灾民在“苦难”中的挣扎和对“苦难”的反抗，表现出了对其中所包孕的人的价值的首肯与赞誉，并同时揭示了同舟共济、舍我为人的高尚品质，彰显了灾民身上所蕴蓄着的人性之光。此外，作者指出，以冯雪峰为代表的评论家认为“《水》的最高的价值在于它最先着眼到大众自己的力量，其次相信大众是会转变的地方”的观点有其合理之处，但《水》中灾民并没有得到坚强的革命领导核心的组织、引领，他们身上所具有的也还仅仅只是“革命”的因素，这是丁玲有意识的忽略，她所要凸显的不是灾民的“革命”壮举，而是灾民的求生意志以及他们在反抗“苦难”中所显示出的人的价值。

《在医院中》是延安整风之前丁玲最具争议性的小说，也是丁玲研究中的焦点与难点。李晨②基于对现有研究成果的吸收与反省，在话语分析所提供的视野框架内，从作家、人物与延安革命政权的关系入手，分析了文本内部呈现出的反讽性和多主题意涵。文章指出：一、以往“陆萍的视角就代表丁玲的眼光，陆萍的批判就是丁玲对延安的批判”的观点忽略了潜隐于文本内部的反讽性，陆萍的情感方式和行为方式中有丁玲理解和认

---

① 秦林芳：《“苦难”与“求生”——丁玲小说〈水〉的人性意义》，《文艺争鸣》2012 年第 7 期。

② 李晨：《〈在医院中〉再解读》，《中国现代文学研究丛刊》2012 年第 4 期。

同之处，但它们恰好也是丁玲着意客观考察的对象，有待作家在创作中进行反思、检讨，这形成了小说的内在反讽效应。二、与其将文本的焦点设置为某种矛盾，并在阅读中期待矛盾的最终解决，不如把陆萍在医院中的一系列遭遇当作“困境”来看：既包括情节层面作为个人的陆萍与作为组织的医院二者所构成的困境，也包括写作中的丁玲在个体经验与革命实践之间感受到的两难情境。在此基础上来考察小说的结尾，发现其具有“启示”性，不能轻易抹杀思想和决断意义上“人在艰苦中成长”所承载的自我变革启示。三、黄子平的《病的隐喻与文学生产——丁玲〈在医院中〉及其他》中将丁玲、莎菲、陆萍纳入“五四”启蒙传统之内时，没有注意到这样的方式可能存在将“五四”泛化的危险，丁玲的小说不仅仅立足于批判而作，就《在医院中》而言，文本内部呈现出了反讽性和多主题意涵，因此无法为黄子平言下的“五四”批判谱系所涵盖。《在医院中》所包含的双重否定态度，可视为对传统革命话语和80年代以降启蒙话语的否定与超越。

《我在霞村的时候》存在一些耐人寻味的独特意象，而这些意象使文本的主题具有多重阐释的可能性。樊会芹[①]从霞村、教堂的意象和贞贞的命名去解读其在文本中的隐喻意义。文章指出，就贞贞这一形象而言，小说中存在着两种对立的声音，一是霞村人眼中被否定的、不洁的贞贞，二是叙述者眼中的贞贞，一个付出牺牲却最终被群体道德和道德逻辑所否定的悲剧女性形象。对“贞贞”的定名则表达了丁玲对陈旧观念的鄙弃和对灵魂高尚女性的肯定。就教堂这一意象而言，它使文本的救赎主题因此展开：在教堂和革命都不能实现对女性的全面拯救之后，作者让救赎的途径回到自身——女性的自强自立。天主教堂的开始和贞贞远走的结局，彼此呼应，暗喻了丁玲对女性出路的寻找。就霞村这一背景而言，它是女性尤其是受辱失贞女性恶劣生存环境的典型隐喻，是中华民族女性生存空间的一个缩影，暗示了“五四”之后几乎没有多大改善的女性生存状况，霞村浓缩了现实和历史的双重悲剧，隐喻了存在深广的民族心理痼疾。这些隐喻的存在，是丁玲在战争环境中女性话语不能畅所欲言、内心隐痛又难以

① 樊会芹：《贞贞·教堂·霞村——论〈我在霞村的时候〉的隐喻性》，《三峡大学学报》2012年第4期。

明说的痛苦、愤懑的曲折流露。

此外还有小说整体研究。

张卫中①从语言学角度指出，在中国现代文学史上，文学语言曾经历了一场相当深刻的变革，在这个过程中，丁玲在拓展现代白话表现空间，提高表现功能等方面发挥了相当重要的作用，表现有三：一、与新文学第一代作家在语言观念与实践上大不同，丁玲在很大程度上代表了以白话为起点的作家在语言上的探索与实验，在现代文学语言建设中的意义正可以从“自然、天足”这个角度来认识，其语言依托的资源主要有翻译语体与口语。丁玲小说在处理口语与欧化语体的关系上有三个特点：在涉及人物的心理描写时，使用欧化语体相对较多；而从外部客观地描述一个生活事件则用口语比较多一些；写“现在时”的生活使用欧化语体多一些，写“过去时”口语化的语言就明显增多；早年的小说有更多欧化的特点，转向左翼文学，特别是延安时期的创作，口语语体则明显增多。二、在心理描写方面，丁玲是鲁迅的继承者，但是丁玲又并非模仿鲁迅，她在很大程度上是以自己的方式继承了鲁迅开创的道路，其心理描写更多地承袭了西方现代小说的传统，经常直接进入人物心灵中，多铺叙、阐释，力求写出人物复杂深邃、盘曲错综的内心世界。三、丁玲小说的语言风格可以用“豪爽和大气”来概括，就语意的充沛与丰富来讲，丁玲的语言一直有着大容量、大气度的特点，信息量大、涵盖面广；就语言的质量、传达生活精确与细密程度来说，也比较出色。

长期以来，学术界对丁玲“延安时期”，特别是 20 世纪 40 年代小说的研究，一是着眼于作者来自“五四”传统的个性批判及女性话语的独特风貌，二是审视自 20 世纪 30 年代起的左翼文学意识直至延安主流意识形态对其创作的影响与制约，认为正是这两方面彼此间的消长与转换，成为丁玲这时期小说的基本叙事语境。李少群②认为，对于丁玲此时的小说创作，还应看到作品中所体现的民间意识与民间文化视角。其中，《水》显示了丁玲迅速地捕捉社会现实敏感题材、营造充满泥土味的大众生活场景

① 张卫中：《丁玲在现代文学语言建设中的意义》，《文艺理论与批评》2012 年第 2 期。

② 李少群：《“五四”传统、政治意识与民间视角的个性弥合——论丁玲 1940 年代小说的主体审美倾向》，《文艺理论与批评》2012 年第 5 期。

和氛围的胆识与才能。《我在霞村的时候》中的细节描写表现出了抗日民主根据地特有的生活味道，非常形象自然，渲染了特定时空下真切的乡土色彩，贞贞这一形象也体现了民间自在、自由的蓬勃生命活力。《夜》描写了人物的自我意识与外部社会新的规范之间的交汇、冲突和妥协的一个心理过程，体现了丁玲在创作中成功地融合了时代政治语境和民间视角，在人物本色的心理情境及其内在复杂情愫的描摹中，反映了现实生活的矛盾和人的欲求与冲突。对《太阳照在桑干河上》的写作，丁玲坚持缜密观察、坚持独立思考和个性化表达的艺术特性，使其在全面表现暖水屯土改运动的复杂斗争时，其民间视角下的乡村生活面貌，没有被凸显的政治意识所遮蔽，而是从乡村生活的自然秩序到农村的宗法—乡土政治关系等各个方面，去呈现了一个乡土社会。

2. 散文研究

主要包括《三八节有感》和《欧行散记》研究。

丁玲 1942 年发表的《三八节有感》采取了解构革命集体叙事的视角，暗示革命与民族解放的“大话”同女性的日常经验严重脱节，从而对民族危急时刻集体统制的合法性造成挑战。这一言论给丁玲招来阵营内部的激烈批评，又被不少研究者推为以女性主义视角反威权体制的典型文本。冷嘉①认为，在这篇短小的杂文中还包含着丰厚的历史信息，作者结合丁玲的早期创作和中国现代历史中的若干重要主题，试图探究现代中国关于女性问题的话语冲突，以及女性主义在 20 世纪中国波澜壮阔的历史运动中的定位和出路。论者指出，《三八节有感》中多次出现的“回到家庭的娜拉”的比喻真实地反映出传统的男性世界对新女性的矛盾态度，形象地传达出“延安新女性”在多种话语包围下所陷入的现实困境；丁玲在《三八节有感》中悲悯地撕去了粘在女性身上的意识形态标签，消解了“先进—落后”的刻板评价模式，在这种表述中，女性不再是时代的落后者，而是社会历史中的敏感主体，使得现代女性的觉醒、反抗和批判都具有充分的历史合法性；在洞悉一切组织形式的压抑机制后，丁玲选择从时代的大风雨中退却，将矛盾的解决引向了对“女同志们”的希望和建议，即“每日注

① 冷嘉：《大风雨中的漂泊者——从 1942 年的“三八节有感”说起》，《文学评论》2012 年第 2 期。

意事项”，其真实意涵与诉求，是将新的女性主体对历史的使命感和对新世界的向往渗透于日常生活的肌理之中，通过生活的自律与进取，促成新文化的自我的生成。

秦林芳①则指出，随着丁玲创作视界由国内向国外的延伸，其政治化思维也得到了延展，得到了范围更广、力度更大的表现。作为丁玲“第二个散文创作高潮”的《欧行散记》延承了丁玲在陕北后期业已定型的政治化创作思维，成了“一边倒”政治路线的图解。在《欧行散记》中，丁玲以自己的所见所闻为基础，在叙事层面通过纪实性的描写凸现了东西方两大阵营的分野、对立，而且在意识层面鲜明地表现出了扬此抑彼的审美评价，表现出了“一边倒”的政治倾向。它以对真实材料本身的摹写代替了作者对生活的独到发现，导致了丁玲创作主体性的失落。同时，丁玲对“一边倒”政治策略作出了简单化的理解，在“一边倒”政治思维以及由此所引发的“向苏联学习”这一文化理念的作用下，对苏联文学艺术是全盘肯定并给予高度评价，导致了其对苏联文化的神化，忽视了文化上的他/我之别，隐含着消泯自我文化主体性的巨大危机。

3. 戏剧研究

贾冀川②认为丁玲的解放区戏剧浸透并见证了丁玲在解放区精神和情感炼狱的心路历程，以及她对五四精神的执着坚守和无奈放逐。其对五四精神的坚守表现在：其一，《重逢》中的白兰即便在敌我激烈紧张的对立环境中仍然追求着自己的爱情；白兰、《河内一郎》里的小凌和李大姐，都通过自己的方式获得了自由——精神或情感的自由，进而获取自身解放；加之丁玲在《窑工》中对凤仙的尊重和同情，构成了丁玲解放区戏剧妇女精神坚守的命题。其二，在《重逢》和《河内一郎》中，丁玲自觉不自觉地流露出对知识分子的肯定、欣赏乃至赞扬。丁玲解放区戏剧对五四精神的放逐有以下表现：其一，《重逢》《河内一郎》是为适应宣传需要、完成分配任务而创作，《窑工》则是配合政治形势创作的歌颂八路军领导工人翻身解放的急就章，表现出独立精神和自由思想丧失。其二，《重逢》

---

① 秦林芳：《政治化创作思维的延展与双重主体性的失落——论丁玲的〈欧行散记〉》，《南京师范大学文学院学报》2012年第2期。

② 贾冀川：《五四精神的坚守与放逐——论丁玲的解放区戏剧》，《南京师大学报》2012年第1期。

中知识分子为主角，到《河内一郎》知识分子仍占一席之地，再到《窑工》以被压迫者的工人和拯救者的八路军为焦点，知识分子形象消失。其三，《重逢》到《河内一郎》女性意识逐渐变弱，直到《窑工》知识分子角色消失后，女性意识失去了附丽。其四，在创作风格上，丁玲的戏剧日益背离五四时期所倡导的写实主义的精神，而逐渐转变为拟写实主义，人物形象渐渐失去性格的丰富性，变得愈来愈单一化甚至脸谱化；叙事方式上呈现出模式化倾向，正义和邪恶两种力量的斗争构成了这些戏剧作品情节的基本骨架。

张羽华①认为，丁玲剧作中有着阶级情感和民族意识的呈现，具体表现为：《重逢》的笔墨重在书写白兰经历，进而表达了个人情感在民族危机情况下要服从民族使命，以民族大业为重的生存理念；《河内一郎》中，丁玲把阶级情感和民族意识上升到国家与国家之间利益冲突的大视野里，并通过对河内一郎最终反省的设置打破了狭隘的民族文化心理；《窑工》中丁玲把工人和汉奸资本家的阶级矛盾作为主要矛盾来铺展，这种反映工人斗争生活的视角来自丁玲对工人们生活的了解和切身感悟；《战斗的人们》则再一次把视野扩大到邻国之间的民族主义情谊上，描绘中朝人民并肩作战，驱赶美帝国主义侵略者。丁玲始终把阶级情、骨肉情、民族意识贯穿于剧作之中，在意识形态和主题意蕴上形成巨大张力，体现出另一种美的质素，具有一定的审美价值和时代意义。

二　丁玲思想研究

1. 丁玲与政治革命

王晓平②指出，丁玲从“新女性”转而成为“党的文化工作者”，人格与作品风格经历了四个阶段的变化：第一阶段为1929年受到左翼文学强

---

① 张羽华：《阶级情感和民族意识的双副面孔——论丁玲的戏剧创作》，《戏剧文学》2012年第5期。

② 王晓平：《从“新女性”到“党的文化工作者”——身份认同的转变与丁玲的小说创作》，《汉语言文学研究》2012年第4期。

烈影响以前，在这一时期，丁玲接受了很多无政府主义的理念并将自身看作是一个充满“女人气质”的妇女，这一身份意识建立在把男人与社会看作“他者”的对峙中。此时的丁玲无法找到女性困境的根源，这一社会性的问题在《梦珂》《莎菲女士的日记》等作品中被展现为脆弱自我与无情世界之间的对立，而且更被移置为女性自我挫败的敏感多变的“女性气质”：过度的感伤、对痛苦的知觉能力、虚荣心等等。第二阶段，丁玲批评唯利是图的市场、黑暗的政治现实与政治上的反动派成为她敌对的、定义她存在价值的“他者”，她以此确定“社会批评者”的身份，1930 年写出了三个既“有益于他们（读者）”，也“有益于社会”的“革命加恋爱”的故事。第三阶段为 1932 年丁玲入党后开始从社会批评者向为大众服务的革命文化工作者转变，从《一天》中蕴含了许多不可言喻的犹疑到《田家冲》《法网》《奔》《水》这些全心为大众革命的利益工作的作品，表明这个转变并非一帆风顺。第四阶段为人民的批评家到党的知识分子的转变，由《三八节有感》《新的一年》《在医院中》侧重于写知识分子的感受与经历的作品，到 1944 年后写作种种“印象记”“通信”“生活实录”，完全转向了对“光明面”的描绘。此外，作者指出，在丁玲最后阶段的身份认同转变中，作为听从党的号令和政策的《太阳照在桑干河上》仍存在种种裂缝、缺失、不和谐，这可以放在一个新的视野中加以检讨，即新民主主义文化与更激进的社会主义文化之间并非有泾渭分明的鸿沟，而是辩证地关联。

薛楚荧①从社会性别范式主要涉及男性、女性和家庭这三个基本点出发，以 1927—1956 年间的丁玲文本为材料，发现这一阶段的文本呈现出三个阶段性的嬗变特征，表现出权力话语对社会性别范式的驯化过程：一、从梦珂、莎菲等一系列鲜活丰满的女性形象到《田家冲》《水》中“女性”淹没在整体的、群众的、社会的宏大叙事里，凝练成一个抽象符号，再到《我在霞村的时候》《夜》《三八节有感》表现出的丁玲个人意识里的“异质因子”开始“反同化”抗争，最后到与权力话语完全一致的小说《田保霖》，这一过程表现出丁玲女性叙事的逐渐湮灭。二、丁玲早

① 薛楚荧：《浅谈权力话语对社会性别范式的驯化——以“丁玲文本”为例》，《四川文理学院学报》2012 年第 6 期。

期的“都市小说”几乎无一例外地采取了女性视角，那些存活在女性审视中的男性形象则也几乎无一例外地属于“灰暗世界”。但随着丁玲和中共日益紧密的联系，《韦护》成了丁玲男性形象塑造的转折点；《水》刻画了“阶级斗争”的男性群像，女性的位置明显被边缘化；《从夜晚到天亮》和《在严寒的日子里》的“落后”的女性形象和“先进”的男性形象的反差表现出丁玲作品中两性角色形象及重要性的日渐倒置。三、创作初期的丁玲有意地忽视了“家”的背景，但官方话语一再强调整个阶级统一、稳定的重要性，于是随着《水》中开始出现的“家庭式”构图为转折点，丁玲以后的作品几乎无一例外采取以家庭为基线的团体描画模式，实现了家庭要素由淡化到重现的转变，但“完整家庭”其实质不过是被政治阶级标准分割、解剖后的“试验田”，已经丧失了其真实存在的空间和余地。

2. 丁玲的文艺思想

丁玲是20世纪中国文学史上的重要作家之一，但她还有一个身份容易受到忽视，那便是中华人民共和国成立之后曾身居高位，在1949年至1953年的短暂时间内为官，参与了文艺体制的构建。亚思明[①]指出，1949年至1953年的一系列针对知识分子的批判运动，丁玲以重要的参与者甚至是领导者身份成了新的文艺体制的维护者，《欧行散记》等“文艺为政治服务”的作品体现了其对新文艺体制身份的认同。丁玲以新文艺体制的“清道夫”角色来自居，其主政期间的《文艺报》乱舞“棍子”，以非文学的问题来评判文学问题，专横地批评了很多作家，否定了许多作品，但她不但意识不到这种粗暴，反而认为是维护新文艺体制的一种贡献。因此，1949年至1953年间的丁玲牺牲艺术自我用以构建起了体制之墙，这是她的命运悲剧，又不仅仅是她个人的悲剧。

赵永刚[②]指出，萧也牧在“聚合革命话语和阶级意识的工农意识要高于‘小资产阶级’意识，‘小资产阶级’倾向处于被抑制、被改造的地位”的文学创作写作范式的现实语境下，于1950年发表的小说《我们夫妇之间》暗含着所谓“小资产阶级”倾向的话语声音，体现了被规训的知

① 亚思明：《体制之内 文学之外——1949至1953年间的丁玲》，《社会科学辑刊》2012年第1期。

② 赵永刚：《意识形态规训下个体主体性言说的艰难——结合丁玲等人的批评文章探究〈我们夫妇之间〉受批缘由》，《山西师大学报》2012年第5期。

识分子对权力话语的潜在抗争:《夫妇》中,知识分子干部李克溢于言表的自我贬斥的言说里,隐藏着力图抗争权威意识形态话语的潜文本;张同志和李克在文本故事层是互助成长的,潜文本指向的却是知识分子情趣抵制政治意识形态管控的诉求。丁玲《作为一种倾向来看——给萧也牧同志的一封信》将其评判为"穿着工农兵衣服,而实际是篇歪曲嘲弄工农兵的小说",把李克定性为一个"坏知识分子""大丑角"。"丁玲"式的批评彰显了知识分子型文化管理层群体操持文艺批评话语的政治意识形态化趋向,这种意识形态先行性的文学批评立场、态度,代表了从属于权威意识形态的国家文化机构管理层对隐含抗争话语声音的警戒与管束,表明了权威话语对日常生活意识形态化的要求趋势。

石娟[①]指出,1932年《新闻报》5月20日和5月21日的《本埠附刊》上刊出《丁玲女士演讲之文艺大众化问题》,副标题为"《啼笑因缘》何以能握着大众的信心"的文字提及了三个方面:一是新文学不能走近大众的原因;二是《啼笑因缘》《江湖奇侠传》何以吸引大众;三是新文学在实现大众化的过程中该吸取哪些经验。在丁玲看来,新文学不能走近大众有三方面原因:从出版与消费的角度论证,新文学本质上属于"小众文学";新文学的作家身份与"大众"隔膜,没有"大众"的生活体验;新文学作家在创作时主观上不肯为大众创作。因此,丁玲提到了《啼笑因缘》《江湖奇侠传》等通俗小说,通过分析其令人喜爱的原因,认为新文学要实现大众化,最直接的途径莫过于用大众的语言和大众的趣味和审美标准来进行创作,首先要在态度上主动"接近大众",其次要"改变我们的格调"。由此可见,当面对文学接受的问题时,丁玲是相对客观而冷静的:在左联出于政治目的推进文学大众化的进程中,丁玲能够摆脱文艺偏见,跳脱个人文学趣味以及文艺立场的藩篱,直视新文学作家自身的问题和弱点,实属难得,而这源于丁玲更多关注作家对大众的社会责任。

---

① 石娟:《"〈啼笑因缘〉值得借鉴"——丁玲关于文艺大众化问题的具体意见》,《新文学史料》2012年第3期。

三 丁玲生平研究

李美皆在《历史问题主宰下的晚年丁玲》① 中本着“同情的理解”的态度，在厘清材料的基础上，结合对特定语境的考查，细致地分析了丁玲晚年想“说真话”又不敢“说真话”的两难困境，分析了她的某些言行背后的复杂心态，从而揭示了被层层表象遮蔽的“使丁玲不可爱的因素”。文章指出，1980 年平反结论为丁玲的历史问题留下了一条尾巴，但她起初未必意识到政治合作是解决历史问题的有效途径，因此，丁玲刚复出时，敢于说真话，带着长期在底层生活接触到的地气，很有为民请命的勇气和热忱，针砭时弊，大胆直言。但随着丁玲历史问题的旧账一次次因为现实问题的新账而被翻腾出来，历史问题的挫败和转败为胜的强烈愿望使丁玲对于“大人物”的期待由自发变成了自觉，她的表态发言也随之变成了自觉，并在“清污”运动中达到顶点。同时，作者指出，以秦林芳的评论为代表的丁玲研究文章认为丁玲个人的历史问题平反与“五四”精神之火的传承是无法相提并论的，丁玲不该为前者而牺牲后者的观点是将一个绝对的精神标杆凌驾于人的具体存在之上的话语强权，这一评论要么忽略了“历史问题”这一具体的影响因素，要么对这一因素重视不够，这种从宏阔的文化角度来看待人的精神丧失，而忽略客观原因对人的具体行为的主宰，是人文研究的弊端，对此的过多苛责，不仅是对丁玲的不体谅，而且是对历史的不体察。

李美皆②还提到，1979 年后，丁玲试图为自己背负的历史问题平反，但遭遇了来自文学领导体制核心的周扬一方的强大阻力。为了历史问题得到彻底平反，丁玲作出了巨大努力：1979 年 5 月 9 日，丁玲偕陈明、甘露去北京医院看望正在住院的周扬，这是对周扬本人做出的和解姿态，但周扬的表现令丁玲很不满意，这一次看望，实际上是使二者的不兼容再度得

① 李美皆：《历史问题主宰下的晚年丁玲》，《当代文坛》2012 年第 6 期。

② 李美皆：《在“变节行为”与“政治错误”之间——论“历史问题”对晚年丁玲的困扰》，《海南师范大学学报》2012 年第 10 期。

到了确认，对立的格局再度形成。此后，丁玲频频地在全国人民面前“亮相”，其种种积极表现，一方面是给官方看，向官方寻求政治支持；另一方面是给周扬看，向周扬示威。1979 年 6 月，丁玲致函中国作协党组并转报中宣部，要求确认自己参加文代会的党员身份，经过多次努力，10 月 22 日，中央组织部发出宣干字 22 号文恢复丁玲党籍和组织生活。1979 年 10 月 30 日，全国第四次文代会开幕，丁玲以党员作家的身份出席，讲到文艺界的宗派问题，矛头直指周扬，两人的矛盾再次公开化。直至 1984 年中央组织部颁发《关于为丁玲同志恢复名誉的通知》，丁玲历史问题彻底平反。这些努力对“晚年丁玲”形象发生了重大影响，其晚年的许多匪夷所思、言不由衷、令人诟病的言行，皆与有了给周扬看的心理有关。

杨迎平①从四个方面梳理了施蛰存所认识和理解的丁玲：一、丁玲的傲气。1923 年，施蛰存在上海大学与丁玲是同班同学，丁玲瞧不起男同学，只佩服有名望的老师，最初崇拜施存统，瞿秋白在丁玲的眼里还只是可以与之聊聊天的朋友；1924 年瞿秋白在社会学系讲课的声望超过了施存统，丁玲也对瞿秋白有了深入的了解。二、丁玲的小资产阶级气质。1928 到 1931 年的丁玲，在施蛰存看来还显得是一个“莎菲女士”的姿态，是与其差不多的小资产阶级青年。施蛰存认为“丁玲的革命思想，成熟得早于胡也频，胡也频参加革命工作，是丁玲和冯雪峰的影响。但丁玲在文学创作上的转向革命，却表现在胡也频牺牲之后。”三、丁玲的创作转变所带来的文学损失。20 世纪 30 年代，与左翼评论家对《水》的推崇不同，施蛰存提出丁玲最好的作品是《在黑暗中》，认为丁玲创作的转变在其文学事业上实在是一种损失，表现出其痛惜之情。四、施蛰存对丁玲的同情和理解。1933 年 5 月 14 日，丁玲在上海寓所被国民党特务逮捕，在各报刊都保持沉默的情况下，施蛰存率先在《现代》三卷二期的《编者缀语》中报道了这一消息，并在《现代》三卷三期编印了一页图版，题为《话题中之丁玲女士》，刊登了丁玲的照片，以及丁玲母亲和儿子的照片。在《涛声》（曹聚仁编）刊出“《丁玲已被枪决》”的消息后，施蛰存在各地读者的许多来信中选了两封信，附以答复，发表在《现代》三卷四期的《社中谈座》里。施蛰存在《现代》第三卷第五期发表了王淑明的关于

---

① 杨迎平：《施蛰存所认识和理解的丁玲》，《新文学史料》2012 年第 4 期。

《母亲》的书评，第四卷第一期发表钱杏邨的《关于母亲》，可以看出施蛰存的立场，看出他对丁玲，特别是他对左翼文学的态度。“文化大革命”中，上海盛传丁玲逝世，施蛰存信以为真。1979 年 6 月他听到丁玲还活着的消息，既兴奋又感喟，写了四首绝句记叙了当时的情绪。1982 年施蛰存就 20 世纪 30 年代丁玲作品在法国的翻译之史料撰文发表在《新文学史料》上，并致信丁玲。丁玲回信赠送新作两册。施蛰存感慨丁玲新著“题字均以‘同学’相呼，我甚感其犹未忘学谊”，并又作了一首诗表达对同窗的惦念。

四　丁玲与期刊研究

《中国》杂志是丁玲在 1985 年创办的一份大型文学刊物，共出版了 18 期，1986 年被迫停刊，明飞龙[①]把《中国》放在第四次文代会前后文学体制建构过程的这一具体历史情境之中，试图从《中国》的创刊、停刊及其原因等方面入手，呈现刊物内外的各种力量与矛盾，从而展现 20 世纪 80 年代文学的某种侧影。论者指出，《中国》的创刊离不开新时期文学的大背景，它是 1984 年 4 月在北京召开的一次小说座谈会上由魏巍提议创办的，魏巍提议由丁玲担任主编，把老作家团结起来。1984 年 7 月 22 日，丁玲向作协党组起草报告，正式提出创办一个大型文学刊物的想法，直到 1985 年 1 月，《中国》创刊号出版，从这一诞生过程可以看到丁玲的冲动、无奈与艰难。创刊后的《中国》处于多重矛盾之中，外部矛盾主要表现为作协的不支持、很多作家对《中国》态度暧昧，内部矛盾主要是由不同的文艺思想引发的。1986 年 3 月 4 日，丁玲逝世，1986 年 10 月 16 日，中国作协作出《关于调整〈中国〉文学月刊社的决定》，事实上就是强行使《中国》停刊。除丁玲去世这一重要因素之外，《中国》停刊还包括文学界管理者对“同人刊物”的警惕、经济困境等多层次原因。尽管其被迫停刊有多种因素，但正统文学体制的排斥是最主要的，可以看作是新时期文学

① 明飞龙：《一份杂志的命运与一个年代文学的侧影——以〈中国〉的创刊与停刊为中心》，《扬子江评论》2012 年第 1 期。

体制对体制内的“异端”进行“规训与惩罚”的一个典型事件。另外，论者指出，在新时期文学史、期刊史中，《中国》是一个不可忽视的存在，这份带有“异端”色彩的刊物，以一种局外人的姿态，表达着对主流文坛的某种抗议，呈现了新时期文学史中被忽略的一面。同时，《中国》更以一种面向未来的睿智推出一个“新生代”诗人群，为新时期文学格局多元化的生成贡献了自己的力量。

第十三章

2013 年丁玲研究述评

一 丁玲作品研究

本年度丁玲作品研究主要包括短篇小说研究和长篇小说研究。短篇小说研究主要包括《我在霞村的时候》《新的信念》《在医院中》《夜》《杜晚香》《阿毛姑娘》研究。

程凯[①]对比了丁玲延安时期的两篇小说《新的信念》与《我在霞村的时候》，并进行了新的解读。认为两篇小说均表现“受害者”的翻转。在《新的信念》的“老太婆”身上，作者强调受害激发出一种彻底的“变”，她基于对“敌人”的确认，从一个普通农妇变成有高度政治觉悟的主体。这篇小说较为典型地呈现了“理念”自足的一面，相对缺少让现实裂痕进入的空间，以致损失了异质性的张力和更复杂的现实感。相比之下，《我在霞村的时候》中的贞贞体现了相当的“不变”，其表征在于遭受磨难后身上原有“新”的种子没有被消磨、被摧毁。她的身上展现了“受害”的日常化与反抗的日常化这一更真实的状态，她的回应也挑战了各个立场、认识基础上的对“受害”“反抗”“斗争”“生存”的规范性看法。贞贞不但拒绝成为被简单同情的对象，而且构成对另一主人公“我”的精神教育——“我”这个本来的启蒙革命者恰恰在贞贞身上发现了自己已失落的冲决自我困境的意志。这是另一种意义上的翻转：它不以特定内容的政治觉悟为旨归，而是指向革命庸常化后蕴含的精神危机。无论是《新的信念》中有明确政治意涵的受害者翻转，还是《我在霞村的时候》自我改造意义上的受害者翻转，都是左翼革命思想不同内在层面的展现。置于面对真实历史状况中的受难者的框架中，丁玲的两部作品可以作为一个中介，在历史与理念之间，在真相与认识之间，在罪责与可能性之间，显示其价值。而吴晓佳[②]则由《我在霞村的时候》《新的信念》中共同的主题意象

① 程凯：《重读〈新的信念〉与〈我在霞村的时候〉》，《中国现代文学研究丛刊》2013 年第 6 期。

② 吴晓佳：《“被强暴的女性”：丁玲有关性别与革命的叙事和隐喻——再解读〈我在霞村的时候〉及〈新的信念〉》，《中山大学学报》2013 年第 1 期。

"被强暴的女性"入手，提出了与以往女性主义学者把贞贞视为承载了抗战时期女性与民族主义话语冲突之意义、是女作家丁玲和这场民族革命之矛盾与裂缝的体现相反的意见，认为在丁玲的作品中，女性的问题与革命的问题始终是结合在一起的，尤其在《我在霞村的时候》中，丁玲恰恰是把女性问题与革命结合在一起——用革命来"确保"了贞贞的"贞洁"。论者对两部小说的再解读发现丁玲并不是简单地站在性别立场对民族革命进行批判和否定；相反，丁玲借女性与革命、强暴的故事意欲呈现和探寻的是女性在这场新的民族革命和政治革命中的权力以及能动力。贞贞在民族战争和革命工作中找到了自身的价值，这种价值，既颠覆了以往男强女弱的性别价值，又是女性可以成为一个独立的民族革命主体的价值。丁玲这一作品，主要并不是表达同情于妇女在民族革命战争中所受到的苦难，她甚至不认为这是苦难——相反，丁玲认为妇女同样有为民族革命献身的力量和资格。女性不能在旧有的社会中（贞贞的村子里、封建的"旧中国"中）取得相应的地位和权益，但在新的民族战争及革命运动中，妇女却可以获得独立性，可以鄙视和离开男子而独立。在某种意义上甚至可以说，丁玲是以女性叙事参与了民族革命话语的建构。

王晓平①则运用历史/政治阐释学的方法对丁玲《我在霞村的日子》与《在医院中》进行重读。认为，作为一名革命知识分子，丁玲写作两文时已树立了"为人民写作"、成为"人民批评家"的信念。《我在霞村的日子》这篇小说是在表面上关于"女性问题"的"问题小说"框架下，作为一个知识分子叙述者心理上转变过程的呈现；而小说整体则是一个在阐释学意义上对"他者"不成功的理解的过程：叙述者尽自己所能，去尝试理解此前无机会深入了解的"大众"，却发现他们的一些思想和行为超越了自己所能领会的范围。《在医院中》作者不但力图"暴露"大众的问题，而且秉持前一阶段社会批评者的立场，进一步暴露党的工作中的阴暗面。但陆萍的知识分子惯习本质上是小资产阶级的个人英雄主义，只会使她与群体相隔离而导致在实际生活中无法有成效地工作。丁玲在最后阶段的身份认同转变中，通过试图让写作从"代为人民说话"变为"让人民（自

① 王晓平：《在"人民的批评家"和"党的知识分子"之间——重读丁玲〈我在霞村的日子〉与〈在医院中〉》，《中国现代文学研究丛刊》2013年第4期。

己）言说”，成为“人民的知识分子”；而这在她看来即意味着听从党的号令和政策，成为“党的知识分子”。但即使在身份认同转变后她仍无力描写“无产阶级的阶级意识”，并将它作为农民大众的阶级主体性。这在某种程度上缘于一种历史的结构性矛盾：其时据称是历史新主体的“无产阶级”还不能表达自身，需要被表达；而致力于表达此一历史主体的知识分子因此需要革命理论下的实践与党的教育。丁玲的转变并非完全是“党的询唤和驯化”的结果，而是她要求自身随时以正确的观念来指导个人的实践、去除自身被其原有的阶级惯习影响的行动。

丁玲的短篇小说《在医院中》里陆萍最终离开医院的结局，一般被阐释为“狂人”被“治愈”、知识分子被同化。李玲《异己的环境中，主体何为——再论丁玲小说〈在医院中〉、〈杜晚香〉》① 认为这种观点把执着于启蒙事业与保存知识分子主体性这两个不完全重合的问题简单地等同起来，实际上，在异己的环境中，主体为保存自我的心理力量选择把启蒙问题暂时悬置，并不必然意味着放弃启蒙价值观、放弃自我主体性。人在艰苦中保存主体性才是《在医院中》的第一主题。在知识分子投身社会启蒙事业与“狂人”被环境所“治愈”这两种截然对立的状态之外，主体还可能虽从启蒙事业中抽身而出但也并未走向反启蒙。且坚守启蒙原则与从事社会启蒙事业却并不完全相同，主体坚守启蒙原则却并非一定要献身于社会启蒙事业。《杜晚香》一文虽然在其意识形态和性别立场上存在柔顺化的思想缺憾，但实际上这部作品还存在着以从容坚定的生活态度来建构女性主体意识的正面价值。丁玲创作除了在价值判断上存在着个性意识与意识形态服从意识的“二元并置”结构外，还在人的精神气质建构尤其是女性气质建构上也存在着敏感冲动脆弱与从容坚定共存的“二元并置”结构。这说明，丁玲创作始终眷注于主体在艰苦的环境中如何保存自我这一现代人学命题。她的文学魅力首先在于其对主体内在精神的执着探问。

李炎超的《多重话语纠结下的叙事分裂——从丁玲〈在医院中〉看延安文艺运动》② 认为丁玲的《在医院中》体现出受五四传统影响的作家在

---

① 李玲：《异己的环境中，主体何为——再论丁玲小说〈在医院中〉、〈杜晚香〉》，《文艺研究》2013 年第 7 期。

② 李炎超：《多重话语纠结下的叙事分裂——从丁玲〈在医院中〉看延安文艺运动》，《齐鲁学刊》2013 年第 2 期。

延安文艺运动中的错位感和失语状态，表现了从城市进入延安的作家在当时的意识形态语境中多重话语纠结下的叙事分裂：首先，作为一个外来叙述者，一方面要写革命青年经历挫折才能成才，一方面又将陆萍的“挫折”归为环境的愚昧与落后；一方面要写出青年知识分子的弱点，一方面又让知识分子以居高临下的姿态审视一切。其次，作者试图写出一个女青年走向革命需要经受锻炼，客观上却写出了封建意识对女青年走向社会、走向革命的干预与阻碍，由此可以发现作者在主流意识形态话语与现代人文话语夹缝中的矛盾心态。而陆萍作为被编进革命叙事话语系统之中的知识分子，在这一话语系统中必须融入大众却不甘心地想要保持知识分子独立性格，再次显示出《在医院中》文本话语的分裂现象，也体现出丁玲在那种特殊的历史境遇中的矛盾心态。透过《在医院中》的话语矛盾可以看到延安文艺运动的多重性和复杂性。通过解读《在医院中》的多重话语纠结，在方法论上进一步对延安文学进行具体、细致的个案研究是十分重要的。

孙红震的《论丁玲〈在医院中〉的伦理博弈》① 认为，《在医院中》是丁玲解放区文学创作中思想内容较为复杂、意蕴较为丰富的一个文本，仅从政治层面来解读这一文本只能说是走进文本的一条路径，但显然不能深刻把握文本深层的复杂意蕴。文中陆萍与环境的冲突及其对延安黑暗面的呈现只是触及了文本的表层意蕴，而陆萍本身所具有的知识分子根深蒂固的个体伦理价值诉求与其在思想上所服从的革命伦理的纠结与博弈才是导致这一问题的关键。在这个立足于社会解放的、以社会整体利益为基本诉求的革命思想与相关伦理理念成为社会教化的主流的解放区中，陆萍的个体伦理意识自然会转向革命伦理价值理念，然而在无意识中其个体伦理的价值诉求还是时不时流溢而出。个体伦理与革命伦理的博弈凸显了陆萍在面对自我与革命之时的意识分裂与驳杂形态，她的个体伦理意识与革命伦理是无形中纠结在一起的。虽然在陆萍的意识里占据重要地位的仍是个体伦理价值的理念，但在个体意识萌动的同时革命伦理也随之而出，并适时抑制住个体伦理的勃发，在二者的博弈中自觉让位于革命伦理。陆萍在革命的洪流下内心涌动的个体伦理意识与革命伦理意识的碰撞、纠结与博

① 孙红震：《论丁玲〈在医院中〉的伦理博弈》，《小说评论》2013 年第 2 期。

弈始终是贯穿文本的线脉，它揭开了表象的遮蔽，显示了文本的深层意蕴。

吴舒洁的《“公家人”与革命的庸常化——从丁玲的〈夜〉谈起》[①]以丁玲的小说《夜》为中心文本，兼及丁玲在延安整风前的一系列创作，描述了丁玲到延安之后所经历的思想变化及其所再现出的延安文化政治。论文围绕小说主人公何华明的“公家人”身份展开论述，分析了以丁玲为代表的左翼知识分子如何在追求真实的革命激情中与现实政治相遭遇，并经历了从“奇观”到“庸常”的革命想象的转变，以此呈现出 20 世纪三四十年代左翼文化内在的脉络承续与冲突。认为政治与文学、理智与情感、革命与恋爱的二项对立式构成了丁玲对于革命与个体关系的理解方式，并内化成了一种历史判断和表意结构。革命与恋爱之间的矛盾被表述成了政治与性欲之间的矛盾，这种表述方式的转化，指向了更为“内在”的生命本能。丁玲以她反身自观的叙事隐隐触及了革命话语在表象与真实之间的裂缝。“公家人”这一新的政治身份要求何华明成为政权与个体之间非常重要的一种中介，能更为具体地适应于“一般化”的生活，实现一种“政治”到“行政”的革命方式的转变。然而革命对于日常生活的介入，充满了陷于平庸琐碎的危险，这使得革命从奇观变成了一种庸常。

对于《夜》这一文本的再解读，研究者大多注意到其中革命与真实生活之间的矛盾。孙红震[②]认为丁玲在《夜》中的情爱叙事书写表露出以情爱中最私人化的个体情感来折射崇高的革命伦理意蕴的倾向。文本中对何华明个人情感欲望的压抑与克制的情节设置也强化了文本中爱情叙事的能指与崇高性，情爱伦理叙事由此而显明地表现出“革命伦理”的隐喻性趋向。文本以人物情爱伦理叙事的述说彰显了革命伦理的威权，情爱在这里呈现出被革命意识净化后的简单规约性。然而，文本叙事中穿插的对何华明的心理波动以及他的老妻哀怨、懊恼而又无助景况的书写则流露出了与革命伦理的隐喻性叙事不相和谐的裂隙。这种有意或无意的叙事安排中呈现的对性别问题的注重则在无形中消解了革命伦理的权威以及何华明自认

① 吴舒洁：《“公家人”与革命的庸常化——从丁玲的〈夜〉谈起》，《现代中文学刊》2013 年第 4 期。

② 孙红震：《隐喻性叙事覆遮下的裂隙——丁玲〈夜〉再解析》，《郑州大学学报》2013 年第 6 期。

为的情感痛苦。因此，文本中情爱叙事中指向的革命伦理在这里便遭遇到了某种程度的消解，革命伦理的隐喻性叙事也在此出现了裂隙。

张勇《革命叙事的建构与解构——丁玲小说〈夜〉的解读》[1] 则从心理学的角度对这一文本进行解读。小说《夜》延续了丁玲五四时期注重心理分析的手法，对延安时期革命工作中出现的落后腐朽的东西进行了批判，同时也涉及革命工作本身对人们正常生活的占取，大量的心理描写突出了主人公“本我”“自我”与“超我”之间的冲突。作者试图写出这样一个“本我”与“自我”极端丰富的个人，尽管这个人物最终被党的干部这一符号化的“超我”身份所统一，但那些隐晦地存在的“本我”与“自我”并没有消失，也不可能真正地统一到“超我”之中。故事在“本我”“自我”和“超我”矛盾之间留下了许多空白，构成了小说富有意味的独特形式。可以说，《夜》这篇小说有她早期创作经验的复活，也有她身在革命根据地的探索，这是丁玲主动“规范”于革命叙事的一个文本，至今仍有其独特魅力，作者革命叙述中不自觉透露出的极端丰富的个人的探索正是其可贵之处。作者对主人公心理活动的详细描写和性欲的大胆揭露，一定程度上也消解了革命叙事的初衷。

秦林芳的《“幻想”的价值——丁玲小说〈阿毛姑娘〉重识》[2] 认为丁玲小说《阿毛姑娘》是一篇“概念化建构”的作品。丁玲将自己有关人生价值的思考寄寓在《阿毛姑娘》中，以阿毛的故事完成了有关“幸福”之“幻想”的概念化建构。一方面，作品通过描写阿毛幻想的生成和对幻想的追求，表述了作者对人的本质、人的价值的理解，即人不能是环境支配下的自在物，人只有在对现实此岸的不满和对理想彼岸的追求中才能彰显自己的本质力量，才能使人成为真正意义的人。在这个层面上，阿毛成了丁玲宣示自我人生哲学的一个喻体。另一方面，作品则通过描写阿毛在追寻幻想时方式的失当以及其最后对幻想的弃置，从反面强调了人在追寻理想时必须既坚守自己的独立性和自主性，又具有强大的坚韧性和意志力。这一人生思索，在以《梦珂》《莎菲女士的日记》为代表的丁玲早期

① 张勇：《革命叙事的建构与解构——丁玲小说〈夜〉的解读》，《昭通学院学报》2013 年第 6 期。

② 秦林芳：《“幻想”的价值——丁玲小说〈阿毛姑娘〉重识》，《南京晓庄学院学报》2013 年第 5 期。

都市知识女性题材小说中，曾经得到了反复的呈示；而在本篇中，丁玲则将自己的如此思考又寄寓到了对乡村女子阿毛的刻画中，并以对阿毛的概念化建构再一次宣示了自己的人生哲学。

长篇小说研究主要包括《太阳照在桑干河上》和《在严寒的日子里》研究。

王再兴的《土改暴力、农民“解放”与文学讲述——以丁玲和〈太阳照在桑干河上〉为中心》[1] 认为，不仅农民的“解放”本身面临着如何被清晰指认的难题，而且怎样叙述“解放”，同样也存在着复杂的困难。丁玲的小说《太阳照在桑干河上》讲述“解放”历史，最终同样出现了隐晦的面貌。顾涌的故事在当时并不容易讲述，首先源于顾涌的社会阶级成分的认定困难。丁玲的这种困难，不仅是当时土改的工作“问题”，更重要的它是价值观念的“问题”。在土改现实中，像顾涌这样的富裕中农受到冲击，被强制剥夺了土地，这种情形出于对政策的顾忌，在当时的小说中是无法被讲述的。丁玲认为农民解放需要“翻心”，小说通过斗倒钱文贵来表达这种解放。钱文贵在传统的宗法农村社会和现代性表象的政治社会以外，通过个人努力促成了一个隐秘的乡村化“空间”的生成，而这正是钱文贵深重的心理影响力量的来源。这种乡村化空间的力量在于它的寄生性与惊人的生长性，从而其成为隐身的社会权力和资源的“吸金器”。现代革命如果无法消解这种封建性的乡土化空间，则任何“人性”与“文明”的反思，都无法阻止其重新发生。由于 1947 年间土改中的“暴力”没有得到实际上充分的呈现与严肃的反思，它的威胁在后来的新区土改、反右、“文革”等之中不断重现。正是在这样的情形下，顾涌的“富裕中农”故事重新出场并有了新的意味。丁玲把关注点不知不觉地重新拉回到“富裕中农”的身上（“保卫土地”“保卫果实”的故事必然通向“勤劳致富”，而“中农”恰是其象征），潜意识地表达了个人的良好愿望。这也说明，我们事实上不过是仍然处在“解放”的途中，这也正是今天我们在此继续讨论《太阳照在桑干河上》的“历史化”讲述，其真实意义之所在。

秦林芳的《在“主流政治”的规训下——论丁玲〈在严寒的日子里〉

---

① 王再兴：《土改暴力、农民“解放”与文学讲述——以丁玲和〈太阳照在桑干河上〉为中心》，《文艺争鸣》2013 年第 12 期。

的意识倾向》[1] 认为丁玲虽早就接受过主流政治很深的熏染，也表现出了与主流政治相趋同的思想倾向。但是，由于早期所接受的五四文学传统的影响，丁玲在同时期的创作中却仍然保留了自己的个人空间。但丁玲在横遭“主流政治”迫害的背景下续写、重写的这部《在严寒的日子里》，在意义层面上却表现出了与主流政治相当合拍的意识倾向。她以宏大革命历史题材的选择来图解政治化主题，以对外在于自我体验的一般“政治意义”的追求泯灭了创作主体“引人入胜”的艺术发现，以人物关系上二元对立的简单化设定取代了对复杂生活的真实反映，以对人物的类型化描写替代了对丰富人性内涵的深刻揭示。与《太阳照在桑干河上》相比，不能不说，这部作为其“姐妹篇”的小说在其精神质素上发生了严重的倒退，作者曾在《太阳照在桑干河上》中显现出来的“诗人的本领”在这部小说中已荡然无存。“革命意识”和“个性思想”的矛盾到创作《在严寒的日子里》时彻底消泯了。主流政治彻底驯化了丁玲，成了支配丁玲创作活动的唯一的思想基因。在主流政治强有力的规训下，真正在创作中作出彻底的“纠正”、真正朝着“一个目标”走去，是从她写作这部小说开始的、也是到她写作这部小说完成的。

除了对丁玲单篇小说的研究，研究者也注意到了丁玲作品中的异域叙事。颜敏[2]审视了同期徐志摩和丁玲的异域叙事，发现了现代作家异域叙事的另一线索与走向。文章认为，当具备更多人性化内涵的“南洋情人”形象替代以往刻板简单的南洋意象进入到文学想象之中时，既折射出中国与南洋之间较为复杂的心理和情感联系，也意味着更具审美价值的异域叙事的出现。对于“南洋情人”爱恨交织的情感反应，当是此时中国对于南洋既排斥又羡慕的矛盾心理的表征；不过，若从创作驱动力的层面来思考，则这种无意识层面投射而来的复杂情感，也是异域叙事彰显复杂性、远离单一性的表征。在洋腔古语间建构出来的表述方式，则隐含着现代作家书写异域的困境与经验——即在中西已有的异域话语资源影响之下，作家如何表达自我经验并生成自己的话语。徐志摩和丁玲的南洋叙事在深受

---

① 秦林芳：《在“主流政治”的规训下——论丁玲〈在严寒的日子里〉的意识倾向》，《扬子江评论》2013 年第 4 期。

② 颜敏：《文学感性的回归——徐志摩与丁玲的南洋叙事及其意义》，《暨南学报》2013 年第 6 期。

已有资源影响的同时，又尝试对之加以改造或进行糅合，最终将自我情感和现实经验放在核心的位置，初步形成具有个性的表达方式，显现了摆脱套话的现实动力。他们在塑造“南洋情人”这一具有时代性的异域形象时，在保持异域与自我的区别意识的同时，以其人性化的特殊走向、无意识的情感驱动机制以及在古语洋腔间寻求异域经验的诗意表述方式等动向，显现了现代作家的异域叙事回归文学感性之可能及困境。

二　丁玲思想研究

1. 丁玲的文艺思想

秦林芳①对丁玲不同时期的文艺思想进行研究，认为其文艺思想在不同时期呈现了相似的二元倾向。首先，左联时期，在有关文艺的本质、特征、功能的认识上，在主题、题材、人物的选择上，乃至在创作主体思想感情的要求上，丁玲同时操持着“为革命”和“为自我”两个不同的话语系统。她既强调文艺的社会属性和“革命”性质，同时又凸显了文艺的审美属性和“自由”特征，从而把“革命”与“自由”极具矛盾性地焊接到了一起。在矢志“向左转”并积极参与“革命文学传统”建构的同时，丁玲却也继承其早期文艺思想之余绪，将“自由”精神和“五四文学传统”接续到了 20 世纪 30 年代。这一方面说明了其思想转变的长期性和复杂性，另一方面则显示出了“五四文学传统”在特殊历史语境中所具有的顽强生命力。另外，在陕北前期丁玲的文艺思想也表现出了鲜明的二重性：一方面，她宣扬“文艺从属于政治”“文艺为大众”和“改造知识分子思想感情”；另一方面，她又伸张文艺的独立性质、文艺“化大众”的责任和创作主体的知识分子立场。

2. 丁玲与女性主义

冷嘉的《“莎菲们”的道路——丁玲早期创作探微》② 通过对《莎菲

---

① 秦林芳：《左联时期丁玲文艺思想的二元倾向》，《学海》2013 年第 6 期；《论陕北前期丁玲文艺思想的二重性》，《南京社会科学》2013 年第 6 期。

② 冷嘉：《“莎菲们”的道路——丁玲早期创作探微》，《现代中文学刊》2013 年第 4 期。

女士的日记》和《一九三〇年春上海》（之一、之二）进行细读，探讨女性主体在家与国的夹缝中的尴尬位置和成长可能，以及革命与女性解放之间相互纠结的关系。丁玲创作了一系列反映中国现代早期“新女性”形象的作品。在她的女性书写中，包含着对个人和大时代的辩证关系的艰难探索。她笔下的这些人物虽出身背景大不相同，却无一例外都带有一颗“莎菲的心”，都怀着一种热烈的幻想，企望挣脱外部环境的束缚。莎菲通过写作艰难地否定了旧我，从而找到新的自我得以生长的可能性。美琳和玛丽分别代表了现代女性的两种不同的选择和道路。《一九三〇年春上海》（之二）呈现了一场双重的失败，革命并未说服玛丽认识到革命的必要性以及革命与其个人生活之间休戚与共的内在关联。她对革命抱有一份警惕，不愿意为了革命而放弃自身作为女性的权利，失去自己珍视的生活乐趣。而《一九三〇年春上海》（之一）中接受了资产阶级启蒙思想熏陶的解放了的女性美琳却投身了革命，是因为她将革命视为解决浪漫爱情危机的一条出路，却并没有充分认识到革命作为一种再造社会的暴力手段所包含的复杂的社会历史意义。从作为“绝叫者”的莎菲到作为革命者的美琳，女性形象的这一嬗变过程展现了中国现代女性冲破黑暗、走出小家庭、寻找新生之路的艰难历程。

3. 丁玲与政治革命

刘郁琪[①]认为毛泽东的《在延安文艺座谈会上的讲话》包蕴着丰富的叙事学思想，它的许多准则，其实是对叙事文学的规范和要求。1942 年后的解放区小说叙事，在某种程度上可说是《讲话》直接形塑的结果。这一形塑，既表现为小说界整体叙事版图的再造，更表现为具体小说文本叙事各层面如故事结构、叙述话语、意义调度上的改变。《讲话》对以丁玲为代表的亭子间作家小说叙事模式再造即表现在故事组织的斗争化和阶级化，叙述风格的民族化和民间化，意义主题的颂歌化和大我化上。《讲话》对解放区小说叙事版图的再造，表现为对以赵树理为代表的一批根据地作家小说叙事模式的发现与肯定。《讲话》所确立的叙事规则，既在宏观上

① 刘郁琪：《毛泽东〈在延安文艺座谈会上的讲话〉对解放区小说叙事的形塑——以丁玲的“转变”和赵树理的“发现”为例》，《江汉论坛》2013 年第 9 期。

改变了解放区小说叙事的总体版图，也在微观上规约了解放区小说叙事的具体风格。但它在形塑作家叙事的同时，也必然会遭遇作家个体意识的反抗。这种反抗主要表现为知识分子精英立场的挥之不去和不愿屈从，与根据地作家的民间立场和来自革命的政策话语相互龃龉上。这些抵制最终以叙事裂缝的形式，呈现在了小说文本中。

李遇春的《话语规范与心理防御——论丁玲在延安解放区时期的小说创作》[①] 从创作主体对外在话语规范的防御与超越的角度来看丁玲的创作，认为置身于延安红色话语秩序中的丁玲主要运用了自我投射、体验“他者”和忏悔仪式这三种话语防御方式或心理防御策略。作为心理防御方式的自我投射也是一种文本话语防御方式或叙述策略。首先，自我投射曾经是丁玲最热衷的文学话语方式之一，延安时期的小说创作中，丁玲深层心理中的道德焦虑始终在寻找释解的渠道，陆萍、贞贞、七七、白兰等人物身上都投射有作者灵魂中的道德焦虑或现实焦虑。通过在文本叙述中运用自我投射的心理防御方式塑造人物，创作主体在不同程度上完成了对延安红色话语秩序及其文艺话语规范的超越。其次，丁玲有意无意地运用一种体验“他者”的话语策略来防御当时已日趋成型的红色文艺生产范型对自身个人化艺术激情的压抑，包括寻找“另类”视角，考掘“疯癫”人格，深入无意识域，对红色文艺话语规范既迎合又消解。最后，丁玲在延安时期以知识分子为主人公的小说文本中，通过运用忏悔仪式这种话语防御策略，一方面通过知识分子自我否定、自我改造，谋求被红色文学话语秩序接纳和认可，另一方面凭借知识分子自我忏悔的形式而获得“言说”知识分子的话语权力。丁玲在延安解放区的复杂话语姿态在一定程度上突破了当时日趋完形的红色文艺生产范型的藩篱，同时也必然烙上了红色话语权力运作的深刻印痕，从而导致作者在延安解放区时期的小说话语实践中既洋溢着红色的革命激情，又涌动着“五四”知识分子“灰色”的启蒙情绪。这一切使得丁玲当时的小说创作成了延安革命文学话语改造或重塑“五四”启蒙文学话语的典型历史见证。

① 李遇春：《话语规范与心理防御——论丁玲在延安解放区时期的小说创作》，《中国政法大学学报》2013 年第 2 期。

周佳的《革命感知与创伤书写——丁玲左翼短篇小说里的身体和空间》① 结合丁玲的具体人生际遇，分析其《从夜晚到天亮》《一天》和《在医院中》三篇小说中的身体经验与空间再现，探讨这两者的交互作用在文本中具有的特点。与年代的早期作品类似，丁玲在努力向左翼转型时创作的这几篇小说，同样将空间维度的身体经验作为革命的能动主体进行感知与书写，三位主人公通过身体感知，发现了与自身所处社会空间的格格不入，逐渐靠近并参与了革命工作，并最终能在创伤性的经历和体验中顽强地坚持自我变革。不同的是，《从夜晚到天亮》里的自我变革是以女性个体精神的发扬去消融因革命危险而导致家庭毁灭的创伤经历，是以坚持个体生命的存在去填补家庭空间的丧失。《一天》里的自我变革则是以社会空间的差异认同与具体的革命工作相结合，以社会身份和写作行为的自我转变去弥合革命工作所导致的创伤经历。而陆萍所面对的是革命队伍内部的封建习气和官僚主义，在接受受伤军人的启发后开始理解并接受了革命的复杂性后坚持自我变革。而当兼具作家与革命者身份的丁玲亲身面对复杂的革命现实和经受创伤体验时，也始终坚持把小说写作作为感知革命现象、消融创伤经验、介入社会空间与重建自我认同的文化媒介。这种在身体主体与社会空间之间出现张力时不断将写作开拓成社会感知与个体存在的一贯坚持，可为理解“写作/人生”的认知框架提供参照。

秦林芳的《论丁玲的“瞿秋白书写”》② 发现，在延续半个多世纪的“瞿秋白书写”中，丁玲揭示了瞿秋白作为“战士”和“文人”的双重身份和二重人格。作为一个“脆弱的二元人物”的瞿秋白，其双重身份和二重人格作为一种客观存在，是丁玲从与其结识开始就感悟到了的。但是，在作“瞿秋白书写”时，丁玲却有时凸显瞿秋白的战士身份和政治意识，有时凸显瞿秋白的文人身份和情感取向，有时又对二者作出了共时性表现。可以说，丁玲在作“瞿秋白书写”时视点和重心的如此转移，与丁玲认识和理解瞿秋白的过程和深度无关。它们所关乎的只是丁玲在不同时期里所表现出的主体意识和当时的心境。从创作动机上来看，丁玲作“瞿秋

① 周佳：《革命感知与创伤书写——丁玲左翼短篇小说里的身体和空间》，《现代中文学刊》2013 年第 4 期。

② 秦林芳：《论丁玲的“瞿秋白书写”》，《江苏社会科学》2013 年第 6 期。

白书写”，固然有时是出于一种对瞿秋白和王剑虹的怀旧情感，有时是出于一种道义和责任，但在根本上则也同时出于自我说明、自我伸张的需要。因此，丁玲的“瞿秋白书写”显示出了在“政治”与“文学”的张力场中丁玲自我意识倾向的波动和迁移。瞿秋白这个被书写的“他者”，实际上成了人们观照丁玲复杂“自我”的一面镜子。

张建波的《个性色彩·文学情结·政治意识——解读丁玲精神史与 20 世纪中国革命》① 揭示了丁玲创作的精神流变轨迹与中国革命的复杂进程之间的特殊的历史张力。丁玲早期作品中个性色彩与文学情结并存，显现出对社会道德伦理的漠视，凸显其情感至上的个性主义精神与其忧患而叛逆的特质，但这种特质在左翼文学革命中趋于淡化。丁玲最初到延安的政治热情明显高于文学激情，她的文学情结逐渐为政治意图所压制，延安时期丁玲的政治意识更是空前高涨，后经延安整风运动而转向革命文学。她的中期作品文学情结与政治意识相融，完成了从知识分子启蒙理性到工农革命的跨越，成就了信仰永驻的红色经典。在新中国成立后丁玲将政治理想与抱负倾注到文学领域，她固有的个性色彩在新时期复出时再次显现，她的后期作品政治意识与个性色彩犹存。丁玲的创作将“政治宣传”与“人性关怀”作了艺术化的完美融合，主观上是出于憧憬延安圣地的光明前景而揭露时弊，实质上是要以文学的方式直接介入政治，试图以文学批评的方式实现革命的建构。透过丁玲的文学创作能窥见中国文学的兴衰历程，其曲折坎坷的人生经历折射了 20 世纪中国革命历程的复杂性。

邓招华、曹霄燕的《“政治无意识”：丁玲及其文本世界的一种解读》② 在“政治无意识”批评视阈下，对丁玲的文本进行了解读。文章认为，引入“政治无意识”理论维度，可以突破固化的知识谱系对历史复杂性的简化、遮蔽，凸显丁玲及其文本世界的复杂性内涵。丁玲作品独特的地方也许正在于她对政治影响所作的反应如何在她的作品里显示出来。丁玲在处理这些紧张关系时所作的各种不同或程度不等的尝试或探索，既是其创作复杂性的缘由，也是其作品重要性的根由所在。丁玲及其文学创作

① 张建波：《个性色彩·文学情结·政治意识——解读丁玲精神史与 20 世纪中国革命》，《齐鲁学刊》2013 年第 6 期。

② 邓招华、曹霄燕：《“政治无意识”：丁玲及其文本世界的一种解读》，《广西社会科学》2013 年第 2 期。

与中国复杂多变的现代历史进程紧密相连，在某种意义上，现代中国的民族国家想象及其意识形态运作一直极大地借助了现代文学的力量，现代文学自身即构成了现代中国复杂的政治、历史进程的一部分。这样，对丁玲及其文本世界进行“纯文学”的解读与评判，其阐释的有效性值得怀疑。正如“政治无意识”范畴所示，文学作为一种“社会的象征行为”与各种社会权力关系紧密相关。而探究文学的此种政治性内涵，正是为了揭示文学文本赖以生成的意识形态基质及其以怎样的方式参与历史，从而在一个整体性的历史语境中解读文本。“政治无意识”批评视阈有可以突破“纯文学”的偏执诉求，在一种“历史化”的运作中开启丁玲研究的一个新维度。

郑绩的《革命的侧面：丁玲创作与生平中的爱情家庭》① 试图通过分析革命的三个侧面以及它们对于丁玲的不同影响，来对丁玲的作品中对于爱情家庭的呈现作出新的诠释。五四是现代革命的起点之一，丁玲深受五四的影响。她创作出的“丁玲女性”对现代的追求，与对自我意义的追求是重合的——即对灵与肉爱的追求。无政府主义给女权运动提供了大量的思想资源，将性爱与家庭区分来看，追求完全的个体自由，在丁玲的作品中所起到的作用更多是积极的，它为“丁玲女性”根据个性满足自我需求的想法提供了合法性依据。左翼社会革命逐渐介人丁玲的写作后，丁玲作品中所表达的革命，最终都被左翼政治所规训，只能在潜意识层面对五四精神与无政府意识进行表达。而向党进行自我表白，是丁玲加入左翼革命以来的写作主题，而且越来越加强，终于成为唯一的主题。丁玲创作中革命、爱情与家庭的主题结合是其显要特征，其中革命含有多重含义，既有五四精神，也有无政府思想，特别到了后期，还包含有更为复杂的左翼政治。这三个革命侧面同时共存，在丁玲创作的不同时期以不同的形式与强度存在，不但给丁玲爱情与家庭主题的创作带来了不同的思想侧面、人物塑造与话语形式，也影响着丁玲本人的爱情、家庭、生活。

关于丁玲的思想研究，除了对其文艺思想、女性主义、政治革命等思想的关注外，还有研究者将她置于某个特定时期来研究与其相关的思想环境。

① 郑绩：《革命的侧面：丁玲创作与生平中的爱情家庭》，《现代中文学刊》2013 年第 4 期。

刘潇雨的《言说“丁玲事件”——1930 年代中国文坛生态之“光谱”》[①] 从报刊等第一手资料入手，考察 1933 年丁玲被捕事件发生后，各方力量（左翼、自由主义、大众舆论）等对此事件的言说。从 5 月 17 日上海英文《大美晚报》首次报道丁玲失踪，至月底外界普遍相信丁玲“已死”这短短一个多月时间内，左联、文化界、中国民权保障同盟接连刊登宣言营救丁玲，当局则通过舆论坚决否认曾逮捕丁玲。不同地位、背景的个人，如鲁迅、沈从文、胡适等也都从自身立场对此做了反应。其各自的意识形态、亲疏关系、政治立场都从他们的反应中呈现出来，亦折射出 20 世纪 30 年代中国文坛生态之“光谱”。

三　丁玲生平研究

1984 年 9 月，丁玲撰写了回忆文章《怀念仿吾同志》。这是丁玲应成仿吾之邀，为《成仿吾文集》写的序言。成仿吾为什么请丁玲作序？徐续红[②]认为成仿吾的文集请丁玲作序，可以说是成仿吾交给丁玲的特殊任务，寄托着成仿吾的重托，是“同志的信任”。成仿吾之所以信任丁玲，是因为“丁玲是不搞宗派的”。在错综复杂的、一度你死我活的中国文坛，得出这个评价是难能可贵的，丁玲也非常珍惜。而丁玲没能在成仿吾逝世前及时将《序言》写出来，一是丁玲没有想到成仿吾会走得这么快；二是生病；三是这段时间丁玲很忙，在为自己的彻底平反做准备。序言是在丁玲彻底恢复名誉后写的，可以看出作者无拘无束，文笔轻盈，声情并茂。丁玲在序言中介绍了鲁迅帮成仿吾找到党组织的故事，认为“现在他们之间只有一个大同，他们是革命同志，是亲密战友”。在丁玲笔下，成仿吾“全然不是一般人揣度的那种狭隘的讲究派性的人”。论者还整理出了丁玲与成仿吾鲜为人知的合作与交往：丁玲与成仿吾共同发起并成立陕北根据

---

① 刘潇雨：《言说“丁玲事件”——1930 年代中国文坛生态之“光谱”》，《现代中文学刊》2013 年第 4 期。

② 徐续红：《丁玲与成仿吾——从〈怀念仿吾同志〉谈起》，《中国现代文学研究丛刊》2013 年第 1 期。

地第一个文学团体“中国文艺协会”；共同编辑中国第一部长征史诗《红军长征记》；在“两个口号”的论争中，丁玲与成仿吾站在一起；在晋察冀根据地他们有着亲密的合作；《太阳照在桑干河上》的创作过程，和成仿吾也有一定关系。他们一起见证了中国现代文学史上的一些大事件，这反映了他们之间深厚的友谊。

考察延安时期的丁玲和萧军的关系，秦林芳①发现他们之间从“同路”到“分道”的前后期变化。从 1940 年起，丁玲与萧军在延安度过了 5 年多的岁月。以 1942 年 5 月为界，前期的丁玲与萧军以个性主义为基础，以继承鲁迅传统为己任，依托“文协”组织，构筑文艺阵地，积极鼓吹以个性主义精神干预现实，以精诚的合作共同推进了延安启蒙文学思潮的发展。作为“同路人”的合作，他们也因此均被视为“暴露黑暗”的“文抗”派。到后期，丁玲从一个一度在一定程度上奉行过个性主义的“艺术家”转变为一个维护“他们根本利益”的“政治家”，在强大政治外力的作用下迅速转移方向，而萧军却依然故我地坚守自我、个性。二者这一思想的异途在“王实味事件”中得到了突出的呈现。此后，丁玲与萧军分道扬镳，迈上了渐行渐远的人生道路，展示出了全然不同的思想风貌。与丁玲顺应“规范”、重返中心不同，为了守护自己的自由、个性，萧军在延安时最终留在了党外，自愿被边缘化了。丁玲与萧军在延安时期由“同路”到“分道”的变化，折射出了在特定时空中两种思想的搏击交战以及现代知识分子的再次分流聚合。

袁洪权②梳考了开明版《丁玲选集》。1950 年 1 月，中央人民政府政务院文化部把“五四文艺”丛书的出版，纳入今后文艺出版的范围，很快确定这套“五四文艺”丛书即为后来开明书店出版的“新文学选集”丛书。丁玲不仅是“新文学选集”丛书编委会的重要成员，而且是最有影响力的编选人员之一。丛书中的《丁玲选集》是 50 年代初丁玲的“自选集”，她严格按丛书的“编辑凡例”规定，对 1942 年以前的 48 篇短篇小说（实为 46 篇）作品进行严格“筛选”，最终选定 16 篇短篇小说编辑成

---

① 秦林芳：《从“同路”到“分道”——延安时期的丁玲与萧军》，《海南师范大学学报》2013 年第 6 期。

② 袁洪权：《开明版〈丁玲选集〉梳考》，《现代中文学刊》2013 年第 4 期。

册，1951 年 7 月由开明书店出版。论者由《丁玲选集·自序》的解读中，发现丁玲对延安时期的文艺生活、人生经历，有欲说还休的“潜在话语”。延安到共和国文艺的这段时间，丁玲经历两次冲击：一是关于“自首与变节”传言的冲击，一是她写作《三八节有感》《在医院中时》《我在霞村的时候》等文本带来的冲击。这种内心深处隐藏的“伤痛”，导致丁玲在编选作品集时有潜在的“影响”，这使《丁玲选集》的编选出现了复杂的个人感情。从入选篇目的梳理中，发现丁玲刻意回避延安时期有争议的小说文本《在医院中时》，从中我们可以体会出她编选《丁玲选集》背后的价值取向。开明版《丁玲选集》的编选背后，其实蕴含的不仅仅是丁玲复杂的人生，而且还有来自革命政党组织对于个人的潜在心理压力。

四　丁玲研究之研究

李晨的《作为问题的“转向”——对丁玲研究的回顾与探讨》[①] 以丁玲 20 世纪 30—40 年代的写作“转向”为核心，以提出问题的方式辨析近代都市女子莎菲和延安革命青年陆萍之间的差异，细致梳理自 20 世纪 30 年代至今的文学评论和相关研究，考察不同的时代话语和研究范式对“转向”前后丁玲作品的阐释和评价。发现：早年的评论基本上肯定了丁玲作品所展现的新意识、新世界以及作家本人在革命实践中的成长和转变；《讲话》以后至 20 世纪 80 年代初，论争的焦点集中在歌颂和暴露的现实主义思维框架内，但各家观点的不同仅在于价值判断上的分歧；20 世纪 90 年代至今，研究者的范式转向了话语分析，侧重考察的是作家在主流话语体制内的角色和功能。论者反思话语分析在运用过程中存在不容忽视的共通弊端，表层症候是欠缺具体细致的文本分析，对复杂的历史状况进行了简化处理；深层原因是研究对象在话语所结构的普泛模式内仅仅作为功能性存在，丧失了具体实在的经验，而其中所蕴涵的独特性，恰恰对既成话语的稳定意义构成反拨。“莎菲”走出五四个人主义话语抵达延安后，在

---

① 李晨：《作为问题的“转向”——对丁玲研究的回顾与探讨》，《现代中文学刊》2013 年第 4 期。

革命队伍中化身的“陆萍”究竟是谁，两个人物间存在怎样的交叠和差异，还有待重审和更加深入的探寻。论者期待通过进入具体的社会历史情境和文本情境，在吸收话语分析的长处、克服其弊端的基础上，进一步推进对丁玲两次“转向”的思考，提供丁玲“故事”的更多的讲法。

贺仲明①从丁玲、萧红、张爱玲等几位女作家的文学史评价中看到，中国新文学的文学批评和文学史构建历史中，政治、商业等外在因素产生着很大的影响。其中，在对丁玲的文学批评和文学史评价中，政治的影响最为显著。对张爱玲的批评和文学史构建也存有较强的政治影响；萧红的文学史地位起落较小，这也与她创作的民族政治色彩有关。进入 90 年代后，政治相对有所退隐，商业文化的权力因素就起了更大的作用。文学外在权力因素的影响与新文学的复杂背景和相对短暂的历史有密切关系，其存在具有一定的必然性，从长远看，这种复杂多变的评价本身就是一个特殊而严厉的淘洗过程，能够让作家的卓异处和庸俗处得到更清晰的辨析和认定，其价值意义自然能够体现得更加明晰。但是，这些因素的过分介入，会对文学史建设和当前文学发展产生严重的负面影响。如何保持文学批评和文学史构建与文学外因素的适当距离，值得文学界深刻反思。

针对王德威提出的 20 世纪中国文学的“另类现代性线索”，程鸿彬②以王德威对丁玲《我在霞村的时候》的“另类”解读为中心，离析其潜在的意识形态诉求。王德威认为小说的“症结问题”是对于“性解放的禁忌”，丁玲对禁忌的“探触”在《霞村》中表现为以下两个层面：一是对于女性身体在男权社会中的悖论意义进行了多方位的展示；二是暗示了性与政治之间的潜在关系。论者认为丁玲之所以将革命作为自己的生命选择，首先是出于自我主体建构的需要；将《霞村》置于 1941—1942 年延安“暴露黑暗”文学潮流的背景下加以考察，可以说，《霞村》的出现非但不是左翼文学的一个“意外”事件，而且是左翼文学作为一种“革命性”的文学势所必至的发展，或者说是左翼文学趋于成熟的标志。《霞村》的意义在于初步展示了左翼文学“超越性”维度的批判锋芒，可以说它在

① 贺仲明：《文学批评与文学史构建中的外在因素影响——以丁玲等文学史评价为中心》，《理论学刊》2013 年第 8 期。

② 程鸿彬：《“另类”现代性与左翼文学经典》，《小说评论》2013 年第 1 期。

突破革命体制的局限方面进行了卓有成效的尝试。论者认为王德威的解读显然将《霞村》中的个体意识和女性意识完全私人化了，以至对于“莎菲”式的私人性困境以及丁玲为摆脱这一困境所作的自觉选择采取了完全漠视的态度。从表面上看，王德威的“另类”解读旨在解除宏大叙事对于“个人”的压抑，从而将“个人”从公共领域还原到“私人性”的“本真”状态。然而，论者认为在资本主义市场规律大行其道的现实条件下，失去公共生活导引的“本真”的“私人性”只能转而受制于消费主义的压抑力量。在王德威的“另类”解读背后，可以觉察到一种与消费主义异曲同工的核心理路，其“另类”思维与当下的流行时尚和知识生产有颇多会心之处。

鲁太光的《对一种“切分”丁玲的观点之反思》① 对把丁玲切分为“一个是革命作家的丁玲，一个是自由主义作家的丁玲”这一见解的有关材料和说法进行了辨析，指出这种忽略各个阶段间的内在联系、简单地以研究对象一个时期的创作否定另一个时期创作的观点不足为据。从丁玲的自我定位出发，丁玲的文学追求始终是“革命文学”，是“人民文学”，而非“自由主义”的文学，当然，也不是什么“个人主义”的文学。丁玲一直在坚持深入到时代的“底层潮流”中，并捍卫之。其实并没有“两个丁玲”，而只有“一个丁玲”——一个克服重重困难，不断扬弃自我，向着“人民文学”前进的丁玲。

丁玲以其独特的艺术个性和丰硕的创作成果，早就引起了世界的瞩目。丁玲作品被译成外文时间之早，在中国新文学作家中仅次于郭沫若和鲁迅，而与茅盾作品同时被译成英文。宋绍香②考察了丁玲作品在俄苏的译介、研究、评价，认为俄苏的丁玲译介与研究始于 1933 年。俄苏对丁玲作品的译介大致可分为初始时期（1933—1937），繁盛时期（1949—1955）和复苏时期（1974 年之后）。初始时期共五年时间，俄苏共发表、出版了 8 种丁玲作品翻译。繁盛期七年间，俄苏共出版发表丁玲译文 49 种，占 44 年（1933—1977）俄译丁玲总量的 80% 以上。其中，仅《太阳照在桑干河上》就出版了 14 种版本（其中 8 种少数民族语文版本）。此后，俄苏的丁

① 鲁太光：《对一种“切分”丁玲的观点之反思》，《中国现代文学研究丛刊》2013 年第 3 期。

② 宋绍香：《丁玲作品在俄苏：译介、研究、评价》，《现代中文学刊》2013 年第 4 期。

玲译介沉寂了几乎二十年，直到 1974 年，苏联才出版了《雨——中国 20—30 年代作家小说集》，其中收录了丁玲的短篇小说《梦珂》。1977 年，苏联《译丛》第 8 期又译载了丁玲的小说《在医院中》。而俄苏的丁玲研究与丁玲译介是同步进行的，基本也可分为三个时期：一般性介绍时期（1933—1937），兴隆繁盛时期（1949—1954）和“死而复生”时期（1972—1979）。一般性介绍时期以丁玲被捕事件作为俄苏丁玲研究的“开头”，为丁玲研究打下了坚实的基础。兴隆繁盛时期也即解放初期，解放区作家备受重视，中苏关系友好，丁玲新著《太阳照在桑干河上》荣获 1951 年度斯大林文学奖金。据苏联有关书目索引统计，这一时期 6 年时间内共有近 40 篇研究丁玲的论文发表，占俄苏丁玲研究总量的 77%。在“死而复生”时期，随着中苏关系的不断改善，俄苏的丁玲研究又开始复苏。当时的俄苏汉学家善于以马克思主义文艺观、美学观审视作家与作品，并以社会主义现实主义的创作方法为创作的最高标准；加之，当年中苏具有相同的社会制度和基本相同的价值观，所以，丁玲作品当时在俄苏受到了普遍欢迎，并获得了很高的赞誉。

第十四章

2014年丁玲研究述评

一　丁玲作品研究

1. 小说研究

主要包括长篇小说研究和短篇小说研究。长篇小说研究主要包括《太阳照在桑干河上》和《母亲》研究。

本年度有三篇论文同时论及《太阳照在桑干河上》中的“土改问题”。它们是：张冀的《论〈太阳照在桑干河上〉的土改镜像与叙事困境》[1]，刘卓的《光明的尾巴？——试以〈太阳照在桑干河上〉谈土改小说如何处理“变”》[2] 和古大勇的《再论〈太阳照在桑干河上〉“土改”叙事中的道义问题——对阎浩岗批评刘再复的反批评》[3]。

张冀从文本解读出发，认为《太阳照在桑干河上》与时俱进地完成了对土地改革的镜像图解并同时展现了丁玲的叙事困境。经过血与火的斗地主决战，钱文贵受尽羞辱，呈现了当时中国农村乡绅威权的骤然消解。农民由自然人变身为政治人，展现了乡土中国的“农民—乡绅”的宗法层级秩序被重塑为革命中国的“农民—地主”的阶级对抗阵营。贫苦农民从忐忑观望到火爆武斗“地主”的群情激变，展现了丁玲对暴力复仇的思想认同。同时，丁玲因其社会主义现实主义创作方法的写作尝试，始终游离于“党的文学”与“人的文学”之间，其小说文本一直处于“五四”文学传统与延安文艺路线的叙事困境中，具体表现为：“真实性”与“倾向性”的张力失衡，“典型论”与“新人论”的结合限度。

刘卓通过分析《太阳照在桑干河上》中的核心环节即“斗争地主”这一叙事结构出现的背景，及其具体的构成方式，探讨了土改小说的文学形式创新与土地改革的政治激进性之间的关系。从“斗争地主”的人物设

---

① 张冀：《论〈太阳照在桑干河上〉的土改镜像与叙事困境》，《中国现代文学研究丛刊》2014 年第 4 期。

② 刘卓：《光明的尾巴？——试以〈太阳照在桑干河上〉谈土改小说如何处理“变”》，《现代中文学刊》2014 年第 6 期。

③ 古大勇：《再论〈太阳照在桑干河上〉“土改”叙事中的道义问题——对阎浩岗批评刘再复的反批评》，《长春工业大学学报》2014 年第 5 期。

定、情节以及特殊场景来看，与其说它是按照现实主义的典型性原则写了一个成长的故事，不如说它提供的是一个呈现各方矛盾关系的实验。这个形式上的实验挑战了从单一视角来把握土改进程的局限性。它的意义并不仅仅在于文学形式内部的革新，而是尝试用文学形式来呈现现实政治运动的复杂性和辩证性。在这个意义上，小说所提供的有关40年代北方解放区的土改的认识，虽然是在虚构的框架之中，但是所提出的问题是如何通过理解阶级斗争来把握那个历史语境中一个集体性的农民革命主体生成的内在矛盾性，以及解放的可能性，而这个问题在实证主义的研究思路中是无法获得充分解释的。

古大勇探讨了“土改”叙事中的道义问题。文章以阎浩岗的《“土改”叙事中的道义问题》① 对刘再复的《中国现代小说的政治式写作》②的批评为始展开论述。刘再复将“钱文贵”作为整个地主阶级的代表，因此认为暴力批斗地主现象是普遍性的存在，这是一种基于人道主义的判断；而阎浩岗在反驳刘再复时，出现了概念理解的错位，将“钱文贵”作为地主阶级一部分即“恶霸性”地主形象来看待，因此认为暴力批斗地主现象是针对恶霸的个别性存在，这显然与客观事实不符。但在基本观点和价值观上，二文又表现出部分一致性倾向，他们都认为土改应该有一个人道主义底线，可见阎浩岗表面上反驳刘再复，但却在基本观点上倒向了刘再复。所以在对“土改小说”进行价值评价时，要坚持“返回历史语境”原则和人道主义原则相结合的方式。

李明彦③分析了蒋光慈《咆哮了的土地》和丁玲《太阳照在桑干河上》在人物塑造、情节设计和主题建构等方面的一致性。在人物塑造模式方面都存在引路性人物和成长型人物。在二元对立的情节设计模式方面都存在革命和恋爱的冲突、父与子的对抗（实际是新型农民和旧式农民的对立，僵化思想和革命进程的对立）、革命伦理与民间伦理的龃龉。最后在

---

① 阎浩岗：《“土改”叙事中的道义问题——就〈太阳照在桑干河上〉、〈暴风骤雨〉的评价与刘再复等先生商榷》，《海南师范大学学报》2010年第6期。

② 刘再复、林岗：《中国现代小说的政治式写作——从〈春蚕〉到〈太阳照在桑干河上〉》，载唐小兵编《再解读：大众文艺与意识形态》，北京大学出版社2007年版。

③ 李明彦：《互文视野下的〈咆哮了的土地〉与〈太阳照在桑干河上〉》，《东北师大学报》2014年第2期。

主题建构模式方面，两部小说都涉及了暴力的翻身场景和诉苦仪式为主的“翻心”模式。

《母亲》自问世以来，很长一段时间被认为具有浓厚的左翼政治色彩，秦林芳[①]对此持反驳态度，认为《母亲》是左联时期的一种“非左翼化”写作。首先，《母亲》“非左翼化”的另类性表现在对个性化题材的摄取中。这里的“个性化题材”一方面指创作主体忠于自我而独立选择的题材，即丁玲在“写什么”问题上表现出与左联规定相悖的独立见识，另一方面指可以表现“个性”主题的题材，即《母亲》的核心是近代民主文化与传统封建文化的冲突，而并非左翼视镜聚焦的阶级矛盾和时代风云。其次，《母亲》“非左翼化”的另类性表现在对个性化人物的塑造上。这里的“个性化人物”一方面指人物本身是有个性的，另一方面指人物具有近代个性思想。《母亲》中“非革命”的思想蕴涵与丁玲早期小说对“自由”的渴望与追寻一脉相承，因而在思想性质上它与丁玲转折前的创作是一致的。

丰杰[②]则认为，《母亲》以儿童视角讲述了一个传统女性完成现代转型的故事。丁玲以童年回忆的形式呈现了其三个方面转型：首先是男性的缺席，这传达了“皇权”的无以为继和“夫权”的名存实亡，并为旧式女性走向新生活提供了契机；其次是女性的站立，曼贞通过物质、生理、精神三个层面的蜕变完成了封建女性向现代女性的转型；最后是母亲角色的现代性建构，其独特意义在于曼贞主动完成了从“老者本位”到“幼者本位”的思想转变。从小说的叙事话语来看，儿童视角使得《母亲》中的革命呈现出了一种质朴冲淡的诗意之美，具体表现为画外音的运用使革命有一种冲淡之美，白描的运用让革命的呈现有了一种“陌生化”效果，乡情、乡音的运用隐去了革命与战火的激烈轰扰。

丁玲遗稿中有两页关于长篇小说《母亲》的手迹，虽然只有 500 多字，却蕴藏了丰富的内涵。王增如[③]根据这标明为《母亲》第三部写作提纲的残稿考察了其中的创作信息：一是呈现了与最初一脉相承的创作思

---

① 秦林芳：《〈母亲〉：左联时期丁玲的另类写作》，《文艺争鸣》2014 年第 3 期。

② 丰杰：《儿童视野里的家庭新英雄——丁玲〈母亲〉的辛亥革命叙事》，《南京师范大学文学院学报》2014 年第 3 期。

③ 王增如：《丁玲〈母亲〉第三部写作提纲初探》，《现代中文学刊》2014 年第 6 期。

路，仍沿用了“小城市，小村镇”，人物以“豪绅地主为中心”的创作思路；二是呈现了《母亲》第一部中主要人物的思想和活动脉络，“母亲”在第三部里仍是重点人物，经过人生的大起大落的她在第三部中继续发展；三是提纲中增加了丁玲被绑架后的经历。其次是关于提纲手稿写作时间的几个猜想：一是通过楼适夷与丁玲的书信，认为其创作于1939年至1940年的延安时期；二是通过重庆《新民报》对丁玲的采访，认为其于1944年下半年写成；三是通过手稿所用纸张的纸质以及丁玲母亲的创作实况，认为其于全国解放初期写成。

短篇小说研究主要包括《梦珂》《在医院中》《一天》《夜》《水》和《我在霞村的时候》研究。

吴晓东①以20世纪30年代在影坛红极一时的女星形象为切入点重点分析了丁玲小说中的“梦珂”。文章发现，女明星习惯并接受自己的影像被消费成欲望对象的过程与梦珂从对男性的凝视反感，到逐渐习惯欲望的目光，最后自己也投身于电影界，成为一个女明星的过程具有相似性。因此《梦珂》反映了都市中女性作为欲望客体的地位，并揭示出使女性无所遁形的男性目光。这种饱含欲望的目光在现代都市文化中生成为一种“技术化观视”，这种间接的欲望投射使都市女性难以对被观视的客体地位产生自觉和警惕，可能会慢慢习惯和屈从这种“技术化观视”的情境，甚至可能在被万众瞩目的想象中得到极大的心理满足。而丁玲超出一般女明星的伟大之处在于，尽管当初她也曾经被成为电影女明星的可能性诱惑过，但她终以一个女性的敏感看透了这个世界中女性被凝视的历史命运，从此以无畏的抗争精神与充满欲望和暴力的男权世界独自对抗，始终如一地进行着注定难以取胜的一个人的战争。

李国华②通过对小说文本及丁玲事后检讨草稿的分析，认为丁玲试图以《在医院中》回应延安政治经济机制之下文学如何保证生产性的问题。从丁玲的检讨草稿以及小说文本的创作过程可以看出，小说作为文学形式具有强大的意识形态性和独立性，能够驱使作者不顾一切地完成偏离思想

① 吴晓东：《沪上“八大女明星”与丁玲的“梦珂”》，《文艺争鸣》2014年第5期。

② 李国华：《文学生产性如何可能？——丁玲〈在医院中〉释读》，《人文杂志》2014年第6期。

的作品，丁玲在此展现了形式大于思想的危机意识。此外小说文本中所展现的陆萍与革命的“不消溶”问题，触碰到了知识分子在延安正在成型的政治经济机制中安身立命的危机，对此丁玲也就文学如何表述马克思主义知识分子做出了纠结的努力。文学生产性的可能，或即在于其危机意识和纠结。

五四之后，在“个人的发现”这一命题渐趋空洞的背景中，早期新文学的某种内在危机也由此显现。如何打破“室内”的封闭，化解“硬写”的焦虑，构成了新文学不断拓展、修正自身的一种内在动力。姜涛[1]认为《一天》是“硬写”转向的作品。从文本内容看，主人公陆祥虽然同样陷入“硬写”的苦闷，但其写作目的、经验空间、写作体裁均与以往存在区别，“硬写”的作者也不再是孤立的一人。从文本感受看，《一天》虽然仍是一次“硬写”，但却能读出写作的理性力量，“硬写”的困境反而成了一种正面、积极的因素被加以强调。丁玲对室内之“改造”并没有使她终止文学“志业”，而是在写作中不断迎合理性力量，因此她的文学面貌也迥然不同了。

曾宪章[2]认为《夜》既是一部表现革命者与革命深层耦合中抵牾的小说，也是一部有独特思想艺术内涵的诗化小说。从革命者代表何华明身上可以看到他与三位女性的暧昧关系，不堪的家庭现状和情感困境，革命形成了阻抑婚姻和家庭的规约性因素和力量。从女性主义角度来看，不堪的婚姻之下，女性的命运更加具有悲剧性，尤其是在性方面遭到了极大的剥削。可见革命者的革命理想与婚姻幸福存在愿望目标上的内在同构，但是并没有时时保持一致，呈现了革命者与革命深层耦合中的抵牾。此外作为延安时期小说创作的转型过渡文本，丁玲以诗性的笔触营造氛围，构筑境界，使得小说具有浓厚丰赡的意蕴美，形成写实中捎带浪漫、苦涩中包含奋起的革命性叙事。

《水》是丁玲于 1931 年创作的革命小说，是左翼文学史上的一部重要作品，在文艺评论界引起了颇多争议。屈菲[3]从《水》的社会构图与群像

① 姜涛：《室内“硬写”的改造：丁玲〈一天〉读后》，《文艺争鸣》2014 年第 6 期。

② 曾宪章：《耦合中抵牾与诗性的呈现——丁玲小说〈夜〉再解读》，《中国现代文学研究丛刊》2014 年第 8 期。

③ 屈菲：《社会构图与群像描写：〈水〉的革命叙事范式》，《社会科学战线》2014 年第 8 期。

描写出发，探讨其革命叙事范式的创造性贡献。在社会构图方面，《水》解构了传统的信仰形成的文化背景，解构了官方的权威和合法性，解构了一切启蒙、组织和领导力量和早期的“革命的罗曼蒂克”式话语传统；同时《水》也运用类似于绘画的图景描绘手法来实现最真切的社会构图重现，小说最终逻辑落脚点在于勾勒一个惨绝人寰、不反抗绝无生机的世界。在群像描写方面，《水》采用了话语勾勒的实现形式，并运用“主体间性”的方式处理群像描写中的“非个性化”问题。《水》对日后革命文学的写作目的、写作构架、写作手法等方面产生了深远影响，可谓是革命叙事范式的开创者，但同时也开启了过度政治化、公式化和非个性化的困境之门，这需要我们辩证看待。

樊会芹①则从《我在霞村的时候》出发探寻了作品中所流露出的女性生存焦虑问题以及文本中所传达出的现代性隐喻。首先是主人公贞贞的焦虑问题，她的生存焦虑体现在三重矛盾之中：贞贞与民众关系、内心、革命政权的矛盾。其次是作者丁玲的焦虑问题：丁玲对外部环境和自身的焦虑。这种焦虑情绪，传达出了现代性隐喻：最为突出的是对相互尊重、相互理解的现代人际关系的追求；其次是对传统贞操观的不屑和对女性精神高洁的肯定；再次是对革命的目标与女性解放问题关系的思考。

2. 戏剧研究

《重逢》是丁玲领导西战团时期为了进行抗日文艺宣传而急急挥就的独幕话剧，它通常被放置在丁玲不特擅长的戏剧创作序列而长期不甚被研究者们注意。然而，《重逢》并不是“纯粹”意义上的抗日宣传作品，而是富于浓郁文学意味的“女性革命”文学创作。黄丹銮②通过结合文本和丁玲回忆录《魍魉世界》阐述了《重逢》所呈现的革命女性生命困境之问题。文章发现，第一次白兰和战友的重逢使白兰陷入了革命组织“要求”与革命者“个人意愿”矛盾性的困境，这也是丁玲内心世界的呈现。第二次与“失联”恋人的重逢则让白兰陷入了更痛不欲生的境地，曾经的爱人，竟然劝说她心甘情愿的“接受”侵略者的蹂躏，这种对“革命女性”

① 樊会芹：《女性的生存焦虑及现代性隐喻——丁玲〈我在霞村的时候〉论》，《阜阳师范学院学报》2014 年第 3 期。

② 黄丹銮：《革命女性对生命意义的探寻——丁玲的〈重逢〉再解读》，《现代中文学刊》2014 年第 6 期。

生存困境的天然关切源于丁玲生命内里的革命生存体验。第三次白兰在经历误杀恋人的悲剧后仍保持“节制”的情绪，更为真实地呈现了女性革命者如何承受革命生存困境并不断跨越命运关卡的艰难历程，同时折射出丁玲具有个性色彩的革命生存哲学。可以说《重逢》是一部真切呈现女性革命者生死感悟、追寻生命意义的“真”的革命文学作品。

二　丁玲思想研究

1. 丁玲与政治革命

田刚、杨文学[①]探究了延安时期丁玲的思想“突变”。文章指出，延安整风之前的丁玲，呈现出强烈的“名士气派”。具体表现为：不愿干行政工作，倡导延安文艺新潮，“化大众”的启蒙主义思想与毛泽东的“大众化”思想背道而驰，“胆大妄为”地讽刺周扬、江青等人。但在延安整风运动时期，她却以积极主动的姿态试图改掉自己的“名士气息”。因毛泽东的特殊关爱和保护，丁玲继《三八节有感》被批判之后，立即心领神会地写了一系列文章表示出彻底“改造”自己的决心，并在与萧军面对面的斗争中表现出自己坚定的共产党员的“立场”。审干时期的丁玲，则呈现出彻底的“脱胎换骨”。在体验到精神炼狱之苦，回到“文协”后，她按照毛泽东《讲话》创作了大量新风格的文艺作品，真正完成了从思想到作品风格的完全转变。丁玲延安时期的精神“突变”，固然有其被迫性的一面，但更主要的还是她主动迎合的产物，是她“左倾”文艺思想在特殊历史语境下激变而成的结果。

黄丹銮、王富仁[②]运用史料梳理的方式，分析了丁玲延安时期的政治磨难及心灵历程。萧军日记中丁玲遭受的所谓“使徒的磨折”即指丁玲政治上的苦难，首先折磨丁玲的是共产党员身份与革命信仰始终处于被怀疑

---

① 田刚、杨文学：《“名士气派”与“脱胎换骨”——延安时期丁玲的精神蜕变》，《陕西师范大学学报》2014 年第 6 期。

② 黄丹銮、王富仁：《“一个使徒的磨折”——丁玲延安时期的政治磨难及心灵历程》，《天津师范大学学报》2014 年第 3 期。

之中，对于性情刚烈、视信仰高于生命的丁玲而言，这是真正的精神炼狱；其次是“审干”期间精神上的折磨与摧残，这给包括丁玲在内的延安文人造成了难以衡量的精神恐惧。丁玲的心灵历程也是复杂的，由最初的革命理想高涨到革命理想主义之“火”被熄灭，她终于对作家在革命队伍中的位置有了跌入谷底的认识和考量。但在丁玲的日记中，可看出延安前后期丁玲一以贯之的思想意识与个性特征，政治磨难并没有使丁玲的“个性”泯灭，而是被她刻意隐匿了。在现实世界中包裹起文人的本色、女性的自我，埋头隐忍在集体之中，而内心仍是那么敏感而抗拒，这种矛盾状态下的丁玲，才是“审干”之后最为真实可感的丁玲。也只有这样才能更准确地“读懂”丁玲，发现她在延安时期作品的价值并切实地理解其创作的局限性。黄丹銮本年度还作有《延安整风前丁玲的“自我克服”再思考》[①]，专注于丁玲“成为一个革命者”的“困难”，对丁玲在延安整风前所进行的自我“转变”及其具体内涵进行爬梳，发现《在医院中》是指向革命女性“自我克服”历程的一个隐喻。

徐元绍[②]从史料以及文本分析出发，探究了延安时期纠结于政治和文艺之间的丁玲作品。作者将丁玲的延安文学分为前期延安文学和后期延安文学。前期延安文学的创作由政治热情到回归文艺，此时丁玲的本质仍是一个作家，带有激进文化人的激进思想。后期延安文学的创作由过度追求政治价值到政治与文艺“完美”的融合与平衡，《太阳照在桑干河上》就是丁玲在外部政治压力和内心文艺诉求中挣扎与融合的结晶。从中我们可体会到一个纠结于政治和文艺之间的作家的痛苦和无奈。其纠结原因则为：一方面源于作家骨子深处的五四文艺传统意识，是其追求文学现代化的结果；另一方面，也与“国家兴亡，匹夫有责”的士大夫精神和中国共产党文艺政策的制定、作家主动归于延安文艺体制、追求文学民族化的努力不无关系。

---

① 黄丹銮：《延安整风前丁玲的“自我克服”再思考》，《中国现代文学研究丛刊》2014年第9期。

② 徐元绍：《纠结于政治与文艺之间——论延安时期丁玲的文学创作》，《临沂大学学报》2014年第3期。

阎浩岗[1]探究了丁玲土改叙事与新时期以前的主流意识形态的关系。丁玲虽然接受了当时的主流意识形态，但是其创作却具有某些超乎主流意识形态规范的内涵。与周立波《暴风骤雨》中不含杂质的主流意识形态相比，丁玲的《太阳照在桑干河上》对新时期以前的主流意识形态展现了既遵从又有突破的态度，她塑造的“异端”地主形象，超出了当时主流意识形态宣传的阈限，客观上解构了当时主流意识形态对“地主”与“恶霸”概念的有意焊接。丁玲的这种土改叙事方式对其他作家的创作产生了启发和呼应。但是反观丁玲《在严寒的日子里》，虽然初刊本仍有许多突破性描写，但其重写本却有意向既有主流意识形态靠拢，其原因既在于丁玲本身，更与主流意识形态调整转换所导致的土改题材本身的尴尬处境有关。

梁颖[2]则将丁玲与几位具有高度相关度的作家、理论家进行了比较，阐述了丁玲晚年的思想和艺术状况的多种原因。首先将丁玲与周扬比较，认为作为理论家的周扬擅长“理智型”思维活动，而作家丁玲擅长“艺术型”思维活动，因此丁玲无法深刻反思“极左”政治的弊病。其次将丁玲与孙犁比较，认为晚年孙犁形成了自己的哲学思考，而丁玲缺乏这种个性气质，因此限制了她的反思深度。最后将丁玲与韦君宜比较，认为晚年韦君宜的良知和担当意识重返且创作时间较长，而丁玲却始终不能放下其“叛变”问题且创作时间较短。而在这些原因中，其历史上的“叛变”问题，则是其主要成因。

2. 丁玲与女性主义

丁玲早期小说中的众多青年女性作为五四“新青年”的一种，虽然未必都是丁玲自己的“化身”，但的确是丁玲及同时代人的“分身”。借助“内书写”的分身术与“我的戏剧化”，丁玲得以反身自照，对中国新女性自身的种种内部问题做出更为冷静的观察与理性的审视。符杰祥、王伊薇[3]认为：首先，“内书写”是丁玲审视女性、关照自我的“镜与灯”，也是小说人物女青年抵抗黑暗、治疗痛伤的内在选择。其次，“内书写”主

---

① 阎浩岗：《丁玲土改叙事与新时期以前主流意识形态的关系》，《首都师范大学学报》2014年第 5 期。

② 梁颖：《从一组关系解读晚年丁玲》，《中国现代文学研究丛刊》2014 年第 11 期。

③ 符杰祥、王伊薇：《“内书写”的分身术与“新女性”的自我观——以丁玲早期小说女性“新青年”的书写方式为线索》，《上海交通大学学报》2014 年第 2 期。

要通过日记、书信、便条、文学手稿等方式呈现，女主人公可借助不同的书写方式观察不同角度的世界，形成复杂多面的心灵景像。最后，“内书写”的意味是复杂的，其完成并不意味着女性“拥有自己”，反而使女性成了他者和自己的“仇敌”。从争取“自己的房间”，到成为“自己的仇敌”，丁玲笔下的莎菲们，迷失在主体意识空前觉醒反而不知“走后怎样”的无所适从以至无所事事中。

申旗①从丁玲自身创作经历出发，探究了其不同创作阶段女性意识的复杂变化。第一阶段为大革命失败之前，创作中女性意识逐渐形成，作品中大多是叛逆女性形象，体现出革命低潮中找不到出路后颓唐、悲哀的情绪。第二阶段为加入左联后，创作中女性意识逐渐模糊，与早期相比发生了明显的转向，表现出不断向无产阶级文学靠拢的趋势。虽然其女性意识不断消减，但在《母亲》中女性意识仍然占据着一席之地。第三阶段延安时期，作品中女性意识显现出较大的跌宕起伏，由不断收敛到再次凸显，最终真正发展成熟。第四阶段为延安文艺座谈会后，丁玲的作品中女性意识出现异变并最终消失。

李萍②则通过分析丁玲20世纪二三十年代上海都市叙事的男性形象，探究其女性意识的觉醒，这种觉醒表现为新女性对男性的色（肉）与情（灵）的双重失望。对于文本中的三类男人——花花公子型、革命者型、新式封建因袭者型，他们将爱情当作游戏、人生的附丽、占有的借口，呈现了强烈的男权中心意识。也正是通过对这一点的挖掘，表现了觉醒女性在追求恋爱过程中发现了恋爱对象的缺失，以及对男性的色（肉）与情（灵）的双重失望，从而彰显出自我意识的觉醒。这种觉醒，消解了自五四以来女性书写者对圣洁爱情神话的追求，还原了爱情在父权社会中的真实处境，启迪了更多知识女性对自身生存处境的理性思考。

3. 丁玲的文学思想

陈宁③采用多维视角，探讨了“十七年”时期丁玲创作思想的矛盾性

① 申旗：《丁玲创作中女性意识的沉浮》，《湖南人文科技学院学报》2014年第3期。

② 李萍：《20世纪二三十年代丁玲上海都市叙事下的男性形象》，《信阳师范学院学报》2014年第5期。

③ 陈宁：《坚守、困惑与混杂——“十七年”时期丁玲创作思想的矛盾性特征》，《海南师范大学学报》2014年第10期。

特征。在理论层面上她仍然强调个性、人性、生活的复杂性对文学创作的重要性，但在具体操作层面上，她仍然不能避免主题先行、以先验思想决定人物刻画的弊病；在创作本能层面上，她重视对人和生活的熟悉与体验，质疑对题材和生活的等级划分，但在理性认知层面上，她又主张作家要争取下去生活，改造自己的思想。可见“十七年”时期丁玲的创作思想充满了矛盾与混杂，同时也反映出了一个时代不同文学理念纠结与博弈的过程。

三　丁玲与期刊研究

丁玲曾在不同时期主编过不同的刊物，秦林芳[1]认为丁玲主编的左联机关刊物的《北斗》，在积极宣传左联的相关主张、忠实贯彻左联其他相关要求的同时，却又往往在如何表现“反帝国主义”的题材和主题问题上冲破了左联的律令，它以相当鲜明的民族立场，通过刊发以东北“九一八”事变和上海“一·二八”事变为焦点的理论文字和文学创作，传达出了与左联“正音”并不一致的反帝国主义的民族话语，显现出了作者和编者的民族立场和民族共同体意识。正是这种与此期左联“正音”不相谐和的民族话语的出现，不仅昭示了左联此后转变的可能路向，而且其自身也构成了促使左联调整叙事策略的内发性因素。

秦林芳[2]还对《现代》杂志与丁玲的关系进行了细致考察。从《现代》杂志创刊到丁玲被捕，二者是一种互动关系：一方面，《现代》及时报道她的文艺活动，刊发有关书讯，多次向她约稿并发表了其作品；另一方面，丁玲也以作品和批评，表现出对《现代》的关注和重视。从丁玲因囚禁失语后，二者的关系演变为单向的授受关系：《现代》通过报道丁玲被捕消息、编发丁玲相关资料、刊登丁玲著作广告和组织刊发丁玲的创作

① 秦林芳：《左联机关刊物〈北斗〉中的民族话语——兼谈左联叙事策略调整的内因》，《中国现代文学研究丛刊》2014 年第 9 期。

② 秦林芳：《〈现代〉杂志与丁玲》，《海南师范大学学报》2014 年第 2 期。

评论，表现出了对丁玲的关注、声援与追念。从二者“互动—授受”的动态来看，“自由主义文人”与“左翼文人”之间的关系并非所描述的那样泾渭分明乃至势如水火，很多情况下（尤其是在抗议当局的专制暴政时），自由主义文人常常也是左翼文人的友军。

刘潇雨①从文学出版的角度，以“丁玲事件”为背景探究了新文学因新闻效应而引发的商业市场的反应。“丁玲事件”的新闻效应引发了书局、印刷公司、出版商、书店老板、杂志编辑纷纷行动，他们看似游弋在“文学”外部，但实际却从内在的商业需求出发，将丁玲的创作以及衍生出来的文学作品，运作为一桩桩“生意”，这些力量的介入使丁玲的作品在文学场和商业场都获得了巨大的成功。“丁玲事件”呈现了政治权力、大众传媒如何介入文学生产、消费、接受等各个环节，文学场如何塑造作家成为大众所期待的形象，以及商业动力在多大程度上参与形塑了新文学的面貌。

张均②则就“文学评论”双周刊与《文艺报》之间的是是非非，描述了中华人民共和国成立初期文艺界的历史现场。“文学评论”双周刊的王淑明对丁玲、赵树理创作的批评，以及后来招致的强力反击，折射了中华人民共和国成立初期文艺界内部不同文学势力之间的微妙关系。而王淑明因不合法的“共识”与办刊经验，导致的“文学评论”双周刊停刊，则呈现了“民国经验”在刊物运作方式、文学批评体制等方面逐渐失效和“当代文学”逐渐生成的历史过程。

四　丁玲史料研究

1930 年丁玲被捕事件在当时中国文学界和中国公众之间引起了极大的关注，这段可以被称为白色恐怖的历史同时也被外国学者广为谈及。苏

---

① 刘潇雨：《新文学的“生意”——“丁玲事件”与 1930 年代中国新书业》，《中国现代文学研究丛刊》2014 年第 1 期。

② 张均：《“文学评论”双周刊与〈文艺报〉的是是非非——兼谈 1950 年代初期“当代文学”的形成》，《山西大学学报》2014 年第 5 期。

真[1]认为“丁玲事件”是一次“跨国”事件，具有远超出中国的国际影响。首先，“丁玲事件”的发生促进了中、美两国左翼知识分子的政治合作，尤其是以史沫特莱、鲍德温为代表的美国公民自由联盟和以蔡元培、宋庆龄为代表的中国民权保障同盟展开了鲜为人知的交往，为中美知识分子在文化交流中反思和重新制定民权概念提供了一次有益的机会。其次，“丁玲获救”是文学的功劳，中国使用“公电”释放大量丁玲被捕消息并出版作品集宣传丁玲形象，美国史沫特莱通过翻译丁玲作品将她与国际读者、美国左翼文学联系起来。最后，文章指出“跨国”研究视角使“丁玲事件”展现出强大的全球效果，使事件和文本呈现出完整的意义。

陈漱渝[2]细致描述了 1957 年是如何批判“丁、陈反党集团”的。文章指出，虽然 1955 年中国作协就揭露并批判了“丁、陈反党小集团”，但直到 1957 年 7 月 25 日在中央反右文件的指示下，中国作协才再次将对丁、陈的批判作为整风的中心问题。同时，周扬发表了以丁玲的“三不忠”为核心的定调发言。这种转变源于一个“新的爆料”，即柳溪对陈、丁的检举和揭发，直接导致了陈企霞的精神崩溃。陈为戴罪立功举报丁玲，最终却双双被带上右派帽子。批丁陈事件的五大主力人物中，刘白羽、林默涵、张光年都属于“周扬派”，态度积极，发声强烈；邵荃麟在丁玲问题上有严厉的一面，也有温情的一面；郭小川则扮演了“炮筒子”角色，虽边纠结边卖力，但最终也成为批斗对象。而丁玲的“三大嫡系”也在批丁陈事件中扮演重要角色：田间制造的“画像事件”成为丁玲的一大罪证，康濯提供了丁玲的揭发材料，马烽则在作协会议上做了违心发言。老作家们如曹禺、茅盾、老舍、郑振铎、赵树理等都针对此事件，或辛辣，或另类，或无奈地做了发言。在众多发言中，夏衍的则极具“爆炸性”，不仅激烈、尖锐，而且把矛头指向了鲁迅。此事件的被株连者亦众多，共同点为他们都与周扬存在矛盾。而丁玲的事后检讨则是一份屈打成招的供词，没有体现她的自首性质和变节性质，周扬则对此进行了“蛮不讲理”的总结，基本上定性了丁玲的“右派分子”身份。丁玲平反后，周扬、陆定一

---

① ［美］苏真：《如何营救丁玲：跨国文学史的个案研究》，熊鹰译，《山东社会科学》2014 年第 12 期。

② 陈漱渝：《有关丁玲的苦难叙事——1957 年批判“丁、陈反党集团”纪实》，《新文学史料》2014 年第 4 期。

在丁玲问题上仍固执己见，刘白羽则做出了心灵的忏悔。

丁玲对白烨的《苦恋》多次发表过意见，既有肯定也有否定。秦林芳[①]通过分析丁玲对《苦恋》的矛盾态度，深入探究了她在文学社会认知功能上的复杂性。一方面，丁玲从政治角度指出《苦恋》的社会效果是“很不好的”，其是“不健康”“有问题”的作品；另一方面，丁玲又肯定《苦恋》的题材，从《苦恋》抓住了“人”这一前提出发阐释其内蕴的“爱国主义”思想内容及典型意义，认为《苦恋》没有多么严重的问题，对之持基本肯定态度。其原因在于丁玲内心“五四文学传统”对文学的个性精神、自由品格的激赏，对文学思想功利的认同。丁玲对《苦恋》的态度是“革命文学传统”和“五四文学传统”两种因素融合的体现。

黎辛[②]从自身回忆录的角度，揭秘了《关于为丁玲同志恢复名誉的通知》是怎样发出的。文章指出，丁玲是一个对党对革命忠实的共产党员，但曾被定为“反党集团”“右派分子”“叛徒”，开除党籍。为了弄清事实真相，丁玲自己写材料申诉，中国作家协会、中宣部、中组部进行调查，后经中央书记处批准，中组部在1984年8月颁发文件，发出《关于为丁玲同志恢复名誉的通知》。

五 丁玲研究之研究

解志熙[③]从多维度解读了王增如、李向东的《丁玲传》。文章指出，该书的特点和优点在于叙述事迹的平实道来和分析问题的平情而论，本真地勾画出丁玲坎坷一生的生命历程和一以贯之的性格本色，没有对人物做出刻意美化的行为。对于那些对丁玲造成极大创伤的敏感问题，该书既努力还原事实之经过，又有政治组织的文件可据，加之兼听兼采不同意见，有利于引导读者历史地理解问题的复杂性和严肃性。文章认同用“飞蛾扑

① 秦林芳：《丁玲与〈苦恋〉：如何与为何》，《文艺争鸣》2014年第8期。

② 黎辛：《〈关于为丁玲同志恢复名誉的通知〉是怎样发出的》，《武陵学刊》2014年第5期。

③ 解志熙：《与革命相向而行——〈丁玲传〉及革命文艺的现代性序论》，《文艺争鸣》2014年第8期。

火”来形容丁玲与中国革命的复杂关系——一种既相向而行、生死与共而又不无矛盾和抵触，甚至必有抵触和折磨的关系，指出这既与现代中国革命特性及其对革命文艺的规定性有关，也与丁玲自身的革命性和个性有关。丁玲因“自由主义”所遭之磨难，乃是中国革命中的必然之事。现代中国的革命和革命文艺之被当今的一些先进之士所否斥，反倒证明当年的革命和革命文艺是真正的并且是成功的革命和革命文艺。

李美皆①着眼于“晚年丁玲”，首先将“晚年丁玲”定义为一种心态概念，指出其研究意义在于：有助于理解丁玲言行和创作上的复杂性、矛盾性；有助于认识当代文学的某些普遍性问题；有助于反思中国现当代知识分子的精神缺陷。其次通过对“晚年丁玲”相关文献综述的研究，认为丁玲是一股合力所打造出来的，过分强调哪一种因素都将失之偏颇。再次通过对“晚年丁玲”研究视角的分析，认为必须打破“碎片式”分析，重新回到“人”的具体研究，只有这样才能看到一个完整的丁玲晚年形象。

韩晓芹②聚焦于“文革”后复出的丁玲，指出在读者意识流变和文学秩序重构的背景下丁玲显现出一种“不合时宜”。这种“不合时宜”首先体现在重返大众视野之时，丁玲遭遇了难以想象的文化尴尬，彰显出了一位业已形成自己鲜明个人风格的作家所特有的文学理念和文化坚持。丁玲的“不合时宜”还体现为在旧文学体制解构和新时期文学转型的特定历史时期，她始终按自己的认识写文章，彰显出其晚年思想中丰富的文化内涵。当然这种“不合时宜”所蕴含着的对于 80 年代文学思潮的反思，亦体现出了丁玲意欲建构更加开放、团结、自由的文学秩序的努力。

罗婷、顾娟③把眼光转向了美国汉学界的丁玲研究，论述了其研究的三个阶段。第一阶段为起步阶段，时间为 20 世纪 30—70 年代，以夏志清和戈德曼为代表，因当时中美处于敌对状态，其研究呈现出偏颇的意识形态。第二阶段为转折阶段，时间为 20 世纪 70—80 年代，以梅仪慈、张润梅、周芬娜、加里·约翰·布乔治等人为代表，其研究逐渐摆脱对抗性的

① 李美皆：《“晚年丁玲”研究总论》，《南方文坛》2014 年第 4 期。

② 韩晓芹：《流变、重构中的“不合时宜”——论新时期被误读的丁玲》，《文艺争鸣》2014 年第 1 期。

③ 罗婷、顾娟：《美国汉学界的丁玲研究》，《湘潭大学学报》2014 年第 5 期。

政治意识，表现出更加客观中立的立场，其指向也更加明确为文学研究。第三阶段为繁荣阶段，时间为1986年丁玲去世后，以白露、查尔斯·J·艾勃和温蒂·蓝森等人为代表，其研究出现众多新颖的理论范式，突破了以往的传统，开始用女性主义的理论、比较文学和西方心理学等方法解读丁玲的人生及作品。

第十五章

2015年丁玲研究述评

一 丁玲小说研究

本年度丁玲小说研究主要包括长篇小说研究和短篇小说研究。长篇小说研究主要包括《太阳照在桑干河上》和《在严寒的日子里》研究。

对于《水》和《太阳照在桑干河上》的农民反叛行为的叙事，评论者往往从政治目的的层面做出评价，而忽视丁玲将农民反叛的道义支点作为思考重点的写作意图，缺乏对农民反叛行为深层次伦理意义的认识和理解。郑斯扬①认为，无论是标志丁玲向“左”转的《水》，还是深谙延安整风运动本质的《太阳照在桑干河上》，其中都呈现出作为革命阵营的丁玲和作为知识分子的丁玲之间的复杂关系——政治和文学的关系。《水》所展示出的农民反叛群像具有社会、文化的特殊意义，在文学史上开创了以团结的农民群体为主人公的革命文学新范式。从故事叙事上看，以水灾之由引爆的农民反叛，植根于他们迫在眉睫的实际需要，其道义支点仅仅是地主以及当权者没有履行相应的救济义务，并不是出自革命理论指导下的斗争行为；其根本目的不是要铲除地主和政府，颠覆乡土社会的权利结构，而是要强迫权力者履行建基在乡土社会之上的伦理道义，实现他们寄予权力者的道德希望。《水》的价值不彰显于借历史记忆而为的群体塑形之上，而是潜藏在对群体塑造的认识理解之中；其本质性存在不在于为政治局势造凿声势，而在于为政治策略缔造智慧。丁玲在《太阳照在桑干河上》书写农民复仇的用意是一种深入分析生活的巨大成功，是对土地改革中农民运动正义性与非正义性全面而深刻的揭示，尤其指出了农民以复仇为道义支点的革命运动的危险所在，凸显了丁玲作为一位真正的无产阶级女作家过人的智慧和胆识。无论是《水》《太阳照在桑干河上》，其重要性表现在丁玲以一种特有的敏感体验到政治和文艺之间的一种矛盾：为政治缔造声势的文艺作品既不能唤起人们对革命的真正认识和理解，也不能使作家获得参与伟大革命的满足感。

---

① 郑斯扬：《政治和文学——丁玲的〈水〉和〈太阳照在桑干河上〉》，《学术评论》2015年第4期。

毕文君[①]通过对丁玲《在严寒的日子里》这一“未完成”作品的考察，发现它不仅是丁玲在最初鼓胀着的写作念头驱使下向着创作高峰的进军，也折射了中年后丁玲日益陷入文艺派系斗争时苦恼、彷徨的心绪，这部小说的“未完成”是其一生创作的遗憾、矛盾，甚至问题、偏颇所在。通过对1956年《人民文学》10月号和1979年《清明》创刊号两个版本《在严寒的日子里》的比较，作者指出：从阅读感受看，1956年版的小说写得较为洒脱，较少政治正确的预设性视角，语言也更为生活化，主要人物的塑造也较少脸谱化的倾向。1979年修改后发表的前24章则出现了明显变化：增加了“开场白”，多处以政治用语来配合意识形态宣传的重要，大大损害了小说的文本完整性；1979年版本李腊月心理描写的修改使这一人物变得极不真实，借李腊月的心理活动侧面烘托的梁山青则成了一个象征政治正确的符号；1979年版本中几乎全文删去了兰池与腊月的情感交流细节且将生活空间私密性剔除，使得民间的趣味被最大限度地删除了，生活的鲜亮、喜庆色彩也被谨慎地压缩了。另外，作者指出，对这部作品“未完成”原因的探究应包含着更多维度的阐释，个人的文学观念在革命/保守间的难以调和，文学理想、文学抱负与曾经饱受的文学磨难所留下心理创伤的无法弥合，晚年为南京囚居时期历史问题的备受困扰，深为文坛动向与派系斗争缠绕、无法脱身……凡此种种，都是探究丁玲《在严寒的日子里》未完成原因时留下的启示。

短篇小说研究主要包括《我在霞村的时候》《在医院中时》《暑假中》和《夜》的研究。

与以往从女性主义视角来探讨丁玲《我在霞村的时候》的研究不同，熊鹰[②]通过对1945年由龚普生翻译并在印度出版的英文小说集《我在霞村的时候》的解读，勾画出了丁玲文学在世界反法西斯战争中的独特位置，以及其所处的广阔的跨文化网络，并借此挖掘围绕在丁玲及其周围的形形色色的反法西斯的“隐蔽力量”。作者指出，《我在霞村的时候》研究分歧

① 毕文君：《文学体制与文学生产——以未完成的〈在严寒的日子里〉为中心》，《中国现代文学研究丛刊》2015年第2期。

② 熊鹰：《反法西斯战争中的“隐蔽力量”：以丁玲〈我在霞村的时候〉及其翻译为例》，《文学评论》2015年第5期。

一部分原因来自小说自身表述上的曲折与隐晦，也正是这些表述上的曲折与隐晦，从侧面凸显了霞村的神秘及隐藏在霞村中的革命力量的复杂性。丁玲对“美丽的天主教堂”和霞村的后山采用了曲折而隐晦的描写，使它们仿佛成为隐蔽在暗处的某种神秘力量。实际上，在边区蓬勃发展的宗教团体，在承认中共领导地位的同时，也成了中国抗日战争中一股“隐蔽的力量”。太平洋战争爆发以后，印度迅速成为世界反法西斯战争中值得争取的关键因素，中、美、印各自的民族利益都已和世界反法西斯战争的胜利紧密地联系在了一起。就在此时，龚普生发现了丁玲在国际社会中的知名度以及丁玲文学作品在世界反法西斯战争中的作用：丁玲“通过对老妇人，年轻的贞贞和农民的描绘，为我们描绘了西北普普通通的人民是怎样生活的，她们是怎样在日本法西斯的蹂躏下取得反法西斯斗争的胜利”。除翻译文学文本之外，龚普生还有意为中国文化中的一些特殊事物与革命中的新词汇加上了注释，尽可能多地争取国际援助。这一翻译将丁玲的文学置于跨国联系的网络中，使文学发挥了抗击法西斯主义的巨大力量。

《我在霞村的时候》是丁玲的重要作品之一，对其进行读解分析的研究有很多，但甚少关注这篇小说的版本和修改问题。陈扬[①]在版本梳理的基础上，对这篇小说的修改情况作了考释，以考察丁玲在中华人民共和国成立初期的心态。其中，“远方本”（桂林远方书店 1944 年）对“《中国文化》本”（1941 年）的修改有六十余处，包括标点符号的改动、文字性的删改和修饰、一些技术性的处理。“三联本”（三联书店 1950 年）在“远方本”的基础上又进行了大小计一百余处的改动，修改了许多书面化的、欧化的、冗长的句子，并使小说用词更加准确传神。“人文本”《丁玲短篇小说选》（人民文学出版社 1981 年）改掉了“三联本”一些用法上已经过时的字词和大量的标点，以符合 20 世纪 80 年代的出版规范。1983 年出版的《丁玲文集》版本中的《我在霞村的时候》在《丁玲短篇小说选》的基础上，又删去了许多冗余的虚词；2001 年的《丁玲全集》则基本与《丁玲文集》本相同，是为《我在霞村的时候》的定本。作者指出，与其他一些作家对旧作伤筋动骨的修改相比，丁玲这篇小说实际上改得不多，

① 陈扬：《〈我在霞村的时候〉的版本与修改》，《中国现代文学研究丛刊》2015 年第 2 期。

并且主要侧重于艺术方面，利用重新出版的机会对小说进行修改，遣词炼句，不断丰富、圆满贞贞的形象。原因可以从两个方面来考虑：一、这篇作品一直颇受好评，政治上没有什么问题；二、丁玲本人很喜爱贞贞这个人物形象。此外，更深层次的原因在于丁玲的艺术自信。因此，《我在霞村的时候》与她大部分作品的修改是一个进化的过程，足见丁玲对文学艺术性的一贯追求。

秦林芳①指出，与《在医院中时》这种主题先行的创作情况不同，构成《我在霞村的时候》创作触发点的不是观念，而是生活，它有其真实的故事原型——萧军曾在日记中提到的“一个从侮辱中逃出的女人”。作为话语主体的丁玲在这个故事梗概中为“自身隐秘的思绪和情感”找到了具有同构性质的“客观对应物”，为了放大、强化这种体验以更多地“寄托”自己的“感情”，丁玲对故事和人物做出了进一步的想象、生发，从而在作品中创造出了主人公贞贞这一“比陆萍更傲岸，更强悍”的艺术形象。《我在霞村的时候》融注了作者生命体验、投射了作者的生命意识。在描写人物和情节时，丁玲通过对主人公贞贞生命流程中接踵而至的三个困境和三次出走的重点刻画，有层次地揭示出了贞贞生命的困境和其奋起突围的过程，其中寄寓了作者自己对生命价值的哲学思考：个体生命的实存状态是远不圆满的，漫长的生命之路充满了困境；而个体生命的价值，也正表现在这种正视困境的勇气和从困境中突围的当下之行中。另外，丁玲还通过环境描写对生命体验做出象征性的表达：“枯枝的树”隐喻的是个体生命，“灰色的天”是威压个体生命的象征性存在，二者对立性的关系则隐喻着个体生命的困境并尽显出了个体生命的伟大、崇高和庄严。

车凯旋②认为，《庆云里中的一间小房里》与《我在霞村的时候》两部短篇小说都是以妓女为主体对自身身体进行言说，它们都展现了女性主体意识张扬背后的男性构建的权利话语以及女性的艰难处境。《庆云里中的一间小房里》中男性几乎是作为“抽象”的存在，成了女性需要的执行

① 秦林芳：《困境与突围——〈我在霞村的时候〉中的生命哲学》，《文艺争鸣》2015年第11期。

② 车凯旋：《身体的言说：丁玲女性主体性意识的再解读——以〈庆云里中的一间小房里〉与〈我在霞村的时候〉为例》，《重庆三峡学院学报》2015年第4期。

者，然而丁玲在努力刻画阿英这一形象从而彰显女性主体意识时并没有将男性置于与女性平等的地位上，男性始终处于弱化的地位。这种一味地压抑男性的行为其实正表明了女性在追求自主独立时不敢面对男性，不敢与之平等对话导致的尴尬局面，阿英并未真正地从精神上肯定自己的女性价值，从而实现自我的主体意识。《我在霞村的时候》充斥着霞村人对贞贞的议论，丁玲的女性解放启蒙运动在这里显得无比微弱，而叙述者“我”站在革命的立场上歌颂贞贞的奉献精神，这种大义凛然的举动在革命话语之下遮蔽了女性的话语权，女性主义被充斥在以男性为代表的国家民族主体身份里，反映了女性的自身利益和民族革命之间的矛盾无法调和，体制在女性解放上始终得不到应有的完善。这体现了女性话语在与政治话语相结合下，丁玲更多地倾向于国家话语，表现出某种暧昧的话语立场，游曳于两种话语立场之间，想要化解这种困境却又暴露了矛盾之下的焦虑。

《我在霞村的时候》与《金宝娘》有着超越时间和空间的相似性，在相似性中又有诸多相异处，呈现出异质同构、同质异构的复杂局面，形成一种互文效应。李明彦[①]从三个方面比较了两部作品：一、在故事样本的来源上，《我在霞村的时候》是丁玲在“听”来的故事基础上进行加工改造的作品，成为熔铸自己生命体验带有强烈个性特征的文本；《金宝娘》则是一个以写实的笔法真实地再现出来的“看到”的故事，情感渗透的程度要弱一些。二、就人物形象而言，视角的多元与分裂，造成了《我在霞村的时候》中女主人公贞贞的形象丰富而多元，她是福斯特所说的“圆形人物”；《金宝娘》中的翠翠则是作者为了突显“翻身道情”这一主题需要而设立的一个单纯的指称对象，呈现出“扁平人物”的特点。三、在话语冲突方面，两部作品都写到了民间伦理和政治话语之间的矛盾。《我在霞村的时候》中民间伦理塑造了政治话语，突显了民间道德伦理的无形力量；《金宝娘》中政治话语则成了前景和主旋律，民间伦理变成了背景和伴奏，后者的存在无非是印证前者的正确性。因此，在某种程

① 李明彦：《一类故事的两种写法——〈我在霞村的时候〉与〈金宝娘〉的互文阅读》，《文艺争鸣》2015 年第 12 期。

度上，《金宝娘》是《我在霞村的时候》的“洁本”，更贴近延安文艺座谈会上所提到对“立场问题”“态度问题”“为谁服务”“如何服务”的要求。

黄曼旖①指出，《我在霞村的时候》带有“类报告文学”特征：叙事视点上以“我”为视点主要讲述贞贞的故事，无意识地模糊了丁玲与“我”的角色定位的界限；人物设置上“我”不仅是贞贞故事的叙述者，更是故事的见证者，解构了小说文体的虚构特质；叙事方式上打破了传统小说的按照时间或事件发展顺序讲故事的方式，而大量使用插叙的手法，使小说在叙事时无意间采用了“类报告文学”的表现手法。另外，《我在霞村的时候》中“我”的姓名隐匿、作为“亚文化”一员的贞贞以及“他们”的模糊指向将小说虚构性发展到极致。《我在霞村的时候》文体上是“类报告文学式”的小说创作，语言上则处于延安文学从“体式化”逐渐走向“口语化”规范的过程，表现出丁玲向意识形态的无意识趋近，背后隐藏的是丁玲在“知识人”与“革命者”之间摇摆的自我认同困境。

秦林芳②认为，丁玲的《在医院中时》以“为革命忍受一切苦痛”的观念先行，对主题、人物等作出了具有革命功利性的设计。在作品前半部分的写作中，丁玲以经验冲破了观念的约束。她从自己对现实环境的真实感知和体验出发，为了表达改造现实环境的内心诉求，一方面将“荆棘”和“艰苦”视作必须战胜、克服的对象进行了书写，另一方面则以“与环境的斗争”的视角改变了主人公性格的设计，突出了其作为“钢铁的人物”的一面。在写作后半部分时，丁玲则又回归“原意”，以主人公接受教育、改变境遇的描写，表达了人只要“忍受”就能与环境谐和并获得“成长”的观念。作者在观念与经验之间的游移，造成了作品文本的分裂。不管是在主题表达上还是在人物塑造上，作品前后两个部分判然分明，没有任何统一性可言。

将《暑假中》的女性交往行为视为同性恋的见解自20世纪30年代左

---

① 黄曼旖：《试论丁玲的自我认同困境——从〈我在霞村的时候〉文体模糊性谈起》，《广州广播电视大学学报》2015年第3期。

② 秦林芳：《在观念与经验之间——丁玲小说〈在医院中时〉新读》，《中国现代文学研究丛刊》2015年第9期。

翼批评家手中发端而流行至今。王贺①通过对丁玲《暑假中》文本的叙事分析，及对小说主题和相应的社会、历史语境（包括文学史、批评史语境）的互动关系的讨论，纠正学界关于这篇小说表现了新女性同性恋的误读。作者认为，《暑假中》的同性关系是以表达爱情的方式所表达的比朋友关系更进一步的亲密关系，进而指出早期新女性因理想爱情无法实现等原因谋求建立同性之间的亲密关系，乃是一种有效、有限的弱者的自我保护与生存策略。《暑假中》对现代中国早期新女性的情感经验这一主题的关注，突破了题材和时间距离、空间距离等限制，超越了历史实践与文学想象的对垒的小说文本，使其获得文学表现的特殊性的同时也获得了象征性、代表性。

冯晓娟②认为，丁玲在《夜》中设置了两种状态下的人物形象：何华明作为“在场者”拥有两种话语——男性话语、政治话语，其对三个女性的情感态度都是在男性话语的主导下形成的，对情感的了结则是通过政治话语完成的。与“在场者”相对立，处于从属地位的女性是小说中的“缺席者”，她们以女性话语的缺失而成为“在场的缺席者”。清子与侯桂英不仅缺失了自我的话语权，还沦为了被男性关照的客体；何华明的妻子的话语也只是男性话语的替代，是男性话语的宣扬，显示的是女性在男性文化的压制下不自知的情境。丁玲正是有意在这种话语不均衡的关系中，揭示了革命政治下两性的不平等的秩序，对女性悲剧命运的必然进行了一定程度的揭露。

郭晓平③考察了丁玲不同阶段女性小说创作的风景书写，发现丁玲“看”到的风景是被其主观认识“赋值”的，表现出主体与意识形态的“双重拉力、分割和双倍想象”的撕扯和冲撞，承载着丁玲“被允许忘记屈服于各种不同意识形态系统的现实”的生命痛感。在风景书写的叙事手法上，丁玲善于设置一些“在场”和“不在场”的风景场域，把“在场”的风景书写，营造为主人公进入“不在场”的风景的触发机制，推动“在

① 王贺：《在“同性恋”的表象之下——〈暑假中〉对早期新女性困境的变形表现》，《中国现代文学研究丛刊》2015 年第 3 期。

② 冯晓娟：《性政治下的“在场者”与“缺席者”——论〈夜〉中丁玲的女性主义书写》，《昭通学院学报》2015 年第 4 期。

③ 郭晓平：《丁玲女性小说风景书写探析》，《山东师范大学学报》2015 年第 6 期。

场”风景向“不在场”风景的运动和游移；在“不在场”的“绝对环境”里，丁玲又常常以回忆、独白、幻想、沉思等主观化形式来呈现，突显的是女性对世界的认识、对自我的审视、对人生的思索，展现的是个体和性别主体意识建构的艰难。

二 丁玲思想研究

1. 丁玲与政治革命

丁玲自登上文坛伊始，就受到评论界尤其是左翼批评界的关注。文学武[①]解读了钱杏邨、冯雪峰、茅盾的丁玲评论，指出：(1)钱杏邨对丁玲的评论是在某种程度上忠实于客观生活，忠实于艺术感受，一定程度上冲破“左倾”观念束缚所获得的成就，但就其总体批评观念和批评语言来说，庸俗的社会学论成为其理论出发点，带有浓重的“左倾”文艺理论基调。(2)冯雪峰对于极端左倾批评理论抱有警惕和怀疑的态度，对于纠正左翼作家创作中的概念化倾向起到了不可低估的作用，但仍未完全摆脱“左”的教条理论束缚，因而在对丁玲的文学评论中暴露了其对文学理论问题理解的明显失误。(3)茅盾对新兴的无产阶级文学理论态度较为审慎，进行具体文学评论时，更多地是从文学的角度而不是政治的角度来考察，其丁玲评论带来一些新鲜的元素，显示出了左翼文学批评的实绩和高度。但20世纪30年代茅盾参加“左联”组织从事文学批评时，也在很多方面附和流行的“左倾”理论，从作家世界观的转变来机械地理解丁玲创作的转向。钱杏邨、冯雪峰、茅盾的丁玲评论构成了丁玲研究历史链条的重要一环，但存在的缺陷也是无可避讳的：他们都企图通过具体的文学形象来图解意识形态领域的抽象概念，文学审美的中介方式几乎消失了，文学被封闭地焊接在政治、阶级等的标签上，因而使丁玲在一定意义上成了他们发挥这种批评理念的传声筒。在丁玲红色意义凸显的背后，是对文学本体的迷失，深刻的历史经验和教训值得认真总结。

---

① 文学武：《红色文艺光环下的丁玲解读——以钱杏邨、冯雪峰、茅盾的评论为中心》，《文学评论》2015年第5期。

徐秀慧[1]梳理了丁玲从小说《韦护》中对瞿秋白的形象塑造，到瞿秋白牺牲就义后丁玲论述瞿秋白的多篇文献，从中对比丁玲与瞿秋白对革命的态度，谈论了中国革命思潮的变化与实践的转折。文章指出，《韦护》依循瞿秋白对韦驮菩萨精神的自我期许，塑造了瞿秋白牺牲自我、奉献于革命的韦护形象。瞿秋白在《多余的话》中认为自己是“脆弱的二元人物”，丁玲感受到了瞿秋白恋爱与革命、文学与政治的二元性，创作了《韦护》。《与友人论瞿秋白》中丁玲表达了对瞿秋白的同情与尊敬，同时道出了自己在延安从事革命实践的体悟，隐含了知识革命者对于自我改造的自省意识。《风雨中忆萧红》中对瞿秋白的回忆透显出历经丧夫、被捕、等待审查的丁玲在整风运动前藉由忆故人以自我勉励的心情写照。《纪念瞿秋白同志被难十一周年》肯定了瞿秋白给了她很多教育，在立场上指出文艺应该为大众服务。《韦护精神》一文中丁玲以“韦护精神”定位瞿秋白，号召以此遗产继续为实现中国化的现代化社会而努力，是后继的知识分子该有的精神意识。

卢燕娟[2]以丁玲本人经历国民党羁押之后的切身经历与她留存下来的文本相结合，通过重新解读其重要作品，呈现另一类“新生”故事客观遭遇的艰难和尴尬，进一步解读丁玲对新生者自身改造和重塑之艰巨性的思考，探讨和反思现代中国革命历史合法性中内蕴的复杂性、艰巨性和残酷性。文章指出，在丁玲被捕后“何以不死？何以要生？”的问题视野下，丁玲的《新的信念》和《我在霞村的时候》塑造陈老太婆和贞贞两位柔弱而坚韧的女性，是在反复解释自己“为什么不死”的过程中，通过小说的文本世界对革命做出的反思。《一颗未出膛的枪弹》在这一视角中也获得了新的表征意义：在敌人的枪口下，除了英勇牺牲之外，还有另一种可能性存在。革命正应该从对牺牲者的纪念和对重生者的珍视中，获得不断前行的力量。《太阳照在桑干河上》深刻揭示了革命在让农民“翻身”“进入一个新世界”这一终极任务上的艰巨性，不仅是丁玲对自己“为什么活

---

① 徐秀慧：《中国知识分子革命实践的路径——从韦护形象与丁玲的瞿秋白论谈起》，《文学评论》2015 年第 2 期。

② 卢燕娟：《现代中国革命“新生”故事的复杂性——以丁玲为中心》，《文艺研究》2015 年第 3 期。

下来”问题的回答，也是站在现代中国革命的高度对整个民族如何从死亡的绝境中获得重生问题的回答。

在以往的研究中，“延安时期女性作家”这一核心概念都是以现成词汇身份进入描述的，缺乏精确的、较为合理的界定和规约。马海娟①以从1935年10月到1948年13年间，在以延安为中心的各抗日根据地、解放区开展文学艺术活动的本土女性作家为对象，探究了她们的精神变迁。文章认为，以丁玲、草明、陈学昭、莫耶为代表的女性作家群骨子里的“五四”一直是无法褪却的底色，在革命需要一致统一时，认识不到革命进程中集体主义的重要性，《三八节有感》《丽萍的烦恼》等作品仍执着追寻女性意识，将工农兵放置于贬抑、嘲弄的地位。《太阳照在桑干河上》《工作着是美丽的》等则是经过整风的洗礼，脱颖于五四时期的女性作家们开启了新的写作里程，走上了工农兵写作道路的表现。尽管《讲话》对延安时期女作家的思想观念、审美意识等产生了根性的颠覆，但由于像遗传基因一样留存的教育背景、家庭环境、个性气质等元素的影响，她们的精神转变过程依然漫长而艰难，精神的困境和身份的焦虑或隐或显依然留存。

王斑②借助厘清“升华”概念，分析里比多能量如何“正向升华”，对丁玲作品进行了精神分析解读。认为在20世纪30年代的民族危机中，丁玲小说从自我为中心向政治化创作的转变，对传统意义上吞噬个体并消除主体性的政治文化提出了挑战。《莎菲女士的日记》在莎菲精神问题中分崩离析的自我印证了五四个体的崛起与衰落。《一九三〇年春上海》中美琳狭隘的性生活受到修剪和压制，阻塞了她的里比多能量，只有通过参与社会运动为自己潜藏的热情与精力提供一个更为广阔的空间，在性爱层面上通过对工运男性成员日益倾慕强化了她对集体的认同。《一九三〇年春上海》第二部分中涉及了爱情转变成集体凝聚力，与政治热情相缠绕的内容。《在医院中》陆萍的成长经历叙述的是如何一步步实现正向升华，不仅表明里比多能量能够找到政治途径完成自我实现，也揭示了主体在革

① 马海娟：《从文小姐到武将军——延安时期女性作家的精神变迁》，《延安大学学报》2015年第5期。

② 王斑：《革命热情与政治：丁玲作品精神分析解读》，曹晓华译，《文艺理论研究》2015年第5期。

命激情的推动下，在革命精神的引领下，是如何通过个人梦想与革命理想的融合来设法改变社会环境的。

赵卫东[1]考论了“延安时期”文人关系的宗派主义问题及原因，得出以下结论：1. 延安文艺界确实存在着宗派问题。丁玲本人也曾在 80 年代承认过延安文艺界“当时有派别斗争”。2. 鲁艺和文抗是其中最有实力也最大的“山头”。3. 周扬“以人划线”的人事路线将鲁艺搞成“宗派”，成为“鲁艺派”首领。4. 作为一个“文艺单位”意义上的文抗不是与鲁艺（文学系）对立的“一派”，但在文抗内部，在某些作家（如萧军）身上，事实上存在着一些宗派情绪，以致形成了颇为浓郁的宗派空气，而丁玲被周扬当作“文抗派”的首领与其“文协”实际负责人身份及延安时期运用杂文干预“黑暗”等经历有关。5. 中共不断自我革命自我整肃，中国人以人脉、地域结成“圈子”行事的传统，五四以来启蒙思想传播发展的偏至，使知识分子产生自视高人一等的观念、左翼文人在面对思想之争、观念之争时根深蒂固的“一元论”思维模式引发了延安文人宗派问题。

“中央文学研究所”是中华人民共和国成立之后创建的第一个当代作家培养机构，是在党和政府有计划的领导下培养文学人才，实现毛泽东在延安时期对“新社会—新文化”的构想的重要实践。毕红霞[2]指出，作为“中央文学研究所”第一任所长的丁玲任职期间注重对工农作家徐光耀、陈登科等人的专业化培养，但通过“专业化”“正规化”的方法来培养“无产阶级作家”的方式出现了困境，“知识化”的过程、“知识分子”化的生活方式都不可避免使作家原本“纯正”的阶级属性遭受“污染”，显现出制度本身的困境。1955 年“丁陈案”爆发后，丁玲遭遇“文学研究所”问题，被质疑在文研所搞“个人崇拜”、独立王国，宣扬“一本书主义”，这一悲剧是时代文学命运的表征，反映出如何培养“无产阶级作家”这一社会主义新命题在具体操作当中的复杂性。

---

① 赵卫东：《延安文人的宗派主义问题考论——以鲁艺和文抗为中心》，《中国现代文学研究丛刊》2015 年第 3 期。

② 毕红霞：《丁玲时期“中央文学研究所”的作家培养实践》，《福建论坛》2015 年第 4 期。

2. 丁玲与女性主义

赵学勇[①]认为，在延安女作家的精神结构中，启蒙、革命、阶级、女性等多种身份与多重话语的纠缠与碰撞，使得她们的写作实践具有不可化约的复杂性：一方面，她们在创作中自觉弱化自身的女性立场以服膺时代与革命的需要，构成了一种集体性的“被压抑的女性叙事”现象，如丁玲的《太阳照在桑干河上》、草明的《延安人》等作品在创作中对女性性别特征的规避与消解，呈现出一种无性化或雄性化倾向，对女性本真生存经验造成了遮蔽与抹杀。另一方面，性别体验与身份认同又使得她们更加关注现实社会中女性真实的生存状态与文化困境，她们的作品不仅委婉地揭示了女性在革命队伍中的边缘处境，而且从自身经验世界出发，书写了作为边缘人的生存体验与精神困惑。其中，丁玲的《三八节有感》《我在霞村的时候》，陈学昭的《延安访问记》，莫耶的《丽萍的烦恼》直接将女性的生存境遇及性别困境和盘托出，表现出对女性真实生存境遇和性别困境的显在的揭露；整风以后，显在的批判与揭露开始消失，转而更多地表现为一种隐性的呈示，如白朗的《孙宾与群力屯》中的孙大嫂形象、丁玲的《太阳照在桑干河上》中的“好赵大爷”标题的双声话语婉曲地揭露了农村底层妇女真实的生存处境，但这一隐性揭示的力度在政治框架范围内的突围是有限度的，并未在创作中深入探讨关于女性的解放与出路等问题。

符杰祥[②]指出，现代第一女烈士秋瑾在革命告成之前因为是“女性”被排除在外，革命胜利之后又因为是“女性”而备受优待。秋瑾这一优选现象背后的机制，是一种男女有别的父权体制对秋瑾个人的特殊表彰，无形中对女性群体构成一种普遍贬抑。秋瑾文学形象从晚清的《轩亭冤》《六月霜》中很符合传统女德模式哭泣喊冤的弱女形象，到夏衍《自由魂》、京剧《秋瑾传》中在精神气质上和男烈士没有任何区别的女烈士形象，表现出革命之后重写的烈士谱系为满足多样化的性别色彩，既需要

---

① 赵学勇：《延安女作家群创作中集体与边缘的双重叙事》，《中国现代文学研究丛刊》2015年第9期。

② 符杰祥：《女性、牺牲与现代中国的烈士文章——从秋瑾到丁玲》，《东岳论丛》2015年第11期。

“女”性之名，又不需要女“性”之实的特点。和秋瑾相比，丁玲这一代新女性所经历的革命化程度更高，“去女性化”或“拟男性化”也更为严重，在这一背景下看丁玲，其文学创作中的独特性与复杂性就显得极有价值：《我在霞村的时候》《新的信念》等系列“准烈士”小说中，丁玲不仅描写了有违“列女传”和“烈士传”写作法则的女性，而且描写了拒绝一死了之、伤痕累累的女性病体。不仅颠覆了传统文学节妇烈女的叙事模式，而且打破了烈士文章过度颂扬的刻板程式。从这个意义上说，从鲁迅到丁玲，是开辟了烈士文学中另一条写实与批判的道路的。

丁玲在延安整风运动以后迅速地向“左”转，完成了一个女性主义文学家向革命文学家的完全蜕变。这种通过政治高压所催生的文艺转型，究竟是正义，还是不正义？吕旭龙①从马克思主义自由观的角度对这一问题进行了考察。文章指出，马克思主义自由观既不属于“消极自由”也不是“积极自由”，同时又将两种自由观融合在了一起。不异化则为善，善即自由，这是马克思主义自由观的概括性表达。丁玲的人生，是一个不断反省自己、修正自己、从“不善”走向“至善”的过程。她的作品，不仅生动形象地呈现了人类主体意识中各种不同纬度的自由，而且在创作的精神升华中，还诠释了自我超越的大自由：“忘我”。在这一视野下，“莎菲”与“杜晚香”哪一个形象更接近女人的本性的问题不再重要，丁玲以“善的自觉”消弭了“左”“右”之纷争，在风云变幻的大时代中成就自己，实现了人之为人的价值。

文学武②对丁玲和陈学昭的人生道路作出了比较，认为：她们几乎都是在五四浪潮的裹挟下觉醒了人生，对社会充满决绝和反抗，开始探寻女性的自我意识和写作生涯；她们沉浮、迷茫、挣扎，在经历了传奇般的爱情，克服了种种苦难后走向革命，到了延安，写出了讴歌革命的红色篇章，从个性主义作家蜕变为红色革命作家；她们共同参加了延安文艺座谈会，带着很深的原罪意识和忏悔意识开始了思想改造，成为知识分子思想

① 吕旭龙：《善的自觉：性别正义与人的自由再诠释——以丁玲的创作为例》，《厦门大学学报》2015 年第 2 期。

② 文学武：《女性·革命·炼狱——丁玲、陈学昭人生道路比较》，《文艺争鸣》2015 年第 2 期。

改造的典范。她们在共和国成立后都遭遇到重大的人生悲剧，然而在复出后却都仍然虔诚地唱着赞歌，成为“歌德”文学的代表，对民族和个人的悲剧缺乏深刻的反思。丁玲、陈学昭共同经历的个性主义者、同情革命的左翼文化者以及革命者这几种身份的转换有着难以调和的某种矛盾，由此造成了一生的曲折、复杂和矛盾，成为20世纪中国革命政治文化链条中的重要一环。

丁玲作为延安女作家群中的重要一员，她20世纪40年代的女性文学作品以一种反叛传统的现代性姿态，审视女性在传统向文明转型过程中的现代性体验和心灵困境。李静①指出，丁玲对文艺现代性的追求，散见于《三八节有感》《我在霞村的时候》和《在医院中》这几部作品中，其现代性体验的书写，是以外来者“介入”的叙事方式，展现“外来者”和文本中的女性在遭受时空分离的生存处境之后，孤零的心理体验和无助的内心伤痛。这种体验又成为促使她们对时空进行重组，渴望生存境遇发生转机，并不断揭露和批判传统，进行现代性改造的动力。丁玲对女性现代性体验的书写，完成了女性对自身生存境遇无声的诉说，也表达了整个延安女作家群体的声音。

丁玲的小说在描写女性时运用了大量的空间形式，从小说发表顺序来看，其空间形式呈现出个人封闭向社会开放的特点。车凯旋②认为，由于丁玲前期创作个人眼界仅仅局限在女性自身情感与生活感受之上，梦珂、莎菲、《暑假中》的女性活动的地点大都在狭小的房间里，这一空间的限制使女性的视野更加狭窄，精神上处于极度空虚的状态。受社会历史文化的影响，丁玲后期小说女主人公将自己置身于明朗的天空之下，摆脱了前期小说中表现出来的孤独与生命的虚无，但依旧需要在社会这一男权文化主宰的空间内活动，女性在男权社会这一空间下还是处于失语状态。无论是个人空间，还是社会空间，丁玲笔下的女性都无法走出男性权力话语空间下的“围城”。

---

① 李静：《丁玲的女性现代性体验书写——延安女作家群研究之一》，《社会科学论坛》2015年第12期。

② 车凯旋：《走不出的“围城”：女性解放的困惑——丁玲小说创作中女性文化空间的再解读》，《太原师范学院学报》2015年第5期。

三　丁玲与期刊研究

左联对于宗派主义和关门主义的修正，是一个长期、复杂和反复的过程。黄艺红[①]认为，《北斗》《文学》两份左翼杂志的刊行，体现了左翼文学阵营逐步的自我调整过程：《北斗》集结了部分重要的南北文坛的作家，体现出包容和开放的姿态，这种沟通南北、超越左翼的新趋向在左联刊物中前所未有；每期《北斗》，都有新人新作露面，体现出左联对青年作家的爱护和重视。然而，《北斗》第四期以后越来越“红”，内容基本上是以无产阶级为主角的作品、涉及反帝抗日题材的创作、国际左翼文学报道和研究为主，北方文坛的作家作品基本绝迹，但《北斗》仍成功打开了南北文坛互动交流的局面，既为后来左翼文学运动的发展提供了可借鉴的经验，也打下了与非左翼文学阵营交流的基础。《文学》集结了 30 年代大批重要作家，选择的题材延续了“五四”以来“为人生”的文学主题；《文学》对“一二・九”学生运动题材的文学创作的表态体现了其对左翼文学创作技巧和审美功能的重视，不再认同初期普罗文学标语口号式的创作倾向。《文学》推动了各派文学团结和互动交流的局面，但又不像《北斗》那样再次犯了宗派主义和关门主义的错误。《北斗》《文学》两份左翼杂志的刊行，体现了左翼文学阵营逐步的自我调整过程，不仅推动了 30 年代左翼文学的发展和成熟，更是左翼文学力量主动走向包容拓展、推动文坛积极互动的明证。

郑珊珊[②]指出，作为丁玲生命最后两年倾尽全力投入创办的文学期刊《中国》，其新锐气质在一定程度上体现了“晚年丁玲”的开放思想，以一种客观的方式呈现了“晚年丁玲”非比寻常的文学侧影。虽然陈年累积的宗派宿怨、盘根错节的文坛权力较量和杂志社内部的矛盾纠葛造成《中

---

① 黄艺红：《左翼的自我纠偏对三十年代文学的拓展——以〈北斗〉和〈文学〉杂志为中心》，《中国现代文学研究丛刊》2015 年第 3 期。

② 郑珊珊：《〈中国〉杂志・丁玲・1980 年代文学——兼论〈中国〉杂志的期刊史意义》，《福建师范大学学报》2015 年第 4 期。

国》一直生存在困厄之中，以致丁玲逝世之后不可避免地走向终结，但其仍具文学史和期刊史上的意义。就文学史意义而言，《中国》呈现了20世纪80年代被主流文坛忽视的文学现象，催发了文坛进一步走向开放与自由，以革新的独特方式参与了新时期文学史的书写，为新时期多元化文学格局的生成贡献了自己的力量。从期刊史角度来看，《中国》于今仍有借鉴意义：1. “民办公助”，探求期刊体制改革新路。2. 具有强烈的阵地意识和竞争意识，主动谋求革新。3. 坚持“百花齐放，百家争鸣”的办刊方针，推动思想解放。4. 力倡民主的办刊作风。5. 重视调动编辑的主观能动性。

明飞龙①以丁玲复出后在公开场合的言行和《中国》杂志为考察重点，阐述了晚年丁玲在政治与文学之间纠缠的复杂心态及其命运。文章指出，复出后的丁玲在公开场合多次表达出对伤痕文学和现代派文学的某种否定性看法，认为毛泽东的《在延安文艺座谈会上的讲话》在文学创作中仍有指导作用，这一言论很使文学界一些人失望，认为丁玲是站在新时期启蒙立场的对立面，仍坚持“左”的立场。但如果把晚年丁玲放在《中国》杂志上来观察，其对“朦胧诗”的呵护，对被批判作家的关爱，对作协领导的某些挑战，以及对“新生代”诗人的大力提携，发表其他刊物不发表的作品等则表现出丁玲是“文学的”，是“右”的。晚年丁玲身上呈现出的政治与文学之间纠缠的复杂情形有内在统一性，其外在言论是寻求一种政治身份的认同，主编《中国》则是寻求一种文学身份的认同。

四　丁玲史料研究

晓风②对丁玲给胡风的23封信进行了逐一解读。其中，1936年丁玲从南京借口到上海去“看病”后给胡风的信直至1955年被公安部门抄走前胡风一直保存着，可见其对二人战友情谊的缅怀；1938年5月14日自西安的信写到了“孤独之感”，同年9月6日自延安的信“更是感到异常的

---

① 明飞龙：《晚年丁玲再考察——以〈中国〉杂志为中心》，《社会科学论坛》2015年第4期。
② 晓风：《从丁玲给胡风的23封信解读二人的友谊》，《新文学史料》2015年第4期。

寂寞”，从而“愿在寂寞中生长”，表现了丁玲对自己及胡风的鼓励；1939 年 1 月 18 日自延安的信足见其对胡风所办《七月》的重视和支持；1939 年 6 月 11 日自延安的信中丁玲请胡风代为保存毛泽东手迹，可见其对老友的信任；1945 年 1 月 16 日自延安的信中丁玲真诚地反思自己，可以看出其感情的真切流露；中华人民共和国成立后，丁玲身处文艺领导人的身份，与胡风的关系产生了微妙的变化，这一时期简短的两封信口吻已与以前大不一样，但从书信内容来看，丁玲并没有“一阔脸就变”，没有忘记胡风对她所做的一切。

秦林芳①指出，在 20 世纪 30 年代文艺大众化运动中，丁玲积极响应左联号召，以自己的多重身份积极投入其中，并从理论与实践两个层面为这一运动的开展作出了自己的独特贡献：首先是其对文艺大众化理论的认知和探索，在组织两次征文和刊发相关理论文章中所蕴含的编者“意图”说明了丁玲对文艺大众化问题认识上的复杂性，而正是这种复杂性的存在又进而表明了丁玲在理论认知上的深度；其次是在于其对文艺大众化运动的践行上，丁玲通过开展工农兵通信员运动和壁报运动、培养以“工农兵作家”为重心的“青年群众作家”，为文艺大众化运动的开展作出了积极的努力。与此同时，作为一个左翼作家，丁玲还躬身于创作实践，根据左联大众化的要求，努力“尝试”，创作出了一批“大众化”的作品。

文研所的创建是丁玲“左转”姿态的深化。叶炜②认为，在创办文研所这个工作上，丁玲不遗余力地在推动并亲自参与，不仅做了大量的沟通协调工作，还具体指导工作人员拟定各项举措，制订招生计划。文研所成立以后，丁玲不但亲自请教师，还亲自上台讲课，力所能及地参加文研所的各项活动。与讲课相比，丁玲到文研所谈的最多的是学习总结和学期报告，讲课和报告内容可以看出丁玲重视文研所学员的理论修养和实践经验，反对文学上的功利主义。在强调做出成绩的同时，丁玲时刻不忘文研所培养政治素质过硬的文学新人的办学宗旨。但在主政文研所期间，丁玲背负了“一本书主义”和“挂像事件”，尽管如此，恢复名誉后的丁玲仍旧保持着对新政权高度认同的“左转”姿态。

---

① 秦林芳：《丁玲与 1930 年代文艺大众化运动》，《新文学史料》2015 年第 1 期。

② 叶炜：《文学研究所的创办和丁玲的“左转”》，《南方文坛》2015 年第 2 期。

李村[①]通过对常任侠日记中有关丁玲南京生活的主要内容进行了解读，指出，常任侠一九三五年二月二十六日、二十七日、二十八日日记与丁玲有关，尽管文字不多，但每条都很有价值，说明至少丁玲在南京的最后一年，“除不能离开南京外，行动已完全自由”。平时出行，没有任何被跟踪、监视的迹象，而且后来连“不能离开南京”这一条，对她也失去了约束。另外，作者指出，李向东、王增如的《丁玲传》中提到“丁玲是五月中旬去北平，六月上旬回南京”的说法参照了丁玲的《魍魉世界》，但对照常任侠日记，丁玲似乎记忆有误，五月十七日这天，丁玲还在南京，同样，丁玲回南京的时间，也不是六月上旬。

五　丁玲研究之研究

贺桂梅[②]认为，为丁玲作传，最好的办法是回到“丁玲的逻辑”。在尝试以“丁玲的逻辑”完整地描述丁玲生命史的传记作品中，由中国大百科全书出版社出版的《丁玲传》，作出了特别值得称道的努力。在充分的文献和研究准备基础上，《丁玲传》的作者李向东和王增如力图探索丁玲“曲折复杂的心路历程”，在丁玲所作所为的基础上，更关心她之所以如此作为的“所思所想”与“思想和情感”。对于后者，传记作者很少做介入式评价，而主要借助丁玲自己的作品、回忆录、书信和文件等，描述这些行为背后的心理动机和思想活动。传记从丁玲自身的逻辑出发，据可靠的史料陈述历史过程，表现出了颇高的历史研究的“客观性”。它同时涉及了三个层面：外在性或客观性的丁玲一生行止，内在性或主观性的丁玲心路历程，分析性或阐释性地在历史关系格局中评价丁玲。可以说，它写出了一个“活生生”而又“完整”的丁玲，成为目前丁玲传记中，史料最翔实、丰富，生平经历梳理清晰、准确，叙述语言生动流畅而具有较强的可读性，评价方式也中肯而平实的一部传记。

---

① 李村：《常任侠日记中的丁玲》，《书城》2015年第10期。

② 贺桂梅：《丁玲的逻辑》，《读书》2015年第5期。

陈逢玥[①]围绕梅仪慈的《丁玲的小说》提出了几点相关思考，文章指出：就叙事维度而言，梅仪慈没有采纳“政治主导”式的读法，而更多地从文学本身出发，从形式、技巧、语言等等的变迁来细察政治思想如何一再侵扰和挑战作家的创作。叙事视角的转变，标志着一种新的世界观和认识论的出现，其实质则是如何看待和书写“现实”的问题；就文体而言，丁玲的小说实践，见证了文体变迁与其思想转折间的微妙联系，表现出其在不断的中心化、主流化的理念下个人因素的淡化过程；就疾病隐喻而言，梅仪慈敏锐地注意到了莎菲的肺结核，并借用苏珊·桑塔格的论述，指出这是其个性的组成部分，可惜点到即止，未能进一步阐述丁玲小说中疾病隐喻的丰富意义。实际上，丁玲作品中的“疾病”在革命论述中预示着对外在于我的他者的永恒定义。梅仪慈所讨论的丁玲，表明革命叙事不一定要借由暴力的方式展出，形式技巧之中自有一套独立的政治学和经济学原则。

美国历史学家史景迁的史学著作《天安门：知识分子与中国革命》是海外丁玲研究中一个特殊的个案。蒋一之[②]分析了史景迁丁玲研究所具有的开创性，认为《天安门：知识分子与中国革命》一书的丁玲研究在叙事层面上以细节为重，使得文学融入历史，诗史相生；在思想领域上从海外汉学家的视角出发，不仅在地缘上成为中国研究的他者，也在思想领域给挑战权威的创造性分析提供了可能；其丁玲研究以虚构的笔触将同情和敬意倾注于大历史中真实的人性，试图摆脱海外对中国历史奇观化的想象，达到文化沟通和交流的目的，可见其平民视角与人文关怀。通过与国内新时期以来丁玲研究比较，作者指出，《天安门：知识分子与中国革命》如一条历史、文学、文化的复杂长链，而丁玲研究无疑是其中突出的一环。史景迁的他者视野为文学研究提供了丰富参考，也为文化交流和文化比较提供了基础，对我们审视自身、系统研究世界文化总体对话中的中国形象有着重要的参考意义。

---

① 陈逢玥：《革命的技艺化——重读梅仪慈的〈丁玲的小说〉》，《中国现代文学研究丛刊》2015 年第 1 期。

② 蒋一之：《他者视野下的丁玲解读——浅析史景迁〈天安门：知识分子与中国革命〉》，《国际汉学》2015 年第 3 期。

第十六章

2016年丁玲研究述评

一　丁玲作品研究

1. 小说研究

主要包括《夜》《我在霞村的时候》和《诗人》研究，同时也注意到了丁玲小说的主体身份问题和英译研究。

丁玲写于 1941 年的短篇小说《夜》，不仅体现了艺术创作手法的完整性，其中更包含丰富的社会史和法制史内容，与延安时期妇女解放以及民主政权建设等剧烈的社会革命实践密切相关。王书吟[①]通过借助 20 世纪 40 年代初延安时期社会史及法制史的史料档案，将文本置放于当时的历史语境之中，探讨延安当地传统婚俗以及新政权对婚姻、情感的政策制定及实施，发现了文本中包含的社会主义新人的塑造以及丁玲独特的女性视角关怀。首先，《夜》从男性的视角讲述了对待衰老发妻和年轻女性的婚姻态度，揭示出以何华明老婆为代表的女性群体面临巨大的生存危机，她们面临的将是被家庭和社会共同抛弃的命运。其次，入赘的何华明是传统男权社会之中极少数丧失了父权制、父系制、从夫居社会体系中的男性特权的另类，同时工作的烦扰成为他无暇分神思考离婚的又一原因，小说中出现的传统与现代两套语汇系统在何华明内心的交锋，成为推动小说人物剧烈心理变化的鲜明表征。最后，《夜》将视点集中于“老婆”，关注以“老婆”为代表的中老年妇女，丁玲以她敏锐的性别意识感觉到革命政权内部由无形的性别观念和性别秩序构成的压抑性因素的存在，指出了老婆命运的悲剧性：当失去了地方传统婚俗系统之中对女性的保护机制，而强调以来自城市中产阶级的自由意志为基础的《婚姻法》对于“色衰而爱驰”的中老年妇女来说，一旦被丈夫抛弃（离婚），需要面对的是生计乃至生存的问题。

---

① 王书吟：《延安时期丁玲女性书写的转变与“新人”塑造——社会史视野下的〈夜〉的重读》，《中国现代文学研究丛刊》2016 年第 1 期。

李明彦①关注到了《我在霞村的时候》的经典化过程。《我在霞村的时候》从产生到逐渐经典化的过程是漫长而复杂的。首先，1941—1956 年是其经典的初步确立期，小说发表的历史机缘是它成为经典不可或缺的因素。这一历史机缘一方面表现为小说的主题暗合后来毛泽东所提出的“反映抗日战争和工农兵的斗争与生活”的要求，小说结尾的光明指向符合革命修辞话语；另一方面则与作者的身份以及所刊发的刊物之重要也有关系。同时它的传播范围和影响力也是非常重要的一个方面。小说发表不久，陆续被其他刊物重新刊载，也被多个选集收录和出版，还被视作中国现代文学史上的经典作品被国外译介，重要的文学批评家对它的发掘和肯定加速了它的经典化进程。其次，1957—1977 年是经典的反向建构期，这一时期，《我在霞村的时候》最先受到官方政治机构和意识形态层面的批判，这一时期的文学史也对丁玲及其创作的论述都呈现出一致的失语现象。再次，1978 年至现在，是经典的固化和深化期，随着丁玲的历史问题的澄清，《我在霞村的时候》这部短篇小说从 1980 年始又被文艺界重新正面评价，并重回文学经典的序列。最后，通过对《我在霞村的时候》的经典化过程的历史呈现不难发现，社会政治及多种外部因素对经典的生成有着重要影响，一部文学作品从生产出来到认定为经典到最终固化定型，必须经历主流意识形态及翻译出版、文学批评家、学术精英、文化权威、大众传播等多种因素的合力作用，它是从美学到政治多重合力的结果。

创作于 1932 年 9 月的短篇小说《诗人》，不仅是丁玲第一部以外国人为主人公的小说，也是其写作的第一部乃至唯一一部白俄主人公小说。在这里，中国现代文学史上唯一的白俄诗人形象被塑造出来。杨慧②通过剖析小说中有关罢工斗争的细节描写，并结合相关历史文献的比勘，认为：首先，《诗人》的故事背景是 1932 年 8 月上海“英商中国公共汽车公司”大罢工，这一历史事件在小说中的“文本化”过程表明，中国共产党的革

① 李明彦：《〈我在霞村的时候〉的经典化历程》，《文艺争鸣》2016 年第 11 期。

② 杨慧：《“诗人”的“变形记”——丁玲短篇小说〈诗人〉的白俄叙事》，《中山大学学报》2016 年第 1 期。

命实践激发了丁玲由来已久的“反帝”意识，并直接开启了这一以白俄“工贼”破坏罢工为核心事件的白俄叙事。其次，通过主人公白俄诗人身份的设置，丁玲切入并回归了自己谙熟的革命时代中国小资产阶级知识分子命运题域，从而有效地规避了与工农题材相隔阂的叙事风险，赋予了这一白俄主人公鲜活的“中国”生命，最大程度地保持和发扬了自己的创作主体性，由此我们或许可以得出一个并不牵强的论断：对于“向左转”之后的丁玲而言，文学始终是其介入革命实践的一种独特方式，并且得到了革命实践的检验和丰富。最后，丁玲在形塑“诗人”过程中所表现出的这一系列“变形”，深刻揭示了其作为革命作家坚定的现实主义品格以及经过文化革命实践检验与淬炼的主体意识。

丁玲作为我国现当代著名的女作家，通过性别书写来追寻主体身份。凌菁①指出：首先，性别书写成为丁玲建构女性主体性的一种话语实践，这主要体现在：(1)以性与欲望的书写确认女性自我。(2)丑化与他者化男性形象建构女性主体。在丁玲的文本中，传统的两性特征被解构，同时男性成为被凝视和被消费的对象，满足着女性的欲望需求。(3)丁玲以父亲作为女性建构性别主体的一个镜像，重塑父亲形象，消解父权制下父亲权威、专制的文化符号内涵，注入温和、善良、宽容等充满温情的爱元素，力图通过父女同盟的重建来解构封建伦理等级制度，寻找女性的主体身份。其次，丁玲试图从男性、同性及自身三个方面来寻找自我镜像，确立女性的主体性，结果都走向失败，自我镜像的幻灭使得丁玲早期作品蒙上了一层感伤的情绪，但也强化了其对女性出路的思考的冲击力。这主要体现为：爱情神话破灭下的两性关系瓦解、姐妹情谊破碎中的同性联盟解体、“镜中自我”虚幻中的女性现实失落。最后，为了真正实现女性的主体性，丁玲认识到个体的自我只有融入社会的自我中，以直接跻身社会公共秩序中心的方式，积极挖掘女性参与社会的强大力量，反抗女性在社会文化中被遮蔽或贬抑的边缘地位与男性中心主义下的弱势身份，深入意识形态腹地，改变男性中心文化一体化的格局。

---

① 凌菁：《建构与失落：丁玲早期小说主体身份言说的特点》，《湖南师范大学社会科学学报》2016 年第 6 期。

王晓伟[1]从法国著名文艺理论家杰拉德·热奈特提出的副文本视角，以白露的丁玲英译选集《我自己是女人》为个案，审视副文本因素与译者研究，译本生产与接受机制、翻译策略的关系，具体分析内副文本和外副文本的功能，以期有助于全面客观地评价该译本的价值。首先，译序是白露选本最重要的内副文本，白露、布乔治的学者身份与权威则是该译本最重要的事实性副文本，并且英美学术界对译本的评论也是重要的外副文本因素。其次，白露对于译者主体性的认识体现在：在序言中白露揭示了女性文化和政治的多元性，引导西方读者从跨文化语境中的女性主义视角来正确解读丁玲的作品。再次，该译本的副文本清楚地传递了白露认为翻译需信雅兼备、注重可读性的翻译观，此外白露译本还使用了“密集注释”的策略，注重译注的多重功能。最后，权威的出版社也是图书能赢得市场的重要推手，美国女权主义与中国文学研究的权威人物的书评也促进了该译作在英语世界的接受与传播。当然该译本在英语世界的接受也离不开当时的社会历史语境。由此，从上述对白露译本副文本视角的分析，我们看到副文本提供了大量与翻译相关的隐含信息和事实，在译者、原作者和读者之间发挥了积极的斡旋作用。

2. 散文研究

《意外集》与《魍魉世界》是丁玲有关“囚禁三年”的自我叙述，时间跨度和作者经历的复杂性造成了两种文本的叙述张力和矛盾。南志刚、赵敏[2]通过文本分析和历史还原，指出：首先，《魍魉世界》中，丁玲用痛苦、无助和迷茫的心情，回忆了“特殊三年”的生活以及情感变化，《意外集》前五篇以不同视角展现同一狭小空间内的故事，弥漫着同一暗淡、压抑、无望的精神气味。其次，《意外集》，通过委婉曲折的方式表明丁玲对国民党统治抱着厌恶和抗争的态度，《魍魉世界》延续了《意外集》对国民党的厌恶与抗争，时间推移与语境变化，让丁玲可以将这种的政治态度传达得更为明确，更加充分。再次，《意外集》是丁玲在被国民党监禁

① 王晓伟：《丁玲小说英译的副文本研究——以白露的丁玲英译选本为例》，《南方文坛》2016年第5期。

② 南志刚、赵敏：《归来的叙述：真实与清白——丁玲的〈意外集〉与〈魍魉世界〉》，《宁波大学学报》2016年第3期。

中的写作，更多的是人道情怀的自然呈现、场景人物的细致描摹和情感情绪的细腻传达；写作《魍魉世界》时，丁玲已经走出“政治迫害”，步入晚年，但“历史问题”依然没有解决，她有一种自证清白、给历史一个交代的迫切欲望。同时，《魍魉世界》中，丁玲反复确认集体认同、不断革命的道路，而相对淡化、压抑了五四文学精神。最后，《意外集》与《魍魉世界》代表不同写作时段中丁玲两种身份和两种叙述风格：一种是被禁的当事人身份，其写作更多延续了莎菲式的个人倾诉；一种是“归来”后回忆者的身份，其写作更多了集体认同的自证清白。

3. 报告文学研究

丁玲在整风之后所写的、收在《陕北风光》中的系列报告文学中呈现出“新的写作作风”。刘卓[①]认为：首先，新的写作作风的出现与当时延安对于新闻报道、报告文学所偏重的客观性写作形式相关，从 30 年代报告文学作为“明了有力”的形式，到群众征文活动，最后落实为日常性的新闻报道网络，这个发展路径所指向的是延安所构建起来的新的文化生产的基础性机制。其次，新的写作作风的出现其关键之处用丁玲自己的话来说源于“心”的变化，“心”是丁玲创作过程中的一个重要环节，它不是一个静态的、主观的范畴，而是指向创作者与他/她的对象之间的持续性的关系，既是认知层面的持续加深，也是写作层面的逐渐塑形，丁玲所强调的创作过程中的“心”，建立起了作家的主观与创作方法之间的有机联系。最后，丁玲“心”的变化不止于思想意识（立场）的转变，而是指向整个文艺生产过程的改造，“下乡”将延安文艺整风的内涵揭示得更为清楚：知识分子的主观世界的改造，其关键不在于政党的规训，而在于与群众相结合；主观世界的改造，需要超越于具体的写作实践范围之外，投身到社会实践之中才能真正完成。在下乡中，作家们变成报道者，或者成为观察者、参与者，甚至成为实际工作的执行者，不再是作家。在这个偏离的过程中生成了一重新的关系——作为新文化的创造者与群众的关系，这构成了“新的写作作风”的真正起源。

① 刘卓：《“新的写作作风”——探讨丁玲整风之后的报告文学写作》，《中国现代文学研究丛刊》2016 年第 1 期。

二 丁玲思想研究

丁玲发表于1927年的第一篇小说《梦珂》中，同时出现了两位晚清以来风靡一时的异国女郎形象，两位异国女性一文一武，折射出近现代中国文武兴替思潮交错纷杂的历史风云。符杰祥[①]希望回到充满矛盾与争辩的历史发生地，回到充满挣扎与不安的个体生命世界，来探寻新女性在重塑自我的故事中被压抑与埋没、无法呈现而又真实存在的文学声音。他指出：首先，镜像认同可以说是一种自我向他者学习的成长过程，对女作家丁玲来说，她对“中国的苏菲亚女士”的反感，和后来对秋瑾的承认，看似矛盾，其实正说明了自我认知过程中的动态性、复杂性与辩证性。其次，茶花女与苏菲亚这两类人物都是“西方美人”在中国的一种镜像表演。从丁玲对秋瑾的崇敬可以看出，她笔下的梦珂厌恶的其实是“中国的苏菲亚女士”这一遭到变形与扭曲的镜像，而非其心目中所塑造的真实形象，这正反映出文艺女青年内心的孤傲与不屑。最后，丁玲文学与人生所同享的光荣与磨难、浮沉与起落，就在于骨子里的一种茶花女情结遭遇苏菲亚理想外部输血的交错与碰撞，近现代中国文武兴替思潮的螺旋式发展与循环式演进，为两位异国女郎所携带的文学与精神因子，提供了新旧/中外文化混血交融、互动创造的语境与时空。

秦林芳[②]指出：从20世纪20年代到40年代，丁玲的思想、创作和价值立场发生了两次重要的转折。首先，从1929年下半年开始，丁玲在思想上走向“革命”，并在创作中加入了“革命”这一新的价值元素。由此，丁玲在价值立场上实现了第一次转折。但是，这一转折，只是一种结构性的变化，而不是一种整体性的否定。这一时期，在丁玲原有的以“五四”个性主义为价值立场的思想—创作结构中，确实增加了“革命”这一具有

---

① 符杰祥：《在苏菲亚与茶花女之间——丁玲的新女性重塑与近现代中国文武兴替思潮》，《文学评论》2016年第4期。

② 秦林芳：《丁玲的转折与中国新文学价值立场的嬗变》，《中国现代文学研究丛刊》2016年第9期。

主导性、支配性的新因素，但是，这一新因素并没有全部挤占掉“个性思想”这一在丁玲原有思想—创作结构中具有原发意义的价值元素。其次，1942 年 5 月，丁玲第二次转折发生。但是，这次转折却不是以否定之否定的方式对其初期个性主义价值立场的回归，而恰恰是以对个性主义思想的彻底弃置为前提和基础的。它倾覆了自第一次转折以来所确立的“革命意识”与“个性思想”共时的“二项并立”的模式，而将其转变为“革命意识”的“一项单立”。最后，丁玲的两次转折完整而具象地反映了中国新文学价值立场嬗变的历程和方向。从延安文艺座谈会开始，政治家通过制定文艺政策及其实施路径对作家进行规训，而作家则在无条件服膺规训的前提下，又将这种外在的规训演化成了自我的一种内在要求。外部力量与内在要求的结合，促成了延安作家价值立场从“革命意识”与“个性思想”的“二项并立”到“革命意识”的“一项单立”的转换。这种转换既是中国新文学在性质上发生重大嬗变的标志，同时也开启了中国当代文学之门。

丁玲不仅是中国现代最知名的女性作家之一，而且很大程度上成了中国革命文学的代表性符号，和红色经典具有不可分割的关系。文学武①认为，在丁玲及其作品红色经典化的过程中，冯雪峰起到了至关重要的作用。冯雪峰一方面极力否定丁玲早期作品的思想倾向和小资产阶级知识分子意识，进而拔高丁玲“左转”后的创作成就。同时他也以盛行的唯物辩证法的创作方法来规范乃至训诫丁玲的创作，冯雪峰参照苏联社会主义现实主义理论对当时出现的一些文学作品进行评析，把作品反映生活的广度、深度以及是否遵循了典型化的原则作为最重要的原则。他对丁玲后期作品的评论中也时时套用这些理论，把丁玲的创作完全纳入左翼文学的场域，直至把丁玲的一些作品视为社会主义现实主义文学的标尺。在冯雪峰的不断阐释下，丁玲参加左翼文学组织后创作的叙事范式成为无产阶级革命文学全新的叙事范式。应该指出的是，冯雪峰在诠释丁玲时却对涉及文艺自身的许多规律性问题缺乏探讨，造成其文学批评概念的混乱和文学体系逻辑的断裂，这也是他的丁玲评论包括很多左翼批评，在后世看来缺乏

① 文学武：《红色经典是如何生成的——对冯雪峰关于丁玲评论的一种阐释》，《学术月刊》2016 年第 7 期。

生命活力的重要原因。

20 世纪 40—50 年代转折之际，丁玲及其作品得到了权力话语体系的高度认可。而李丹[1]却认为：首先，从丁玲的日记、信件中，可以窥见“五四”以来的“个人主义”影响已经内化在丁玲的情感结构中，甚至在集体话语统识程度颇高的 1948 年前后，依旧有自觉或不自觉的流露，于是形成在同一问题上“公”“私”呈现双重态度的情况，可察其社会身份与自我意识之间的缝隙。其次，公开表达中的言说困境，显示出丁玲自觉的身份认同，但言说困境的出现并不意味着丁玲的表现是虚伪的，公开场合的丁玲毋宁说是她的社会身份，是她对自己思想矛盾的调和，丁玲对革命话语自发自觉的认同是不容忽视的。兴亡之际的社会责任感已经融入 40 年代知识分子的血液，乱世的孤独体验又催生出强烈的归属需求，于是“到陕北去”成了这一时期流亡者文学里光明与希望的前景目标。最后，认识到 40 年代中国知识分子对革命事业的认同心理，就不难理解公开场合的丁玲自觉清除旧话语的痕迹、协调内心矛盾的用心。

耿宝强[2]认为，丁玲创作的几度变化，和冯雪峰的及时、准确的评价与适时、睿智的指引，不无关系。对丁玲创作变革的追踪，又促使冯雪峰更深入地思考文学与政治、文学与现实的关系，成长为马克思主义的文艺理论家。首先，1928 年刊发《莎菲女士的日记》后，冯雪峰立刻写信给丁玲，鼓励丁玲继续写小说，但还是直率地指出莎菲“是带着虚无主义的倾向的”。丁玲接编《北斗》不久，便创作了以 1931 年中国十六省的水灾作为背景的短篇小说《水》，冯雪峰借此对丁玲的创作发展道路进行了认真的梳理和系统总结，他认为《水》的诞生是由于丁玲思想上的转变，明确提出思想转变对于作家创作的重要性。从 1931 年 7 月到 1933 年 5 月，丁玲写了《田家冲》《某夜》《水》《多事之秋》等一系列小说，形成了丁玲创作的一个高峰。1936 年 7 月，经冯雪峰安排，被囚禁三年的丁玲，从南京秘密潜回上海，又经冯雪峰策划被安排在上海短暂停留后前往陕北。1937 年初，冯雪峰回苏区向党中央汇报上海的文艺工作，他们约谈了两次，此后一别将近十年。直至 1947 年秋，冯雪峰受邀编选《丁玲文集》，

---

① 李丹：《跨向新时代的丁玲之困》，《海南师范大学学报》2016 年第 8 期。

② 耿宝强：《丁玲和冯雪峰：变革与追踪》，《关东学刊》2016 年第 11 期。

他选了七篇小说，并认为，丁玲已经从一个进步的小资产阶级的作家成为真正人民的无产阶级的革命作家。最后，冯雪峰于 1952 年应《文艺报》之邀写了篇对《太阳照在桑干河上》的评论，他阐发了作品在文学发展上的意义，“是一部相当辉煌地反映了土地改革的真实性的、史诗式的作品；同时，这是我们社会主义的在现实的比较显著的一个胜利”。这是冯雪峰评论丁玲创作的最后一篇文章。之后不久，随着一场一场的政治运动，两人都被剥夺了写作的权利。

三 丁玲生平研究

周良沛①对文敏在 2016 年 1 月 13 日《中华读书报·文化周刊》上发表的头条文章《丁玲与沈从文为什么反目?》中的解释存有异议。文敏解释丁沈反目是“因为沈从文的《记丁玲》中写到了一个她忌讳的人——冯达，丁玲实在不愿有人提及冯达。因为在她的历史结论中，罪状之一就是她被捕后继续与冯达同居并生了一个孩子。冯达是‘叛徒’，冯达让她蒙冤”。周对此提出质疑，首先，1933 年 3 月 14 日，丁玲被国民党特务绑架，“被捕后”的丁玲不是要“继续与冯达同居”，而是一开始就提出要和冯达分开。其次，丁玲并不讳言冯达。再次，丁玲与沈从文所谓的“反目”，还确实与《记丁玲》有些牵连。《记丁玲》是本很复杂的书，它有对丁玲颇有艺术感染力的生动描述，但沈从文惯于小说虚构的想象力，有时也忘记纪实所该有的基本职业和道德的规范，无法不留下遗憾。

李向东②对李村的《常任侠日记中的丁玲》（《书城》2015 年 10 月号）一文中关于 1935 年、1936 年丁玲在南京的一些重要事实有不同的看法。一是关于苜蓿园房子的主人是谁？李村引用万亚刚的《记丁玲》的说法，认为丁玲搬入苜蓿园是中统的安排，苜蓿园是中统建造的房子。李向东比较材料，更相信丁玲的说法，苜蓿园是丁玲自己租房，苜蓿园房主是傅焕

---

① 周良沛：《对〈丁玲与沈从文为什么反目?〉之疑》，《文艺理论与批评》2016 年第 6 期。

② 李向东：《也谈丁玲在南京苜蓿园——与李村先生商榷》，《书城》2016 年第 1 期。

光。其次，关于丁玲去北平的问题，李村引用徐恩曾的回忆录《暗斗》的说法，丁玲去北平是他同意的，旅费是中统提供的。李向东认可丁玲并未先取得中统的同意，丁玲在《魍魉世界》里说的毫不含糊，丁玲从沈岳萌那里要车票事，丁玲不会信口胡言，也没有必要编造。最后，一九七九年十一月八日，全国第四次文代会期间，常任侠写给丁玲一封信，常任侠作为见证人，想证明丁玲在南京的清白，丁玲一直妥善收藏着这封信，陈明在信封上注明“要件”。

四　丁玲研究之研究

袁盛勇[①]指出：李向东、王增如先生写作的《丁玲传》的出版，是2015年丁玲研究界的一件大事。该传上、下两部，五十余万字，这不仅是一部平实、厚重之作，而且是一部叙写细腻、史料与见解均有发掘和创新的著作。因为它不仅在一些重要方面推进了丁玲研究的深入，让人们得以有可能更具兴趣地重新认识和接近丁玲，而且在传记写作如何呈现丁玲思想的复杂性及其心路历程方面也提供了不少有益的经验。首先，在《丁玲传》中，李向东、王增如善于把对作品的解读跟丁玲一定时期所处的社会状态及其思想发展、心路历程联系起来予以理解，而且拿捏得比较准确、到位。其次，他们在写作中，往往善于把丁玲在不同阶段创作的文本勾连起来，让人们理解其文学发展的内在脉络。再次，延安时期是丁玲一生中最为重要的时期，《丁玲传》的作者于此用力甚勤，发掘了不少重要史料，写得细密、结实，读来酣畅淋漓，对人们准确理解丁玲尤其是延安文艺整风和审干、抢救运动中的丁玲，提供了不少难得的史料和分析。最后，李向东、王增如在这部传记写作中，不仅力图重新梳理和审视丁玲所曾经历的事件及其心路历程，而且也在做着一种重构历史中之人与事的价值的努力。

在海外世界的丁玲研究中，夏志清、梅仪慈和颜海平无疑是有代表性

① 袁盛勇：《〈丁玲传〉的求真与创新》，《中国现代文学研究丛刊》2016年第1期。

的几位学者。文学武[①]指出：夏志清受制于 20 世纪 60 年代东西方对峙的历史条件，他的丁玲研究不少地方带有意识形态的偏见，对丁玲极度排斥和贬低。但不可否认，他对丁玲一些作品的评论有其独到之处。在夏志清看来，丁玲在转向革命阵营之前，是一个非常忠实于自我的艺术家，因而她早期的创作具有独特的个性。梅仪慈则跳出了意识形态的藩篱，持论相对公允，她更多地从丁玲的作品出发去发现作者的生命，重视女性主义立场，同情丁玲的转向，她把丁玲还原为一个杰出的女性作家、一个具有强烈女性主义色彩的作家以及虔诚的革命殉道者的形象。在梅仪慈看来，丁玲早期的文学特点和成就无疑在这个作家一生中都占据着极为重要的地位，丁玲独特的生活经验造就了她早期作品的内容和特点。颜海平把丁玲视作中国现代革命链条上最重要的一位女性作家，其对丁玲革命历程的推崇和敬意是重访现代中国革命精神遗产的自然结果，她更在一个宏阔和多元的文化视野中重新阐释丁玲，把丁玲研究推向新的高度。从夏志清非此即彼的政治二元论立场出发评论丁玲，到颜海平多重视野的文化观照，丁玲的海外形象正发生着质的变化：那种情绪化、充满敌意的观点正越来越让位于科学的、富有同情的学术良心，那种单一的文学研究模式也被更为多元、立体的文化研究所取代。

徐天秀[②]注意到沈从文的《记丁玲》正文本之外，还有《〈记丁玲女士〉跋》等对文本意义有建构功能的副文本。认为在《记丁玲》副文本中，有沈从文对创作的主观意图的说明和阐释。即《记丁玲》在文本内容上，关注日常生活的“细事”与传主“人性”的一面；在文体选择上，运用小说笔法与夹杂议论。这种叙事侧重和文体选择，反映出沈从文小说的叙事特点及以作品表现“人性”的文学理念。在沈从文的《〈记丁玲女士〉跋》《三个女性》中，丁玲“光辉的一面”褪去了政治与革命的色彩，表现为男子气概的理想、勇毅与坚忍，以朋友的平视角度道出丁玲“人性的一面”。沈从文选择纪实文学题材来写丁玲，并非因为文体的尝

① 文学武：《海外学者的中国女性作家想像——以夏志清、梅仪慈、颜海平的丁玲研究为中心》，《社会科学》2016 年第 1 期。

② 徐天秀：《论〈记丁玲〉的“细事”与“人性”》，《东方论坛》2016 年第 5 期。

试，而是由于情感因素的影响。故《记丁玲》一书在文体上既像小说又像传记，夹杂议论内容也是情之所至，难以拉开和作品的距离。从“细笔”与“表面生活的秩序”的书写，可见沈从文对于传主情感性格与创作发展的把握，论述结构与方式的特异性正出于对友人的深刻情感，和“解释人生形式”的小说观。

第十七章

2017 年丁玲研究述评

一　丁玲小说研究

本年度丁玲小说研究主要包括《我在霞村的时候》《夜》《水》和《法网》研究。

《我在霞村的时候》是丁玲探索女性生命境遇的小说之一。黄丹銮[①]认为，这篇小说的特殊性在于它提出了一个关涉革命女性日常生存的尖锐议题：为革命而失贞的女性将如何选择其人生道路，她还能否有属于其个体性的人生幸福？在贞操观念成为女性生命桎梏的传统中国，对革命政权而言，这亦是一个十分隐晦、尴尬而无法解决的问题。丁玲对这一议题的理解，恰恰呈现在对贞贞结局的处理中。带着明显革命理想主义构想的结尾，确实在一定程度上消解了问题的尖锐性，使故事矛盾张力最终趋于平缓。然而，如若考虑到中国女性解放历史空间的逼仄及其对中国革命的依附性，那么，丁玲为处于历史夹缝的"失贞"革命女性继续选择"延安道路"便不是不可理解的。丁玲，作为活跃在中国现代历史舞台的女性，在她进入中国（男权）社会公共领域所遭遇的整体压制——包括对其"文学"与"革命"的双重否定，折射出中国女性争取赋权、获得社会地位的艰难。然而，丁玲又始终是在中国（男权）社会的压制中，以"文学"展现着她内心的光明愿景，以"革命"坚持着她生命存在的疾呼，这就是丁玲式的女性反抗哲学，也是丁玲最可宝贵的女性革命精神。

赵永刚[②]则细致探讨了《我在霞村的时候》的创作心理，认为这篇小说与丁玲本人均历经曲折，两者有着剪不断，理还乱的错综复杂关系。运用叙事学理论分析，就会发现该文本呈现出多重文本交混、悖反的交响曲样态；在表层文本中，"我"与贞贞的叙述声音展现出具有启蒙话语理念的女性主义叙述声音与革命意识形态之间的冲突、悖离。在深层文本，进

---

① 黄丹銮：《从"贞贞的故事"看贞操观念与中国女性革命》，《中国现代文学研究丛刊》2017年第9期。

② 赵永刚：《丁玲与贞贞的灵魂对话——〈我在霞村的时候〉创作心理探源》，《南方文坛》2017年第3期。

入创作情境的丁玲借助贞贞的视角来回顾自己多难艰辛的心路历程，小说中贞贞与“我”的对话很大程度上来自深处内忧外困之境的丁玲自身焦虑心态下的对话——丁玲借此展开灵魂对话的跋涉，以此走出内心的困惑与焦虑状态，对抗内扰外困的焦虑心境，并以此来打理内心的情感纠结，找寻精神突围的出路。

赵永刚本年度还发表有关于丁玲小说《水》的研究①。文章认为，《水》是丁玲以崭新的姿态，由自由的个性主义话语跨向革命话语宏大题材写作的艰难成长、嬗变。这一嬗变有着极为复杂的原因。丁玲小说《水》等文本心理驱力有着作家极为复杂的情感心理投射和主观意图的纠结。在历史情境中，冯雪峰的《关于新的小说的诞生》对丁玲小说《水》的批评是其用笃信的革命话语对个性话语的规训与引导。其中，革命话语具有双刃作用：革命话语在引导“小资作家”坚定革命信念的方面，无疑有着强大的助推之功；但此一批评理路亦不乏偏颇之见，它排斥了个性话语的言说空间，忽视了作家极为丰富的写作情感内涵，对作家个人情感、心灵的深层开掘方面起了阻碍作用。

熊鹰②则将丁玲的短篇小说《夜》置于20世纪40年代初马克思主义理论中国化和新民主主义革命理论形成的历史大背景下，结合丁玲自身在延安马列学院学习的经验，发现丁玲在《夜》中所要重点探讨的问题即是，在30年代末40年代初马克思主义理论中国化的背景下如何理解以马列主义理论为主要指导思想的中国革命的实际情况。论者认为，丁玲在《夜》中探讨了中国革命打破原有社会的经济及伦理秩序，向新民主主义社会新型生产和社会关系转变过程中边区人民所面临的现实问题。通过对“物质基础”这个政治经济学术语的运用，丁玲在《夜》中着重探讨了40年代边区最主要的物质基础与上层建筑发展之间的矛盾。丁玲注意到了党的政策在实际贯彻过程中所遇到的困难，关注到了边区生活和革命理论之间的张力。《夜》体现了作家兼党员干部丁玲对这一时期重大理论问题的思考和回应。从这个意义上来讲，《夜》探讨的正是40年代初中国革命

① 赵永刚：《个性话语与革命话语的兼容与悖离——兼论丁玲小说〈水〉及冯雪峰〈关于新的小说的诞生〉对之的批评》，《山东青年政治学院学报》2017年第2期。

② 熊鹰：《“物质基础”与民主生活之间——论丁玲〈夜〉对新民主主义革命道路的探讨》，《中国现代文学研究丛刊》2017年第7期。

"明天"走向何方的小说。可以说，丁玲是借用文学思考革命道路，并"与革命相向而行"[①]。

翟猛[②]则认为，丁玲在短篇小说《法网》中着重描写了劳工阶层的日常生活及其暴力的发生，并将原因归结为阶级压迫。小说以大量的篇幅刻画了劳工的日常生活细节和思想变化，对于资产阶级和帝国主义压迫有着十分强烈的反抗意识。一方面，丁玲对劳工无产阶级意识的觉醒采取了先抑后扬的叙述策略；另一方面左翼创作要求对丁玲的创作产生了积极影响，使得小说前后两部分的美学风格呈现出了明显的变化。丁玲在小说前半部中以丰富的细节建构起来的现实真实，在后半部中被政治真实所有力纠正并最终取代，而在左翼意识形态的理解框架中，政治真实的正确性具有不可置疑的权威性。这一时期在丁玲一生的创作生涯中属于革命文学的艰辛探索期，她正努力尝试在现实真实和政治真实之间探索出一条现实主义文学的创作道路。《法网》表明她已经取得了相当重要的成果。

二　丁玲思想研究

"革命"与"恋爱"的关系历来为中国现当代文学的研究者所关注。李杨[③]以丁玲与沈从文、冯雪峰的感情纠葛为例，呈现出被 80 年代的"革命"与"恋爱"、"个人"与"集体"、"文学"与"政治"的二元对立所遮蔽的历史意识与生命经验，展示出"革命"与"恋爱"的"互文"及其"革命"之"有情"，并进而思考了这种现代情感结构之于中国现当代文学史乃至思想史的症候性意义。论者认为，丁玲在"爱情"与"革命"之间的生命历险，其症候意义将涨破、拆解我们熟知的"革命"与"恋爱"的二元对立，再现在文学江湖失踪多年的"革命决定了恋爱"以及

① 解志熙：《与革命相向而行——〈丁玲传〉及革命文艺的现代性序论》，《文艺争鸣》2014 年第 8 期。

② 翟猛：《现实主义的探索与限制——读丁玲〈法网〉》，《东吴学术》2017 年第 6 期。

③ 李杨：《"革命"与"有情"——丁玲再解读》，《文学评论》2017 年第 1 期。

“革命产生了恋爱”，甚至于展现一种“革命即恋爱”或“与革命恋爱”的旷世奇观。丁玲的“政治/革命”不但没有排斥“个人”或“自我”，相反，它是“个人”与“自我”的凤凰涅槃，甚至还可能是男欢女爱的乌托邦。我们在丁玲的故事中，看到的不是批评家念兹在兹的“恋爱”与“革命”的对立，而是“恋爱”与“革命”的交响。或许让我们震惊的，除了这种建立在共同政治信念上爱情的持久与坚韧，还有它让我们始料不及的热情。在某种意义上，30年代的“革命加恋爱”小说之所以流行，正是由于这种“革命”与“恋爱”的互文，以及由此投射出的“我”与“我们”的互文。丁玲穷其一生在其文本内外向我们表达的，即是“万物有情”——“有情”之“事功”，或曰“事功”之“有情”。

熊权①则致力于“自杀意象”与丁玲无政府主义思想之间的关系，认为无政府主义思想不仅是促成丁玲成名的要素，而且如同一个挥之不去的幽灵长时间游荡在丁玲的文学世界中。在政治的层面上，无政府主义是共产主义的“敌人”，成为后来评论家屡屡批判以及丁玲自己不得不澄清的“坏的倾向”；但在文化批评的层面上，无政府主义思想大大深化了丁玲的文学创作。早期丁玲笔下的“自杀意象”直视现代人的冲突与撕裂，把自杀上升为反思人生的哲学问题。追根溯源，这份“独异”又与她早年接受无政府主义思想密切相关。这一意象与虚无党刺客主动赴死的“烈士情结”精神相通，都体现了无政府主义思想难以克服的内在悖论。先锋激进与虚无颓废，犹如一枚硬币的两面，表明那个时候的丁玲确实深味无政府主义思想并触及了它冷硬的核心悖论。丁玲会反思早年接受的无政府主义，却未必与之截然断裂。发挥无政府主义的文化批判功能、与作为现代文学主流的“民族国家话语”对话，是丁玲文学“转向”后仍然贯彻的线索。从无政府主义的文化批判功能着眼，丁玲在解放区发出的异端声音与她在“五四”末彰显的“独异”其实一脉相承。周扬之所以特别仇视丁玲的《在医院中》，就在于他窥见了无政府主义思想针对权力与秩序的强大批判力。作为20世纪的现代性思潮之一，无政府主义在中国的革命进程中扮演了重要角色，是不同于共产主义的“他者”革命意识形态。应该承认，正视文化批判意义上的无政府主义，发掘它与共产主义的互动对

① 熊权：《“自杀意象”与丁玲的无政府主义思想之探寻》，《文学评论》2017年第1期。

话，有助于如实地、深入地把握左翼文学。在这样的兼容视野中，我们才能打破将左翼文学视为“政治工具”的固定思维，看到它内在的差异与张力。

三　丁玲史料研究

从 1930 年 2 月 22 日到 5 月底 6 月初，这一时期在胡也频的革命生涯中被称为“济南之行”。这一时期虽则只有短暂的三个多月，却成为胡也频成为革命者、革命烈士的关键点。袁洪权[①]认为，“济南之行”话语叙述的重要建构者，中华人民共和国成立初期非丁玲莫属。当时，丁玲显然着力于新政权对胡“革命烈士”身份的认定与建构。写作《一个真实人的一生：记胡也频》（以下简称丁文），必然按照革命话语的要求进行“政治描述”，以形成胡也频的革命人生。但是，丁玲在此文中关于胡也频“济南之行”的细节叙述中，却无意中牵涉出张默生。其对张默生的叙述，多有负面描写，这就迫使张默生在历次的政治运动中成了革命的对立面，对其形成了强烈的政治杀伤力。其实张默生与胡也频的关系十分密切，不可能是“反动人士”。张默生从何思源处得到抓捕胡等人的消息后，第一时间直接赶往胡也频、丁玲住处，告知消息。如果没有何、张两人的通力协作，胡可能在 1930 年 5 月中旬就被国民党山东省党部抓捕了。新时期之后，丁玲意识到自己文章的“政治杀伤力”，改变了原先的态度，对涉及张默生负面评价的文字进行了处理。但是，2001 年河北人民出版社在整理出版《丁玲全集》时，对丁文文本的复杂性、版本变迁的细节，却没有作出相应的注释或说明。当我们重新检视 20 世纪 50 年代丁玲的部分文章时，这些细节处理应引起重视，因为那才是那时的文学史和思想史。如果以 20 世纪 80 年代的版本，或者以没有标注版本变迁的全集版本来进行研究，都是对历史的“不尊重”。

---

① 袁洪权：《开明版〈胡也频选集〉序言的“隐秘事实”——胡也频“济南之行”史实梳考》，《文艺理论与批评》2017 年第 2 期。

袁文发表以后，李向东[①]随之在同期杂志发表文章与之展开商榷。李向东认为：一、胡也频之成为烈士，是因为他为人民解放事业英勇就义，惨死于国民党的屠刀下，并非因为“济南之行”。革命，是胡也频的坚定信仰与追求，丁玲自然要“按照革命话语”对他进行“政治描述”，这很正常，不理解革命，就无法理解和描述胡也频。不能理解胡也频经过多年求索最终选择了革命的道路，不能理解丁玲的感情并产生共鸣，就不能正确解读《一个真实人的一生》。二、《一个真实人的一生》的确带有20世纪50年代初期“共和国文学语境”的鲜明色彩，那个文学语境的主流就是：歌颂人民革命，继承先辈遗志，建设社会主义新中国，创建工农大众喜爱的新文化，而绝非出于意识形态目的，不惜遮蔽、篡改事实，编写“俨然”的“历史事实”。三、无论冯毅之、季羡林，还是张默生、沈从文，他们的回忆和记述，都只是更加证实了丁玲关于胡也频“济南之行”的革命叙述，更加突显了“胡也频在中国革命文学历史中的传奇经历”。四、丁玲确实误解了张默生，但他们很快就达成了和解，在新时期他们也重新恢复了联系。张默生之所以被打成右派，并非丁玲关于“济南之行”的叙述，而是因为他在1957年同情一位诗人流沙河，并提出“诗无达诂”说，而召来了问罪之师。同样，对于沈从文，丁玲也从未在其文章中对其刻意贬斥。五、1980年11月，人民文学出版社出版《丁玲散文集》，收入《一个真实人的一生》，丁玲删去了误解张默生的那段话。1984年此文收入湖南人民出版社的《丁玲文集》第五卷时，有个别文字改动，河北人民出版社2001年版的《丁玲全集》，基本沿袭了这个版本。两位前辈之间的一场误会已经基本消除。但半个世纪之后，袁文仅凭一点材料和主观臆断，就居高临下地对其中一方横加指责，貌似主持公道，这是有悖于张默生本意的。在这个意义上，袁文不仅是对丁玲和张默生的不理解、不尊重，也是对于历史真相的不尊重，这样的“史实梳考”是不可取的。

在丁玲的情感生活中，冯雪峰占据了十分突出的位置。陈漱渝[②]细致梳理了他们之间的密切交往。文章认为，在丁玲与胡也频的恋爱生活中，

① 李向东：《“探秘”与历史叙述——也谈胡也频的“济南之行”并与袁洪权商榷》，《文艺理论与批评》2017年第2期。

② 陈漱渝：《飞蛾扑火：丁玲的情感生活——以丁玲和冯雪峰为中心》（上、下），《名作欣赏》2017年第6、7期。

冯雪峰是一匹突然冒出的黑马。这场西湖畔的三角恋以冯雪峰的退出而告终。其原因有二：一、冯雪峰对丁玲所表现出来的主要是彼此谈心的要求，不愿落入一般男女关系的俗套；二、在丁玲心目中，胡也频是一个弱者，丁玲不忍心让这样一个纯洁的男人为她受伤。如果单纯着眼于男女情爱，丁玲跟冯雪峰之间的关系可以说是“有花无果”；但如果着眼于政治和文学，那产生的影响则极为深远，是“有花有果”。丁玲是一个毕生追求光明的作家，但在结识冯雪峰之前，她的思想有虚无主义色彩，创作沿袭着“革命 + 恋爱”的模式，而胡也频并不能给她以指引；直到跟冯雪峰接触后，她才逐渐实现了向左翼营垒的革命转变，创作也攀上了一个新的高峰。丁玲和冯雪峰之间这段短暂的恋情也在她的作品中留下了印证，最为明显的就是丁玲那篇流传甚广的《不算情书》。冯雪峰对丁玲的情感表达则主要表现他在对丁玲作品的评价上，其中既有热情的鼓励，也有严苛的批评，非诤友之间所不能有。丁玲深知这一点，所以她称冯雪峰是“文章上的知己”。丁玲的情爱史充满了真、善、美的人性，同时也充满了鲜明的政治性。

丁玲与沈从文也似乎是一个永远谈说不尽的话题。李美皆[①]发现，丁玲与沈从文的友谊，首先是由于胡也频的联结。一个是好友的爱人，一个是丈夫的好友，这是他们友谊的基础。二人之所以交恶，抛却那些零零碎碎无法确证的表面事，根本原因在于他们是个性太不相同的两种人，走的是太不相同的两条路。论者还考证了所谓丁、胡、沈三人同行“大被同眠”的说法，认为他们“同住”在一起，其原因有三：一、经济原因，说白了就是穷，图省钱；二、太相熟，太要好，无隔膜，连性别都不是那么介意；三、沈从文的温软，引不起胡也频和丁玲的性别戒备。论者继而认为，丁玲被如此“污名化”，与沈从文的《记丁玲》《记丁玲续集》中的记叙不无关系。这些书应和了大众对于桃色的兴趣，造成了普遍的误导，这是让丁玲大为气恼和无奈的。沈从文趣味主义的濡湿的眼光和缠绕黏腻的文字表述，也确实很容易造成那样的阅读效果。1980 年丁玲发表《也频与革命》，终于将沈从文痛斥一番。她在文中重点申明了沈从文“对革命的无知、无情”，“对革命者的歪曲和嘲弄”，具体地说，就是对她和胡也

① 李美皆：《丁玲与沈从文》，《文学自由谈》2017 年第 2 期。

频之革命的无知和歪曲。其实，这也正是造成他们之间严重隔阂的真正原因。

关于丁玲与周扬，李美皆[①]认为，周扬与丁玲晚年的对立关系，是影响“晚年丁玲”的一个重要因素；对立关系的再度形成，是因为周扬在丁玲历史平反问题上的反对态度。这种态度促使丁玲在其晚年重新激起了某种斗志，使她进入两极：对官方是顺民姿态，对周扬是斗士；对官方越是乖顺，对周扬就越是敢斗。丁玲至死没有原谅周扬是可以肯定的，周扬究竟有没有向丁玲道歉则是有争议的。

赵焕亭[②]则细致梳理了丁玲和刘白羽之间的关系，从刘白羽的长篇回忆录《心灵的历程》看出刘白羽与丁玲的关系大致经历了三个阶段：友谊的建立——友谊的摧折——友谊的恢复。刘白羽与丁玲相识于1937年冬抗日烽火中的山西汾河前线，在战争岁月中建立了纯真的革命友谊。但是在1955年的胡风案和1957年的反右派斗争中，丁玲遭到以刘白羽为骨干力量的中国作协的大力批判，两人的友谊随之破裂。到了20世纪80年代初，在拨乱反正的背景下，刘白羽向丁玲表达了忏悔，两人最终握手言欢，恢复了原来的友谊。刘白羽和丁玲友谊发展变化的历程具有典型的时代意义，其个人命运与时代紧密相连，其关系的变化历程折射出历史的风云变幻。

丁玲在中华人民共和国成立后一度担任文艺界的领导，她在20世纪50—70年代的经历与时代、历史密切相关，甚至其起伏的一生可作为某种缩影一定程度体现时代、国家、历史与个人的复杂关系。“文革”后，随着政治、思想意识形态的变动和“恢复”，“拨乱反正”成为时代“主潮”。不过，现实并非一帆风顺，即使在顺应人心的“潮流”内部，也存在某些不和谐的因子和丰富驳杂的细节。陈锦红[③]在此背景下，细致梳理了丁玲在“文革”后平反的曲折历程。她发现平反之曲折与人事的复杂，乃至不同个人在面对同一历史语境时的不同回应和结果，似乎也呈现了历

① 李美皆：《周扬与丁玲之间的道歉、忏悔与检讨问题》，《南方文坛》2017年第5期。

② 赵焕亭：《刘白羽和丁玲关系考论——从〈心灵的历程〉谈起》，《陕西师范大学学报》2017年第6期。

③ 陈锦红：《丁玲平反的曲折历程》，《东吴学术》2017年第1期。

史内部的复杂性以及个体在历史大趋势中的特殊性。就作家丁玲而言，这种特殊性既深深植根于其生活的时代及社会，又与她在这一环境中孕育生长的个性及其与外部因素的相互“磨合”和“斗争”紧密相关。或许从某种意义上，它还折射出个体生命及其生存环境之间既努力“融合”又相互背离的张力，个人与社会之间难以调和的冲突和矛盾。

第十八章

2018年丁玲研究述评

一　丁玲作品研究

1. 小说研究

主要包括短篇小说研究和长篇小说研究。短篇小说研究主要包括《夜》《我在霞村的时候》《在医院中》和《梦珂》研究。

《夜》是丁玲在延安文艺座谈会前动笔写的最后一篇小说，也是一部兼容革命话语与诗性话语的复杂文本。唐小林的《革命文本与诗化书写》① 已经密切注意到了《夜》的这两大基本特征。文章从社会史、革命史两个视野的维度上同步展开讨论，认为这部小说在现代文学史上较早刻画了何华明这样一个解放区不脱产农民干部的形象，以独特的诗学面貌呈现出延安政治中的日常结构性问题。丁玲的创作思路并非是要突出个体与革命的对立或矛盾，而是试图在个人需求与革命诉求的裂隙之间，努力寻求缝合的途径。她所关注的仍然是革命内部的问题，是革命主体如何在新的政治环境中努力实现自我成长的问题。对《夜》的诗化风格的讨论，并不意味着可以超越革命文本的视域。这篇小说的诗化方式对革命内部某些历史结构性内容的显影不但不是消解的，反而是有效的。在一套政治制度性写作规范出现之前，知识分子对革命的书写必然带有个人的丰富性与复杂性，但并不意味着这种方式外在于革命的“现实”，而关乎被革命召唤与吸引，以及主动投入革命的知识分子如何看待并进行思考、书写革命的“现实”问题。作为《讲话》前最后一篇小说创作，《夜》至少在作者自觉的意义上象征着丁玲在纳入新的写作制度前，对“知识分子（文学家）的自我存在方式”这种“具有生产力的写作范式”的最后一次探索和尝试。

关于《我在霞村的时候》，以黄丹銮的解读最为出色。其《〈我在霞村的时候〉的复调性及其局限》② 认为，在反映抗日战争中女性受害者生存

---

① 唐小林：《革命文本与诗化书写——论丁玲的〈夜〉》，《中国现代文学研究丛刊》2018 年第 12 期。

② 黄丹銮：《〈我在霞村的时候〉的复调性及其局限》，《广东开放大学学报》2018 年第 6 期。

境况的问题上，丁玲主要是在对话式的对立中展现不同思想意识的矛盾交锋，是通过对话性声音展现一个外向性的折射时代矛盾的主题。但同时，丁玲还通过“独白型”声音展现了一个内省性的烛照自我矛盾的主题——消沉的“我”通过对贞贞的观察、学习而达到消极情绪的“自我克服”。小说结尾的“光明意象”本质上是丁玲进入延安后“自我克服”心绪的文本表现，是女性议题历史难题性的表征。这一意象还同时出现在《在医院中》《夜》《太阳照在桑干河上》等作品中，可见，它是丁玲延安时期小说代表作的一种创作倾向，并非偶然。文章借助巴赫金复调小说理论，从修辞层面探讨丁玲延安前期代表作《我在霞村的时候》的创作意图，分析文本中的经典对话片段，最终发现“光明意象”被感知为作者革命选择的缘由，即丁玲文本所呈现的奔赴延安的“光明意象”，实际凝结着丁玲关于现代中国的乌托邦想象。丁玲没有超出她的时代，她将整个的生命卷入时代的洪流之中，能够直面革命的不完满，历史的污秽和鲜血，这不是她的局限，反而是她的伟大。黄培钰①亦认为，《我在霞村的时候》中的贞贞形象，不论是放置于丁玲小说中的同系列人物的脉络里，抑或是放置于小说内部的几组关系中加以审视，都是对作者自身处境及生命经验的一种关照，贯穿着一种与革命密切相关的“丁玲的逻辑”。

周莲②则从女性主义的视角出发，认为《我在霞村的时候》的故事包含着处于弱势地位的女性渴望摆脱男权困境的决心，看似男女平等的背后隐藏着男性对女性话语权的剥夺。女主人公贞贞的遭遇，实质上揭示出了女性在当时所面临的三重困境：现实困境，蕴含了女性在现实生存环境中走投无路的绝望；文化困境，男权文化的捆绑使女性不得不按照男权主义者期待的标准塑造自身；精神困境，潜藏着女性精神主体失落的彷徨。这部作品蕴藏着女性渴望冲破男权困境的决心，也更多地饱含了女性对话语权的追求。

① 黄培钰：《他者的女性与主体的革命——“贞贞”形象再解读》，《宁德师范学院学报》2018 年第 3 期。

② 周莲：《冲出困境的女性话语——重读〈我在霞村的时候〉》，《湖南人文科技学院学报》2018 年第 4 期。

孙尧天[①]则对丁玲《在医院中》作了症候式解读，认为就丁玲毕生的创作而言，无论是题材还是写作风格，《在医院中》都堪称戏剧性的转折。这篇小说对主人公陆萍的形象及其复杂心理活动的刻画，已经超越了丁玲个人的困惑和焦虑，成为历史转折期知识分子共有的精神困境的隐喻。当丁玲小说中的人物从个人主义的恋爱转向革命之后，观念化、理想化的革命主体一直缺乏实践性的维度，这使得她本人以及她小说中的人物出现了对革命的认识论的危机。陆萍的困境以及丁玲写作的失败，便清晰地展露了这一问题。在唯物主义的认识论中，感觉/感情经验被提到了第一性的地位，而只有社会实践提供了感觉/感情经验的形式。这指出了知识分子改造自我的途径，即在现实的实践过程中完成个人感觉结构从小资产阶级到无产阶级的转换。20 世纪 30 年代，"左转"的知识分子努力向革命靠近，但关于自我如何融入革命这一问题始终被搁置，在延安整风期间才得到了重视。中国共产党领导的革命实践为浪漫的自我提供了新的精神归属，要求对个人的情感结构进行彻底改造。《在医院中》的陆萍即是处在这种改造来临之前的时刻。她从不缺乏对改造的热情，需要的恰恰是新的方法论和实践论指导，以此建立"靠得住的理性"，使得"总是爱飞"的浪漫的陆萍与现实的地面相结合。

同样是解读《在医院中》，黄丽强[②]借助的则是汉娜・阿伦特的"平庸之恶"。文章认为，《在医院中》的人物行为、语言皆呈现出"平庸之恶"的特性。这一"平庸之恶"并不是某些人的专利，而是人类所共有的。丁玲不但在其作品中很好地把它揭示出来，甚至还描写出了主人公面对"平庸之恶"时的解决之道，亦即逃避现实、沉入思考与不断学习。虽则这部作品创作于一定的政治、社会环境下，然而其作品意义却超越了那个年代，揭示出人性深层的症结，从而使这部作品具有了某种永恒的属性。

韩煦[③]从女性镜像的角度出发解读《梦珂》，通过对小说中知识女性面

---

① 孙尧天：《浪漫的与现实的：革命语境中的内在冲突——丁玲〈在医院中〉的症候式解读》，《文艺理论与批评》2018 年第 1 期。

② 黄丽强：《〈在医院中〉的"平庸之恶"》，《武夷学院学报》2018 年第 5 期。

③ 韩煦：《女性镜像：自我发现与现代中国——读丁玲〈梦珂〉》，《信阳师范学院学报（哲学社会科学版）》2018 年第 2 期。

对男/女、事业/婚姻、城市/乡村等多个二元对立项的态度与选择，具体阐释了《梦珂》是如何将女性的自我拯救与中国的“现代性”阵痛整合在同一叙事中的。叙事的表演性以及背后的多重隐喻由此成为文章的主要分析对象。论者认为，与梦珂相似的女性，她们所面对的社会似乎复杂而无解。一方面贫穷的乡村是遥远的想象甚至遗忘，“那里的生存方式和那里的妇女，是她们过去的历史或‘无历史’处境的缩影”；而在另一方面都市的生活日趋正规与稳定，但却已然在资本主义的逻辑当中，以男性的标准制定了“一套全新的女性社会化角色”。正是因为这样的二元对立模式的自我复制与繁衍，生产出了一系列与之相关的现代化叙述范式，并且不断累积为不能忽视的历史性问题。在现代中国的发展中，女性处于何种位置，以女性为镜像所映射的乡土中国的现代转换又是怎样的，女性所承载的历史与现实内涵，使得其具有繁复而有意味的阐释力，正是该文写作的问题意识与努力方向。

程志军①则细致考察了丁玲完成并发表于延安文艺整风前的三部小说《泪眼模糊中的信念》《我在霞村的时候》《在医院中》，认为丁玲把深入延安的日常体验作为其小说创作的核心动力，基于生活视角她把陈老太婆、贞贞和陆萍置于新民主主义政权下的乡村与医院，其观察问题的角度和深度着眼于所接触到的家庭生活或集体生活，日常叙事在战争话语、人民性话语和革命话语等多维背景中获得了丰富的表意。

长篇小说研究主要包括《太阳照在桑干河上》研究，其中以杨希帅的文章《革命知识分子主体与革命政权的悖论性冲突》② 最为突出。论者认为，延安文艺座谈会后，《讲话》对作家主体进行了重塑，产生了全新的“社会主义现实主义”创作模式，丁玲的《太阳照在桑干河上》即是按照《讲话》规范创作的小说。然而，这部小说却产生了诸多与《讲话》相悖的杂音和异质因素。小说的“问题”反映出作家主体与革命政权的拉锯，具体表现为：一、革命精神与革命政权的悖论。一方面丁玲具有独特的“革命观念”与“斗争哲学”，丁玲愿意将自身投掷于激烈的现实中并在拼

① 程志军：《日常体验与丁玲的延安观察——以〈泪眼模糊中的信念〉〈我在霞村的时候〉〈在医院中〉为中心》，《广西教育学院学报》2018 年第 3 期。

② 杨希帅：《革命知识分子主体与革命政权的悖论性冲突——以丁玲〈太阳照在桑干河上〉的创作为考察中心》，《汕头大学学报》2018 年第 4 期。

搏与搏斗中获得不断的升华与进步；另一方面，革命体制所不能容忍的恰恰正是丁玲的这种以革命精神来批评革命政权的眼光，《讲话》所要消弭的恰恰正是作家身上存在着的革命精神与革命政权不能契合的关节点。二、经验性自我与政党文艺制度的冲突。具体到现实创作中，丁玲与《讲话》最大的“缝隙”实质是丁玲那种不喜欢典型性、抽象人物的“经验性”的自我，同《讲话》后革命政权所要求的以强有力的党的话语权剔除作家独立思考之间的制度之间的矛盾。丁玲面临的组织内知识分子与现实的革命政权间存在的深刻而又现实的归置难题在当代文学史上具有普遍性，它与中国当代文学制度和作家本身的身份归属具有密切联系。其《〈太阳照在桑干河上〉评论的兴衰》[①] 则认为，丁玲的《太阳照在桑干河上》自出版以来便一直受到评论界的关注。20 世纪 50—70 年代，陈涌与冯雪峰等人在“社会主义现实主义”的框架下，通过分析小说中两个重要人物顾涌与黑妮，发掘出小说文本的异质因素，并将这些异质因素的产生归因于丁玲思想改造的不彻底。进入新时期，赵园、严家炎等学者沿着陈涌与冯雪峰的评论继续挖掘小说中的异质因素。但是，对异质因素的评价却发生了翻转，论者大多认为异质因素的产生是丁玲坚持作家主体的表现。

对《太阳照在桑干河上》作出精彩解读的还有阎浩岗的《丁玲土地革命书写的马鞍形轨迹》[②]。该文考察了丁玲 1931 年至 1948 年的土地革命书写，发现它们在叙事伦理及艺术处理上有明显差异，有一个马鞍形演变轨迹。早期的《田家冲》与《母亲》从个体生命体验角度切入，中期的《东村事件》是对“典范土地革命叙事”模式的尝试，但这一尝试并不太成功，因而，后期的《太阳照在桑干河上》及《在严寒的日子里》在适应新的创作规范的同时，又探寻新的属于自己的道路。这一马鞍形轨迹的形成，取决于作家独特的个人境况与创作追求。具体到《太阳照在桑干河上》，其与以周立波《暴风骤雨》为代表的“典范土地革命叙事”呈现出诸多不同的特征：一、将典型的“恶霸地主”推到幕后。二、将“恶霸”与“地主”两个概念之间的焊接熔断，将占地多少与个人品德切割。

① 杨希帅：《〈太阳照在桑干河上〉评论的兴衰》，《河南科技大学学报》2018 年第 2 期。
② 阎浩岗：《丁玲土地革命书写的马鞍形轨迹》，《中国文学研究》2018 年第 3 期。

三、没有将地主阶级写成铁板一块。四、写到了勤俭发家的可能性。五、对农民形象及地主与农民关系的描写，也不乏“越轨”之处。由此可见，《太阳照在桑干河上》虽基本遵循主导意识形态规范，却并非完全从观念出发，凭想象写作，而是比较忠实于作者的生活实感，保持了自己一贯的创作个性。

与阎浩岗将丁玲关于土地革命书写的文章集结为一个整体的构思方式相似，孙慈姗则从风景学的角度将丁玲的前期小说视为一个整体。其《丁玲前期小说中的乡村风景书写（1927—1936）》[①] 认为，在丁玲前期（1927—1936）的小说创作中，关于乡村风景的书写构成了一个值得关注的贯穿性线索。这一时期的《梦珂》《田家冲》《水》《阿毛姑娘》《母亲》等代表性文本集中凸显了丁玲乡村风景书写的独特面向，不仅包含风景观照机制所固有的审美心态，还容纳了作家自身的怀旧情结与个体情感归属。同时，丁玲通过对乡村风景的观照与书写体察着乡土社会的人际关系、人与自然的情感联结，探寻着城市与乡村两种风景的互动，进而思考着乡土世界孕育新的社会变革的可能，因而具有十分丰富的向度。文章对丁玲前期小说作品中涉及乡村风景书写的部分进行文本细读，归纳其风景书写方式与内涵的延承演变，在此基础上发掘作家对乡土世界的感性经验与理性思考，从一个侧面探究这一时期丁玲文学思想的变迁，在把握作家这一时期思想与创作脉络整体性的同时为其文学与人生道路的“转向”寻求内在依据，这一尝试可以说十分成功。

2. 散文研究

白玉的《来自时代亲历者的隐忧——由丁玲〈三八节有感〉透视延安版画中女性生存境遇》[②] 认为，延安时期的妇女解放运动是女性运动链条中重要的一环，版画家捕捉的是延安乡村女性在大时代之下闪烁革命气息的主人翁姿态，显现出前所未有的自信，丁玲反思的则是革命火热激情之下知识女性角色扮演的遗憾与缺失，深有心有余而力不足之感。版画与杂

① 孙慈姗：《丁玲前期小说中的乡村风景书写（1927—1936）》，《中国现代文学研究丛刊》2018 年第 12 期。

② 白玉：《来自时代亲历者的隐忧——由丁玲〈三八节有感〉透视延安版画中女性生存境遇》，《鲁迅研究月刊》2018 年第 5 期。

文并行指涉革命话语之下女性世界的单纯与复杂，打破延安文艺单方面的生命向度，呈现出相互补充印证的认知方式，版画黑白掩映下的高亢昂扬与杂文理性思维下的拍栏叹息共同演绎女性解放历史多重真实，延安文艺也便具有了让后人阅读摄取的立体快感。与此同时，木刻世界呈现出来的延安时期女性生存空间的美好想象，与丁玲身在其中的深沉思索暗相呼应，共同解释了延安社会的不同风貌，多面光芒映射下的社会生态才是健康合理的社会生态，历史便真实存在于诸多面向交错之间。延安作为世界一角有着不可回避的形形色色，不同声音节奏在充满社会革命话语中显得无比激越昂扬，在风云变幻、嘶声呐喊的语境之下，一种深思能够潜沉在底部，托起整个社会思考的空间，这是时代的幸运，也是中国的幸运。

3. 书信研究

1979 年丁玲有一封写给蒋祖林的信，现保存于中国现代文学馆手稿书信库，由陈明捐赠。该信虽未收入《丁玲全集》，但其价值却不容低估，不但有助于深入推进丁玲及相关历史的研究，还有助于解决一些悬而未决的文艺问题。张元珂①认为，该信的史料价值主要包括：一、该信首次揭示了《战地》编辑部“内幕”以及胡风与周扬、《七月》与《战地》之间可能存在着的紧张对立关系，对深入研究自延安以来的文艺宗派关系及其期刊社团的运营状况大有裨益。二、关于延安悼念萧红活动中的一些细节问题，姜德明在其 1978 年所发表的文章《鲁迅与萧红》中的一些叙述是站不住脚的，信中丁认为姜“不据实引用”“自作聪敏”的判断不为无故。三、该信为文艺界的宗派斗争提供了更为直接、尖锐的史料，同时也向我们呈示出身处各种“运动”及宗派斗争中的丁玲最为真实的心灵样态。四、该信对丁玲在 1980 年前后的历史处境、精神状态和心灵样态的呈现，为研究者提供了第一手的资料。二十多年的政治摧残，迫使丁玲仍然“心有余悸”，说话、做事不得不更加谨小慎微。因此，1979 年前后的处境也是她三缄其口的重要原因。

---

① 张元珂：《1979 年前后丁玲的言行、心态及若干史实——以一封书信为中心》，《中国现代文学研究丛刊》2018 年第 8 期。

二 丁玲思想研究

1. 丁玲与政治革命

贺桂梅①从作家丁玲主体结构的二元性这一问题意识出发，结合丁玲文学创作与革命实践的生命历程，探讨了丁玲如何塑造出一种将革命、主体与文学融汇一体的独特辩证法生命哲学。相关讨论以丁玲在不同历史时期关于瞿秋白、王剑虹的文学书写为线索，对丁玲与无政府主义思想的关系、丁玲为何选择文学道路、丁玲向“左”转的具体历史内涵、丁玲革命主体结构的形成及其与创作的关系等关键问题，均进行了分析性的历史阐释。

文章认为，丁玲作为“作家”与“革命者”的生命历程，同时可以被视为一种实践性的主体构造过程，即一个不断改造旧我、构建新我的开放性展开过程。作家的写作实践与其生命经验既有密切关联，又并非镜子式的反映，而是通过文学写作这一媒介，作家既塑造自我主体，也介入、参与社会革命实践，由此，作家的主体构成与她的文学、革命实践之间形成了彼此塑造的辩证关系。1942 年在《在医院中》的结尾中，丁玲曾将小说的主题概括为“人，是在艰苦中生长”。事实上这也可以说是丁玲一生的主题。丁玲在 20 世纪中国革命历史中荣衰毁誉、大起大落的生命历程，最为典型地显示出其人格主体构成的不断“生长”，从而形成了一种独特的生命实践哲学。即“在革命的斗争实践中，在与‘艰苦’展开搏斗的生活经历中，不断地磨砺自身，不断地认知外在世界，并通过实践转化成自我的构成部分，以塑造新我”；与此同时，这一“自我战斗”的轨迹又在丁玲的文学创作中有相应的描绘，并最终呈现为文学作品的完整形态。从这一角度而言，丁玲主体构成的诸种二元性，与其说是一种分裂性、对抗性存在，莫如说是一种始终处在彼此转换、矫正和提升过程中的一体性内在精神结构。这种紧张的“自我战斗”，其结果并不是其中的“一元”克服

① 贺桂梅：《丁玲主体辩证法的生成：以瞿秋白、王剑虹书写为线索》，《中国现代文学研究丛刊》2018 年第 5 期。

了“另一元”，而是“二元”之间不断地互相转化，进而形成一个动态的、朝向外部开放，并通过包容外部而形成更阔大自我的辩证过程。这里包含了三个基本要素，即作家的革命现实实践、主体人格的塑造及其文学创作形式，而且这三者处在辩证的互相塑造过程中。探寻丁玲这一主体结构，不仅是在作家论意义上关注一种特殊的精神品格，更因为这种主体结构的开放性而包容了丰富的历史内涵，因而可以从作家个案深入 20 世纪中国革命的内在逻辑中来探讨复杂的文学、思想与政治问题。在丁玲的生命历程中，在她从“蒋冰之”到“作家丁玲”、从“作家丁玲”到“革命者丁玲”直至“党员丁玲”的主体实践过程中，她如何理解和书写瞿秋白和王剑虹这两个在她早年生活中扮演了重要角色的历史人物特别值得注意。很大程度上可以说，如何书写瞿秋白、王剑虹，是丁玲在不同时期理解和塑造自我主体的一种“镜像”式书写媒介。她通过写作这两个生命中念念不忘的友人，展示的是自己对文学与革命的具体理解及其主体实践的生命轨迹。

何吉贤①则集中则探讨了 20 世纪 40—50 年代转变之际的丁玲，认为作为“20 世纪中国革命的肉身形态”②，丁玲在这个阶段继续“与革命相向而行”③，其作为知识分子改造的“典型”则得到了当时政权的大力褒扬。丁玲改造涉及经验、情感、知识甚至身体等诸多方面；在认识层面，也涉及自我、知识分子与工农群众、创作与具体的革命工作、知识与实践等诸多关系的转变。这种改造是在战争、流动的背景下进行的，其间也伴随挫折和个人的磨难。这一改造命题不仅是理解她一生追求的关键，也包含了理解中国革命的一些关键性命题。

刘盼佳、李广益④探讨的则是胡也频与丁玲从文学青年到革命作家的蜕变过程中的相互影响。在对读二人作品的基础上，结合相关的史料记载，从个人经历、艺术手法和生命体验等方面，考察了胡也频的创作与丁

① 何吉贤：《“流动”的主体和知识分子改造的“典型”——1940—1950 年代转变之际的丁玲》，《中国现代文学研究丛刊》2018 年第 4 期。

② 贺桂梅：《丁玲的逻辑》，《读书》2015 年第 5 期。

③ 解志熙：《与革命相向而行——〈丁玲传〉及革命文艺的现代性序论》，《文艺争鸣》2014 年第 8 期。

④ 刘盼佳、李广益：《从文学青年到革命作家——论胡也频与丁玲早期创作的相互影响》，《中国现代文学研究丛刊》2018 年第 3 期。

玲早期创作的相互影响；同时，对这一过程中二人在思想倾向上的成长变化进行梳理，以其实际经历与作品为经，真切的生命“共情”为纬，在历史经纬中呈现出一代青年的成长心路。

2. 丁玲与女性主义

崔琦①以延安时期专门讨论妇女问题的刊物《中国妇女》为主要解读对象，通过还原该杂志在延安妇运中开创的多元化性别讨论空间和妇女解放实践，追溯了同时期丁玲女性文学创作中的性别想象所共享的思想资源，从而在阶级与性别的讨论视角之外，为丁玲的创作动机寻找出更符合历史真实的解释。文章认为，自 1939 年春延安妇女运动（简称妇运）全面展开，以革命中的新女性为代表，保护女性的特殊利益与要求始终是延安妇运中的重要一环，中共从未借革命需要而否定女性自身的解放，性别与革命两者相辅相成。正是因为新女性在延安获得了前所未有的权利与义务，才给予丁玲一种想象与言说的文学空间。后来新中国女性地位的获得很大程度上源于中共延安时期奠定的基础，而现今知识女性面临的困境却与延安时期的新女性有着惊人的相似之处。这也从另一个角度解释了为何以《三八节有感》为代表的丁玲延安时期女性文学创作在 20 世纪 80 年代引起女性批评的青睐。丁玲在 40 年代对知识女性的关爱与同情，之所以在今天仍能拥有大量读者，正是因为其言说对象“新女性”的跨时代性，以及延安妇运赋予她们的那种近乎乌托邦的理想与现实。

马春花②则认为，“仙姑”改造叙事是延安文艺中的重要内容，并直接关联于延安时代的社会改造运动。以《小二黑结婚》《太阳照在桑干河上》《白毛女》等经典文本为中心，来分析其中的仙姑形象及其改造叙事，即可重估性别建构、民间信仰与革命政治之间的复杂关系，进而从延安道路的经典叙事中，发现一个女性主体的别样革命/性景观：首先，延安文艺中的仙姑形象既意味着女性身份的污/巫名化，又显示出女性自我赋权的无限可能；其次，社会改造运动的理性规训一方面令仙姑祛魅，另一方面又让这个被压抑的她者得以显影；最后，女性极其复杂多样的权力实践，

---

① 崔琦：《延安妇运与性别乌托邦——重读丁玲延安时期的女性文学创作》，《文艺理论与批评》2018 年第 5 期。

② 马春花：《延安文艺“仙姑”改造叙事研究》，《南开学报》2018 年第 2 期。

依然是现代乡土政治结构中的重要组成部分。延安文艺中的仙姑叙事歧义层叠，既是中国女性被现代革命改造的故事，也是中国女性对话革命并改造现代的故事。

李美皆[1]则提出，导致萧红命运不济的原因之一，是她个体的某些弱点。萧红不去苏区有她的必然性，丁玲去苏区也有她的必然性。萧红的生活和人生始终不脱文艺女性的单纯。丁玲则是在大时代中激荡的女人，是时代的标本。

三　丁玲生平研究

丁玲是现代文学史上最早被作传的作家之一。从 20 世纪 30 年代至今，“丁玲传”的出版时间跨度大、数量多，已形成独特的景观。张立群[2]将 80 余年的“丁玲传”划分为四个阶段，两个主要类别：“学术研究型”和“阶段与专题式”。并认为，“丁玲传”在不同的写作阶段分别诞生了各自的优秀之作。以周良沛的《丁玲传》、丁言昭的《在男人的世界里：丁玲传》、秦林芳的《丁玲评传》、李向东和王增如的《丁玲传》为代表的“丁玲传”，不仅在整体上基本实现了“一本完整的作家传记”应当包括的三个方面，即“首先，作品应当得到正面的、历史评价和美学评价相统一的评述”，“其次，对传主人生道路的叙写，并通过这种叙写揭示传主艺术个性的形成、创作心理的演变”，“其三，通过对传主生活和文学活动的描写，展示具体历史时期文坛的某些侧面”[3]，而且，还通过自己多年的努力以及具体写作形式的精心设计，既揭示了丁玲性格、际遇与创作、命运之间的紧密关系，全面展示了丁玲的创作成就和文学史上的地位，又尽力客观、详细地解释了丁玲一生若干难以解答的“关节点”，如丁玲复杂的情感经历，丁玲与沈从文、丁玲与周扬之间的恩恩怨怨以及“一本书主义”

---

① 李美皆：《女性性别之于丁玲和萧红的道路选择》，《当代文坛》2018 年第 6 期。同一专题中李美皆还作有《以萧红为比照的丁玲》(《南方文坛》2018 年第 4 期)。

② 张立群：《“丁玲传”的历史与现实——兼及现代作家传记写作的若干问题》，《人文杂志》2018 年第 10 期。

③ 董炳月：《从几部现代作家传记谈“作家传记”观念》，《文学评论》1992 年第 1 期。

等等，从而凸显了自己所著之“丁玲传”的独特性与艺术价值。这么多年来的“丁玲传”也存在诸多不足，主要表现为：一、部分“丁玲传”在书写20世纪50年代中期至70年代末期丁玲生活经历时，有明显的叙述不够充分的现象。二、进入20世纪90年代之后，“丁玲传”在客观上越来越呈现出受到出版和市场的影响。结合已有“丁玲传”提供的经验，我们可以引申出现代作家传记写作过程中值得注意的问题。首先，是如何客观、真实、生动、有效地写出传主的问题。其次，是传记家的“资格”问题。最后，是警惕过度书写、避免某种写作的“暴力”。

作为一名自“延安文艺座谈会”之后就完成了自我转变的作家，丁玲显然已经融入了以《讲话》为标志的革命文艺话语机制。然而在接下来的1957年“反右”斗争中，丁玲被打成“丁陈反党集团”，接着又被下放到北大荒改造，这些均给她的身心造成了巨大的伤害和摧残。邓招华①认为，丁玲复出后虽然对这段历史进行了反思和批判，但是一直没有改变其左翼的革命立场。一方面，针对以冷战思维为基础的西方意识形态，丁玲拒绝了“苦难”叙述；另一方面，在新时期日益强调“纯文学”的文艺思潮下，丁玲也没有否弃文学的政治性诉求。在与时代话语的偏差之中，投射出丁玲晚年的“左倾”身份与形象。透过历史话语的迷雾，我们可以探测到丁玲对革命性诉求的坚守，包含着不同寻常的生命付出和令人难以置信的悲剧意蕴，也蕴含着需要我们去把握的一种人性可能。这或许也是我们当下重新阅读“丁玲故事”的意义所在。

毛泽东何以要写《临江仙·给丁玲同志》，李向东、王增如②推测可能有如下几种原因：一、丁玲对苏区的文化建设具有重要作用，作出特殊贡献。二、丁玲的到来，引发了毛泽东对故人和往事的回忆与追念。三、毛泽东喜欢丁玲不畏艰险、勇往直前、乐观豪爽的性格。四、毛泽东在西安事变和平解决的欣喜中，写下这首《临江仙》。考察毛泽东何以在1973年再次书写《临江仙》，两位作者以为毛泽东可能有以下三种心态：一、毛泽东还是把丁玲看作有过密切友谊的老朋友，虽然有错误，但基本评价是

① 邓招华：《北大荒体验和丁玲晚年的“左”》，《贵州师范大学学报》2018年第6期。

② 李向东、王增如：《毛泽东何以要写〈临江仙·给丁玲同志〉?》，《文艺理论与批评》2018年第5期。

正面的，这首词应看作毛泽东对丁玲最后的态度与评价。二、从 1973 年初起，毛泽东陆续接到一些老同志或希望解放出来参加工作、或希望回京治病的来信，产生念旧之情，开始陆续解放老干部。由旧情念及旧事，毛泽东会想起保安。三、这首词是毛泽东以“临江仙”作为词牌的唯一一首，是他的得意之作，很符合他“既苍凉又优美”的审美标准。

沈锦丝、陈红旗[①]关注的则是《北斗》与 20 世纪 30 年代文艺大众化运动。文章认为，在 1931 年“左联”期刊“百花凋零”之际，作为“左联”领导下唯一公开出版发行的刊物，《北斗》成为第二阶段文艺大众化运动得以顺利开展的重要介体，它不断推进文艺大众化运动走向系统化、理论化。《北斗》周围聚集了一批左翼作家、自由主义作家和文坛新人，它生动地展现了 20 世纪 30 年代初左翼文艺界个人话语不断融入集体话语的情形。在“左联”的总体设计框架下，《北斗》主要在小说、诗歌、戏剧等领域践行了文艺大众化主张。探讨《北斗》与文艺大众化运动之间的关系，有助于我们了解《北斗》对“大众”形象的构建和对文艺大众化方向的指引，也有助于我们了解这一时期左翼文学的存在情状及其价值取向。

---

① 沈锦丝、陈红旗：《〈北斗〉与 20 世纪 30 年代文艺大众化运动》，《汉语言文学研究》2018 年第 1 期。